coletânea:

Depois da Aula

GABRIELA PARAIZO • ANYA
K. AOMINE • N. BELIKOV

2ª Edição, 2025

EDITORA EUPHORIA

ILUSTRAÇÃO
Alice Leal

DESIGN DE CAPA
Alice Leal
Nathalia Brandão

DIAGRAMAÇÃO
Lara Design Editorial

REVISÃO
Clarissa Rachid
Nathalia Brandão

CORDENAÇÃO E PROJETO EDITORIAL
Nathalia Brandão

[2025]

2ª EDIÇÃO, EDITORA EUPHORIA, 2025
CNPJ: 39.317.627/0001-06
Contato: editoraeuphoria@gmail.com
Site: www.editoraeuphoria.com.br
Rio de Janeiro — RJ

Dados Internacionais de Catalogação na Publicação (CIP)
(Câmara Brasileira do Livro, SP, Brasil)

Coletânea : depois da aula / Gabriela Paraizo...[et al.] ; [ilustração Alice Leal]. -- 2. ed. -- Rio de janeiro : Editora Euphoria, 2025.

Outros autores: Anya, K. Aomine, N. Belikov. ISBN 978-65-84923-33-1

1. LGBT - Siglas 2. Romance brasileiro - Coletânea I. Paraizo, Gabriela. II. Anya. III. Aomine, K. IV. Belikov, N. V. Leal, Alice.

25-251552 CDD-B869.8

Índices para catálogo sistemático:

1. Antologia : Literatura brasileira B869.8
Eliete Marques da Silva - Bibliotecária - CRB-8/9380

Gire a Garrafa
GABRIELA PARAIZO
EDITORA EUPHORIA

Gire a
Garrafa
01

Quando o britânico Ian Pipes entrou em seu quarto, no internato em que estudava e vivia, em Durham, Inglaterra, ele imediatamente foi atingido por um travesseiro, o qual fez seus cabelos, naturalmente ruivos, esvoaçarem por cima dos olhos acinzentados, e deixou o queixo cair, indignado, mas não surpreso.

— Vocês são dois idiotas sem cérebro — Disparou em direção a Drake Del Monte e Miles Omori, com quem dividia o dormitório.

— Chegou o pinscher. — Miles, que estava pulando na cama, sentou-se, sem tirar aquele sorriso infantil da cara, o que fazia suas pálpebras naturalmente achatadas se fecharem ainda mais — herança do pai japonês.

— Qual dos dois gênios atirou essa droga? — Ian segurou o travesseiro ameaçadoramente.

— Miles! — Drake apontou sem pensar duas vezes. — Eu juro!

— Tinha que ser. — Ian atirou o travesseiro no rosto do garoto, que sorria de modo malcriado. — Vocês me estressam. Não é justo comigo.

— Fomos enviados a este mundo para fazer exatamente isso. — Drake riu, sacudindo os fios cacheados e escuros, mas Ian ignorou, tentando desfazer os amassados de seu uniforme vermelho-sangue.

— Os bebezões não vão se arrumar para atenderem ao chamado do diretor? — Indagou Ian, fechando as cortinas, já que era noite e os outros dois ainda não o haviam feito.

— Que chamado? — Omori levantou-se e foi até o armário, perto da cortina que Ian fechava.

— O chamado. — Ian virou-se para o garoto, quase se chocando com ele, constatando novamente que era consideravelmente menor que Miles, e involuntariamente ergueu um tanto os calcanhares, para encarar o rapaz.

— Ótimo! — Miles sorriu e Drake soltou um 'hum'.

— O que querem dizer com isso? — Ian estreitou os olhos, desconfiado.

— Porra, Ian! — Miles arrancou a camisa branca, e Pipes vacilou para trás, afastando-se, constrangido. — Você só pensa coisas ruins de nós.

— Penso corretamente, então. — Ian saiu de perto dele e de seu físico típico de um jogador de basquete.

— Que isso, Pipes? — Drake sorriu inocentemente para o garoto. — Somos meninos bonzinhos.

— E eu tiro notas abaixo de nove. — Ian revirou os olhos. — Me poupem. — Dito isto, deixou o quarto, exausto dos garotos.

Há dois meses, foi transferido do seu dormitório, porque o diretor havia descoberto que ele e seu colega de quarto, Zhang, estavam namorando. Todo mundo sabia que os dois jamais fariam algo errado, mas o diretor achou melhor separá-los.

No começo, Ian concordou, com medo de pensarem que ele e seu namorado faziam sacanagem no quarto, porque jamais! Ian tinha acabado de completar 18 anos e de se assumir, não daria bobeira desse jeito, não fazia parte de sua índole. Foi ensinado a ele que era tudo questão de disciplina.

Tudo bem, seria transferido, nenhum problema... Até descobrir *quem* eram seus novos colegas de quarto. O descendente japonês, Miles, e o hispânico, Drake, eram como um pesadelo para ele, dois dos garotos mais idiotas e populares que já existiram na história do internato... Pior ainda: Miles, o engraçadinho, bombadinho, ficou com uma atriz famosa, era o cara que todos amavam. *Oh, Miles olhou para você, sinta-se abençoado!*

E os dois eram realmente um pesadelo, viveriam como porcos se Ian não arrumasse tudo. Eram barulhentos, sem horários definidos, bebiam álcool e houve vezes até que trouxeram pessoas para *fazer você-sabe-bem-o-quê* no quarto.

Enfim, chegando ao salão principal, no qual os alunos se agrupavam, ele foi em direção ao seu melhor amigo,

Lewis. Sentou-se ao seu lado, enquanto a maioria dos alunos preferia ficar de pé.

— Hey — Lewis até lhe respondeu, mas seus olhos estavam perdidos em outra rota.

— Viu o Zhang? — perguntou e não obteve resposta. — Lewis!

— O quê, criatura? — Lewis finalmente olhou para ele, mas logo voltou a atenção para o tal ponto.

— Lewis... — pediu, manhoso, e resolveu seguir os olhos do outro, encontrando, no "fim do arco-íris", Ethan Hill. — Ew, Lewis! Ethan não!

— Ethan sim! — Lewis riu, soando apaixonadamente.

— Esse cara passa o dia inteiro fingindo que canta rap com aqueles outros dois, Joshua e Mikael! — disse, irritado.

— Você já ouviu de perto? — Lewis suspirou. — A voz dele me excita.

— Lewis! — disse mais alto dessa vez, chocado com seu melhor amigo.

— Ian, se você não goza, não venha *desgozar* quem está gozando! — Lewis virou-se, irritado, porque Ian era, sem dúvidas, o gay mais recatado que ele conhecia.

— Ele sugou toda a sua decência — Ian sussurrou, lamentando.

— Bom se fosse! — Lewis soltou um suspiro, antes de abrir um sorriso safado, daqueles que fazia até a oitava geração de sua família se revirar. — Tem certas coisas que a gente precisa agradecer, sabia? Entre todos esses garotos que estudam aqui, os mais bonitos são gays, bi ou pan. Você não acha que a sorte está a nosso favor?

Ian bufou. Estava cheio daquele assunto, Lewis só sabia pensar em meninos. Agradecendo por ter outra coisa na qual focar, assistiu ao diretor subir no palco, com o microfone em mãos, e pediu para que os alunos sentassem.

— Todos aqui? — o diretor perguntou, ajeitando os óculos para tentar ter uma visão geral do salão. — Espero que sim.

Ian olhou em volta também e não viu sinal de seu namorado. Estava começando a se preocupar. Drake e Miles também não estavam lá, mas com isso, Ian não se importava.

— Bom, como vocês sabem — o diretor começou a dizer —, todo ano, o nosso renomado e querido internato estudantil para meninos, elege o melhor aluno dos últimos 365 dias.

A mente de Ian se iluminou.

— Este ano — o diretor continuou a dizer e sorriu —, meu comitê de professores e pedagogos elegeu um rapaz que se mostrou dedicado, aplicado, correto e honesto! Chul Zhang, do último ano.

Ian soltou um gritinho quando viu o namorado subir no palco. Estava perfeitamente preparado, com o cabelo arrumado para trás com gel e seu sorriso brilhante. O ruivo se levantou para aplaudir, seguido por mais quinze garotos, entre os cento e dez que estavam presentes.

Olhou rapidamente para os lados, à procura de rostos invejosos, e encontrou Miles e Drake entrando no salão atrasados, com seus uniformes bagunçados. Viu Miles bater palmas lentas, esboçando um sorriso debochado, visivelmente desdenhando. Invejoso.

— Não vai bater palmas? — Ian cobrou de Lewis, ao seu lado.

— A única coisa que eu quero bater aqui é uma...

Pipes tapou sua boca, impedindo-o de continuar.

— Vai plantar batata, então. — O ruivo tornou a olhar para a frente.

— O correto é "vai se ferrar" — o amigo corrigiu-o, mandando um beijinho em seguida.

O menor fingiu não escutar e apenas prestou atenção em seu namorado lá na frente, recebendo uma faixa com seu título.

— Ah, que lindo! — Ian sorriu, todo pomposo. Seu namorado era o melhor do colégio! E isso era legal pra caramba, não era? Bom, Ian achava, pelo menos.

— Você gosta mesmo dele? — Lewis achou propício perguntar, porque ele sinceramente não compreendia.

Pipes encarou-o, enrubescendo aos poucos.

— A gente tem muito em comum…

Lewis girou os olhos, imaginando em sua cabeça os dois disputando para ver quem copiava um texto mais rápido: a coisa mais possível de fazê-los suar.

— Com média de 97 em todas as matérias, participação de 89% em todos os projetos do colégio e aprovação de 12 dos 12 professores... — o diretor citava, pouco empolgado, enquanto Ian inflava-se de orgulho ao ouvir os fatos, que soavam como elogios. — Chul Zhang é o melhor aluno do ano!

Com sua faixa no peito, Zhang desceu as escadas e foi até seus amigos, comemorando sua conquista, e Ian ficou lá, sentado, esperando receber atenção do namorado, enquanto os alunos deixavam o salão aos bocejos.

— Graças a Deus acabou. — Lewis levantou-se. — Boa noite, Ian!

— Fica comigo só mais um pouco — pediu o ruivo, não querendo ficar sozinho.

— Seu namorado está logo ali. — Deu de ombros. — Te mando uma mensagem depois.

— Não podemos usar celular depois das nove — Ian o lembrou.

— Amigo, faço tanta coisa pior depois das nove. — Ele riu da inocência de Ian. — Beijo.

— Beijo. — Cruzou os braços, à espera de Zhang.

Ian olhou a sua volta novamente e pegou Miles o encarando com aqueles olhos super pretos e intensos, como se soubesse exatamente que ele estava sendo deixado de lado. Mas sem querer perder a pose, o ruivo deu-lhe uma careta do tipo: "tá olhando o quê?" e se levantou, indo até o namorado e o cutucando várias vezes, até receber atenção.

— Meus parabéns, meu amor. — Ian ergueu-se para beijar Zhang, mas este desviou.

— Não gosto desse tipo de coisa na frente das pessoas, Ian — repreendeu-o. — Nos falamos amanhã, no meu quarto.

 Ian assentiu, acostumado com aquele tratamento,

sorriu de modo tristonho, acenou para os amigos de Zhang e os deixou ali. Seguiu para seu quarto, após comentar sobre o trabalho de inglês com dois colegas e se gabar um pouco do namorado.

Ao entrar no dormitório, ele encontrou Miles e Drake, os dois sem camisa, apenas com as calças do uniforme.

— Vistam-se, por favor — pediu, indo até o armário para pegar seu pijama.

— Tudo bem, mamãe. — Del Monte abaixou a calça, e Pipes tapou os olhos.

— Que droga, Drake! — Quase gritou e ouviu os dois rirem.

— Eu nem mostrei a melhor parte.

Drake ameaçou tirar a cueca também, e Ian correu para o banheiro. Em seguida, tomou seu banho, trocou-se, passou creme facial e voltou para o quarto, mas os dois ainda estavam sem camisa, só haviam trocado as calças.

— Vocês dois são tão primitivos, que nem roupa conseguem usar — Ian declarou, sentindo-se superior por estar usando seu pijama de manga longa azul-claro.

— Pô, Pipes, eu já prendi a fazer fogo, mas de um jeito um pouco diferente. — Drake mostrou a língua maliciosa e sorriu.

— Que se exploda. — Ian deitou-se, pegou seu iPod, colocou os fones e começou a ler seu livro para o vestibular do ano que vem.

E estava tudo calmo. Ele via Miles e Drake provocarem um ao outro com gestos feios, mas ignorava. No entanto, não pôde ignorar quando viu Drake tirar uma garrafa de bebida alcoólica debaixo da cama.

— O que vocês pensam que estão fazendo? — Abaixou o livro e tirou um dos fones. — Vão beber?

— Já bebemos. — Miles mostrou quatro garrafas de cerveja.

— Vocês são ridículos. — Ian não fazia a mínima ideia de como aqueles idiotas tinham conseguido bebida. — Se um inspetor pegar isso aqui e eu levar advertência com voc...

— Já que você corre esse risco, por que não bebe um gole com a gente? — Drake bebeu um pouco, direto da boca da garrafa, e passou para Miles.

— Eu lá tenho cara de quem faz isso? — Ian olhou-os, enojado.

— Eu não sei... — Miles mordeu o lábio de baixo. — As aparências enganam.

— A aparência de vocês indica que não têm cérebro. — Ian sorriu. — E ninguém está enganado.

— Venenoso. — Drake tomou dois goles rápidos, fazendo uma careta de dor, só para rir em seguida.

— Mas no seu caso, Ian... — Omori sentou-se na cama do menor. — A aparência engana, sim.

— Por que diz isso? — Ian fitou-o, sem entender.

— Porque, pela sua carinha, pelos seus lábios... — Miles aproximou-se um pouco. — Eu podia jurar que você é profissional em… sabe?! — Fez um movimento obsceno com a boca.

Ian, primeiro, ficou paralisado, assustado com tamanha falta de respeito de Miles, e em seguida, chutou sua coxa.

— Nojento! Isso é um estereótipo idiota! — Atingiu-o com o livro e, ao ouvi-lo rir, chutou-o mais uma vez.

— Mas como você disse tantas vezes... — Miles segurou os braços de Ian, que tentava o atacar novamente. — Você vai se casar virgem.

Ian se soltou dos braços de Omori e voltou a se encostar na cabeceira da cama, com o peito subindo e descendo, irritado.

— A maior besteira do mundo — Drake disse de sua cama.

— Pra vocês, que são dois depravados. — Ian chutou Miles de novo, e este saiu da cama.

— Virgindade é um mito — disse Drake. — E isso nem faz sentido. Por que manter a castidade se você é gay? A igreja já não odeia os viados?

— Não é por religião — retrucou, inflando de raiva. — É DISCIPLINA!

Ele sabia que todo mundo da idade dele já havia transado, afinal eram todos maiores de idade, mas para ele não se tratava de idade, e sim, disciplina.

— Não sabe o que está perdendo. — Miles deitou-se no próprio colchão dessa vez, relaxado. — Não sabe como é bom receber uma mamada, sentir a boca molhada de outra pessoa em volta do seu pau, hum...

Ian sentiu as bochechas queimarem.

— Para, Miles! — pediu Drake. — O menino tá vermelho.

— Corou? — Miles apoiou-se nos cotovelos e cruzou as pernas, com a cabeça tombada para o lado, sorrindo, com a língua nos dentes, para Ian. — O menininho puro ficou envergonhado? Ian, é só sexo.

— Vão se ferrar. — Ian desviou o olhar, pegando de volta o livro.

— Ai, que boca suja — Drake zombou, já um pouco alto por conta da bebida.

— Urgh, que nojo de vocês! — O ruivo fingiu uma ânsia de vômito, que poderia bem ser verdadeira, levando em conta o rumo que aquela conversa estava tomando.

— Vai mesmo se casar virgem, Pipes? — Miles indagou, curioso, olhando bem nos olhos do rapaz.

— Sim, mas vocês nunca vão entender isso, não tiveram o mesmo ensino que eu — ele disse. — Vou me casar com meu namorado, Zhang.

— Tem certeza? — retrucou Omori, sorrindo, com os dentes se mostrando proeminentes e as sobrancelhas arqueadas.

— Mas é claro, garoto. — Ian preparou-se para voltar a ouvir sua música, revirando os olhos.

— Vamos fazer uma brincadeira, então. — Miles pegou a garrafa de cerveja que acabara de tomar. — Aceita?

Gire a Garrafa
02

Ian não fazia a mínima ideia do que Miles queria dizer, não sabia por que ele estava sendo tão aleatório. Em um segundo, estavam falando de sua virgindade, e aí, no outro, o garoto estava propondo uma brincadeira. Era uma grande bandeira vermelha, mas não eram de Trigonometria os cálculos que precisava fazer para entender o que aquilo significava. Logicamente, não fazia sentido para o garoto.

— Tá louco? — indagou Ian, com uma careta de incredulidade.

— É só uma brincadeira. — Miles continuava sorrindo.

— Por que pegou a garrafa, então? — Ian apontou para o objeto de vidro. — Que brincadeira é? Quebre a garrafa e esfaqueie o colega de quarto?

— Eu vou anotar essa — Del Monte soltou.

— É "Verdade ou Desafio" — Miles explicou, tomando as últimas gotas de cerveja que havia na garrafa.

— Não conheço direito. — Ian nem sabia por que estava argumentando sobre aquilo. — Mas vindo de você, só pode ser alguma idiotice.

— Vamos lá, Ian. — Drake se levantou da cama e se sentou no chão, com as pernas cruzadas, e Omori o imitou.

— Não, temos que dormir. — Ele apontou para o relógio na parede.

— Amanhã é sábado. — Miles apontou para o calendário na outra parede.

— Não significa nada. — Ian fechou a cara. No sábado, os alunos voltavam para casa, mas ele passava o final de semana no internato mesmo. — Vamos dormir.

— *Ian-chato-pra-caralho-Pipes* ataca novamente. — Miles fechou os olhos e fingiu roncar, enquanto Drake soltava "Zzzzz's".

— Você é tipo pílula de tédio, Ian. — Drake bocejou. — Nem com Viagra levanta.

Ian não gostou nada de ouvir aquilo, porque não, ele não era chato! Só se divertia com coisas diferentes. Não pergunte o quê, eram muitas coisas para fazer uma lista.

— Eu não sou chato. — Fechou o livro e tirou os fones. — Só não quero brincar desse jogo besta.

— Medroso! — Miles brincou com a garrafa, girando-a no carpete. — Verdade ou desafio, Del Monte?

— Desafio — ele respondeu imediatamente.

— Desafio você a fazer carinhas fofas. — Miles piscou para ele.

— Você pegou pesado. — Drake preparou-se para agir de forma fofa. — Podia ter me desafiado a segurar a respiração por dez segundos!

— É só isso? — Ian cerrou os olhos, um pouco surpreso com o nível da brincadeira, enquanto Drake fingia ter orelhinhas, fazendo biquinho.

— O que você achou que fôssemos fazer? — Miles girou os olhos.

Ora, claro. Omori e Del Monte eram só dois meninos mal compreendidos, mas inocentes.

— Ainda com medinho? — Drake girou a garrafa.

— Não tô com medinho. — Ian se levantou, ajeitando o pijama para que não criasse vincos. — Eu vou jogar.

Não cheirava bem, mas aqueles dois o irritavam.

— Aleluia!

Miles viu o menor se sentar entre eles, formando um triângulo.

— Mas só algumas rodadas, e aí nós vamos dormir — ele suspirou. Não sabia o que estava fazendo com aqueles dois idiotas. Podia se lascar e muito, mas ali estava.

— Como quiser. — Miles pôs a garrafa de pé. — Pedra, papel ou tesoura, pra ver quem começa.

Ian saiu logo de primeira, perdendo o direito de começar, e Drake ganhou em seguida. O ruivo respirou fundo, um pouco tenso com o que viria, porque sabia que aqueles dois nunca faziam nada que prestasse de verdade. Mas não era medroso, não estava com "medinho".

— Lá vamos nós — Drake disse, antes de beber mais um gole denso de conhaque, o qual Ian nem sequer tinha visto aparecer, e girou a garrafa de cerveja, parando em Miles. — Verdade ou desafio?

— Verdade — pediu.

— Você prefere marshmallows ou alcaçuz? — Drake começou, inocente até demais.

— Marshmallow, é claro. — Miles riu e olhou para Ian. — Fofo e macio.

— Você agora. — Del Monte, então, cedeu a garrafa a Omori, que girou o objeto, o qual acabou apontando para ele.

— Verdade ou desafio? — perguntou, sentindo os olhinhos de Ian acompanharem a situação.

— Verdade — respondeu Del Monte, após dar mais uma golada no conhaque.

— Verdade que você não gosta de Star Wars? — Miles encarou Drake no fundo dos olhos, e então, houve um momento de silêncio. Até parecia uma pergunta séria.

— Eu só acho que o George Lucas decidiu que a Leia e o Luke seriam irmãos depois deles já terem se beijado. — Drake sentia-se pronto para colocar todos os pingos nos "is".

— Qual é?! — Miles ignorou o comentário. — Ian?

— Okay. — O ruivo girou a garrafa, que parou em Miles. — Verdade...

— Desafio. — Omori mordeu o lábio, ansioso.

— Tá. — Ian abaixou a cabeça para pensar no que proporia. — Bom, desafio você a ler Shakespeare!

Miles e Drake se entreolharam, piscando os olhos repetidas vezes.

— Não pode ser algo que eu possa fazer agora? — Miles tentou não soar grosso.

— Ah... — Ian coçou a parte de trás da cabeça. — Desafio você a fazer uma estrelinha.

— Certo. — Miles se levantou, segurando o riso.

Ian se arrependeu do pedido assim que viu Miles saltar, por causa de seu abdômen nu. Seus músculos ficaram à mostra, e foi difícil não olhar. E ninguém deveria ser obrigado a dar biscoito para Miles Omori! Miles era bonito, incrivelmente bonito, e Ian sabia disso, não era nenhum bobo para negar. Mas isso não significava nada.

— Drake — avisou que era sua vez quando voltou a se sentar. — Segunda rodada.

Ian percebeu um sorriso diferente nos lábios de Drake. Ele girou a garrafa, que parou justamente em Pipes.

— Verdade ou desafio? — Drake estalou as junções dos dedos.

— Verdade — Ian escolheu. Não estava a fim de realizar nenhum desafio.

— Prefere um beijo seco ou de língua? — o espanhol perguntou e tomou mais um pouco de sua bebida.

Ian corou fortemente.

— Que tipo de pergunta é essa? — Tornou a ficar irritado, com o tom das bochechas combinando com o alaranjado de seu cabelo.

— Selinho ou beijo de língua, Ian? — Drake insistiu.

— Argh! — Ian não queria falar sobre aquilo. — Selinho.

— O quê? — Miles caiu na gargalhada. — Como pode preferir isso?

— Gira logo essa droga. — Ian empurrou a garrafa para ele.

— Ah, mais carinho, por favor — Miles pediu, manhoso, e riu, girando em seguida.

O bico da garrafa apontou para Ian.

— Gira de novo! — Ian não queria responder nenhuma pergunta de Omori.

— Não vai ser possível. — Miles sorriu, travesso. — Verdade ou...

— Verdade! — o menor respondeu de uma vez.

— Por que você não beija de língua? — perguntou, curioso. Ele sabia que Ian e Zhang não trocavam salivas. Aparentemente, todo mundo sabia.

Ian corou mais do que antes, se é que isso era possível.

— Parem com essas perguntas! — ordenou, e os dois apenas riram. — Droga...

— Responda, bebê — Miles pediu, e Ian não soube como lidar com aquele apelido. Não estava esperando por isso. *Bebê.*

— Tá bom. — Tapou o rosto com as duas mãos. — Eu... tenho um trauma. Meu primeiro beijo de língua foi horrível.

— Oh! — Drake deu-lhe um olhar solidário. — Ele tinha bafo, né?

— Chega. — Ian não quis mais olhar para eles. — Minha vez. — Girou a garrafa, que parou em Drake.

— Verdade — escolheu.

— Verdade que você faz xixi no banho? — Ian perguntou e fez uma careta de descontentamento.

— Todo mundo faz. — Ele virou a garrafa de conhaque na boca novamente. Bebia como se fosse Earl Grey!

— Nem todo mundo! — Ian estava indignado. — Que nojo!

— Terceira rodada. Posso girar? — Del Monte segurou a garrafa e a fez rodar, parando em Ian.

— Não pode ser! — O ruivo deixou o queixo cair. Ele de novo. — Argh, verdade… Inferno...

— Não pode — Miles protestou.

— E por que não? — Ian estava pronto para levar o caso ao tribunal.

— O mesmo jogador não pode escolher "verdade" três vezes seguidas — explicou. — Deve ser "desafio".

— Ninguém me falou dessa regra! — Ian bateu com a mão no carpete, irritado, e segurou um gemido de dor.

— Desafio, Pipes — Drake cobrou.

— Desafio — disse, totalmente a contragosto.

— Tire a camisa. — Del Monte sorriu e tomou um gole de conhaque, observando que não tinha quase mais nada no frasco.

Ian arregalou os olhos automaticamente, abraçando o próprio tronco.

— Por quê? — Ele nunca havia tirado nenhuma peça de roupa na frente daqueles dois.

— Pra ficar igual a nós — o outro respondeu, soando como se fosse óbvio.

— Mas está frio! — Fingiu estar trêmulo.

— É isso ou tirar uma foto do rabo — Drake deu as opções e os ombros.

— Deixa ele — Miles pediu, mordendo um sorriso.

— Vai pra merda! — Ian começou a desabotoar a camisa do pijama e, muito tímido e envergonhado, tirou lentamente a veste.

Como Miles poderia agradecer a Drake?

— Vocês são dois pervertidos! — Ian se encolheu, tentando esconder o peitoral de alguma forma.

— Ainda nem chegamos lá. — Miles soltou aquela risada que fazia Pipes vibrar por dentro. — Vou girar — Completou e realizou o ato, e a garrafa parou exatamente na direção de Ian. — Opa.

— Como vocês estão fazendo isso? — O ruivo se levantou, irritado. Tinha certeza de que estavam roubando.

— Fazendo o quê? — Del Monte riu, e Pipes, chateadíssimo, voltou a se sentar.

— Idiotas! — Ele puxou um chumaço de cabelo acobreado. — Verdade.

— Você nunca sentiu tesão? — Miles olhou duramente para Ian, assistindo a este corar desde o rosto até as orelhas.

— Nunca. — Ian deixou os olhos brancos. — Não sou um tarado cheio de hormônios.

— Como? — Drake virou o resto do conhaque. — Todo mundo é tarado e cheio de hormônios.

— Eu não. — Ian empinou o nariz.

— Isso porque o único que você já beijou foi aquele macarrão sem molho do Zhang. — Miles riu alto e a cabeça pendeu para trás, deixando o pescoço bem à vista. — Você não precisa ter vergonha de sentir tesão. É normal, sabia?

Ian nunca sentiu as bochechas tão quentes.

— Você só precisa da pessoa certa. — Miles olhou para

Ian, com o lábio inferior preso entre os dentes, em um sorriso.

Ian o ignorou, um pouco desnorteado, e girou a garrafa, que parou em Miles.

— Verdade — Omori respondeu.

— Você tem medo de espíritos? — Ian sabia que os rapazes só estavam fazendo perguntas maldosas, mas queria manter o mínimo de decência.

— Sim — Miles foi sincero, entediado. — Vai, Drake, quarta rodada.

O garoto girou, e a garrafa parou em Ian.

— Mas que inferno! — ele rosnou. — Parem com isso!

— Não estamos fazendo nada. — Drake pegou outra garrafa lacrada embaixo da cama, de licor desta vez. — Anda logo.

— Desafio! — Ian já havia desistido da vida, porém, mesmo assim, não era uma boa ideia escolher "desafio", e percebeu isso quando ouviu a frase seguinte:

— Dois goles. — Drake abriu a garrafa de licor.

— Tá maluco? — Ian afastou-se dele. — Eu não bebo.

— Aproveite que nem passei minha língua no bico ainda. — Drake ameaçou lamber a garrafa.

— Pense em outra coisa — Pediu.

— O desafio da foto da bunda ainda está valendo, se quiser. — Drake sorriu graciosamente.

— Me dê logo isso. — Ian pegou a garrafa da mão do outro. — Vocês me pagam!

— Crédito, débito ou oral? — Miles sorriu sem mostrar os dentes. — A última não tem taxas.

Ian quase se engasgou. Por que Omori precisava ser tão indecente? Droga!

Levou a garrafa até a boca, apenas molhou os lábios e já fez uma careta de dor intensa. Viu Drake ralhar, sem paciência, então fechou os olhos e tentou tomar, mas era tão difícil, porque seu paladar simplesmente se recusava.

— Vamos logo. — Miles saiu de seu lugar, tirou a garrafa das mãos de Ian, segurou sua nuca com firmeza, mas delicadamente, e levou o bico até os lábios do menor, ajudando-o a tomar.

Ian queria afastá-lo, estava perto demais, mas precisava tomar aquela bebida horrível. Ele não soube dizer se o calor que sentia vinha da bebida queimando em sua garganta ou do corpo do maior, colado ao seu.

— Pronto. — Drake bateu uma palma lenta. — Morreu?

— Acho que sim. — Ian respirou fundo e viu Miles tomar um gole da bebida também. — Eu bebi aí!

— Tenho certeza de que você nunca pôs sua boca onde não deve. — Miles limpou uma gota de licor que havia ficado no queixo de Ian.

Ah, que audácia!

— Devolve. — Drake pegou a bebida, tomou uma quantia generosa e, com a voz meio embargada, disse: — Gira essa porra, Miles!

Este, então, girou a garrafa, que parou no próprio Del Monte.

— Desafio, amigão — escolheu, um pouco molenga.

— Tome um shot na barriga do Ian. — Sorriu de modo perverso.

— O quê? — Ian nem sabia o que aquilo significava.

— Deita, Ian. — Drake ficou de joelhos e empurrou Ian pelo peito.

— Que merda é essa? — O ruivo tentou se levantar, mas Miles o segurou.

— Se um desafio envolver outro jogador, ele precisa colaborar — Miles citou mais uma das regras.

— Mas... — Ian calou-se quando sentiu o licor ser derramado em seu umbigo. — Hey!

— Fique quietinho — Miles pediu.

Drake inclinou a cabeça até o abdômen do garoto e chupou todo o líquido derramado na barriga dele, sentindo-o se contorcer logo abaixo.

— Prontinho.

Drake lambeu os lábios e Ian continuou estático. Estava sentindo algo estranho na boca do estômago. Ele olhou para Miles, que sorria daquela forma, como se soubesse exatamente o que ele estava pensando. Mas era impossível que aquilo tivesse sido gostoso. IMPOSSÍVEL!

— Gire, Ian. — Miles voltou para o seu lugar, e Ian se levantou aos poucos.

— Tarados — praguejou antes de rodar.

Miles Omori.

— Desafio — disse logo, esperando por algo mole.

Ian estava *cansado.*

— Faça o mesmo no Drake. — Ian queria vê-los constrangidos também, não queria ser o único naquela dança. — Tome um shot na barriga dele.

Miles arqueou as sobrancelhas, surpreso, e olhou para Del Monte, com sua expressão se tornando maliciosa. Já havia feito coisa pior — melhor — com o amigo.

Drake deitou-se no carpete, de bom grado, então Miles se colocou entre suas pernas, derramando o licor, olhou para Ian, piscou um dos olhos, sorrindo, e sugou o álcool empossado na barriga de Del Monte, ouvindo o rapaz rir. Ele segurou o cabelo de Miles, sentindo-o sugar a pele de seu abdômen, lambendo os vestígios de licor dali, fazendo cócegas.

Ian arrependeu-se imediatamente de os ter desafiado àquilo, porque agora ele estava nervoso enquanto assistia à cena, estava *quente.*

Ouvindo Drake soltar um gemido, ele lembrou que nunca havia assistido a um pornô, mas sabia que era muito parecido com aquilo.

Gire a Garrafa
03

— *Quinta rodada* — Miles avisou e passou a garrafa para Drake, que tinha, agora, a área do umbigo marcada pelos lábios do amigo.

— Miles — o garoto disse quando a garrafa parou na direção de Omori.

— Desafio — suspirou.

— Cite uma parte do corpo do Ian que você gostaria de beijar. — Drake virou a garrafa de licor na boca. — E então, beije.

— Não! — Ian protestou de imediato, levantando-se. — Sem chance!

— Eu nem disse qual parte do corpo eu gostaria de beijar... — Miles sugou o próprio lábio. — Quem disse que realmente tem alguma parte do seu corpo que eu gostaria de beijar?

Sem controle, Ian deixou o queixo cair de indignação. Por qual motivo deveria estar mais bravo?

— Se entregou. — Drake riu, com os olhos quase se fechando, enquanto a embriaguez chegava.

— Vou entregar minha mão na fuça de vocês! — Ian fechou a cara e cruzou os braços.

— Relaxa. — Omori também se levantou, aproximando-se de Ian. — Tem, sim, uma parte do seu corpo que eu quero beijar. Várias, aliás...

— Pervertido! — Ian o empurrou de forma fraca.

— Se um desafio envolver outro jogador...

Drake foi interrompido:

— Ele precisa colaborar! — Ian completou, sem paciência. — Eu sei, droga!

— Perfeito. — Drake tomou mais um gole de sua bebida, com o corpo pendendo para os lados.

— Faça logo. — Ian fez pose de boneca, estático. — Acabe logo com essa brincadeira idiota.

— Tão bonzinho… — Miles sorriu daquele jeito sacana, com os lábios em um rosa quase vermelho. — Deixe-me ver...

Ian pensou em Zhang e chegou à conclusão de que aquilo era quase traição. Ele trairia seu namorado por causa de um jogo?

Perdido nos próprios pensamentos, tomou um leve susto quando Miles disse:

— Aqui. — E segurou o dedo indicador de Ian, curto e gordinho, beijando a pontinha.

O ruivo fez uma careta confusa, sem dizer nada, intercalando o olhar entre seu próprio dedo e Miles.

Ah, que bonitinho… *Não*! Quem não o conhece que o compre!

— Sério? — Quase girou os olhos.

— Queria que fosse outra parte? — Miles beliscou o abdômen de Ian, um pouco abaixo do umbigo, vendo o garoto saltar para trás. — É só dizer... Beijo onde você quiser.

— Ah, meu Deus! — Ian tapou os ouvidos, tentando ignorar tudo aquilo, e voltou a se sentar.

Tentando manter o foco, Miles desviou o olhar e girou a garrafa, que parou em Drake.

— Desafio — Drake, que agora sorria para o nada, escolheu.

— Desafio você a jogar uma rodada de outro jogo com a gente — Miles disse, após uns segundos de silêncio.

Ian tirava 10 em interpretação de texto, mas daquela vez não entendeu bem o que ouviu.

— Um minuto — pediu Drake, que ficou, de verdade, por um minuto, de cabeça abaixada, tentando processar. — Ah, saquei!

— Finalmente. — Miles soltou o ar, expressando impaciência.

— Bom... — Del Monte coçou o topo da cabeça. — Uma rodada de Chupa e Assopra.

Uma tela azul dizendo ERROR 404, em letras garrafais, apareceu no cérebro de Pipes.

— E o que é isso? — Ele não estava mais para

adivinhações. Sabia o que aquelas palavras significavam, obviamente, tinha lido o dicionário completo aos dez anos. Mas em um jogo? Só podia ser algo pernicioso.

— Qual é? — Omori se pôs de pé e foi até a mesinha ao lado de sua cama. — Está falando sério?

— Estou, caramba! — Ian soltou o ar com força. Será mesmo que, depois de todo esse tempo, eles ainda não sabiam que o ruivo não era exatamente um *expert* em jogos de adolescentes?

— É assim — Drake começou a dizer quando Miles voltou. — Você pega uma carta. — O outro lhe entregou uma carta do baralho. — Suga... — Ele segurou a carta com os lábios.

— E passa — completou Miles e pegou a carta da boca de Drake com os lábios.

— Vocês só podem estar de brincadeira com a minha cara... — Ian tapou o rosto, embasbacado.

— Anda logo! — o de cabelos lisos insistiu, segurando a carta entre os dedos.

— Eu não vou fazer isso! — Ian negou freneticamente com a cabeça. — Essa carta passou pelas bocas fedidas de vocês! E eu assisti a "As Patricinhas de Beverly Hills", sei o que acontece se a carta cair!

— É só chupar com força. — Drake piscou para ele.

— Vocês são deploráveis. — Ian viu os dois ficarem de joelhos e, totalmente hesitante, imitou as posições deles. — Não ouse deixar essa carta cair!

Miles, então, avisou:

— Não precisa jogar, pode sair, ninguém tá te prendendo.

Drake soltou um "uhhh", e Ian abriu a boca uma vez, duas, mas não respondeu nada de início. Porque era tudo muito bobo, mas... Mas nunca brincou assim. Não era ruim, só novo.

— Vai sair? — Omori o questionou, mas Ian deu de ombros, permanecendo. — Ok. O primeiro a errar paga prenda — avisou. — Você começa, Del Monte.

Drake sugou a carta e passou-a para a boca de Miles, com habilidade, e Ian se apavorou ao ver Omori indo em sua direção. De mãos fechadas e com muita dificuldade, conseguiu sugar a carta, sentindo seu nariz contra o de Miles, e virou-se para Del Monte, que roubou a carta com rapidez, devolvendo-a para Miles de novo. Ian ficava mais nervoso cada vez que o outro se aproximava para passar a carta, sempre se atrapalhando para pegá-la e passá-la, grato por Drake ser habilidoso em segurá-la com a boca.

Eles deram, ao todo, sete voltas.

A cada volta, Ian conseguia sentir mais os lábios dos garotos do outro lado do papel. Ele não entendia como os dois passavam a carta com tanta naturalidade, mas estava claro que já haviam "brincado" daquilo várias vezes.

Até que, BOOM!

Ian deixou a carta cair e, ao tentar segurá-la, seus lábios colaram no canto da boca de Miles. E, não, ele não conseguiu se afastar tão rápido quanto deveria, pulando para trás assim que processou o que estava acontecendo.

— Perdeu, Pipesinho. — Drake, que conseguiu ficar mais bêbado ainda durante a prova, imitou uma pistola com os dedos e "atirou" em Ian.

— Droga! — sua voz saiu fraca e ele tapou a boca, chocado com o que acabara de acontecer.

Ele praticamente beijou Miles. MILES OMORI!

Arriscando-se a olhar para aquela praga, viu-o sentar-se no carpete, sorrindo tranquilamente, como se nada tivesse acontecido. Canalha!

— A prenda. — Drake podia estar zonzo, lento, pra lá de muito doido, mas ainda estava no jogo.

Ah, Deus, a prenda!

— Que tipo de coisa você quer? — Ian se preparava para o pior.

— O castigo precisa envolver a pessoa que lhe passou a carta pela última vez — Drake explicou, bebeu um gole do licor e apontou para Miles.

— Veja só o que você fez, Ian — Miles fingiu, dramaticamente, estar irritado com ele.

Pipes quis desaparecer o mais depressa possível, tipo, pra já, agora, agorinha. Quis sumir como se nunca tivesse botado os pés nesta terra.

— Qual o castigo? — repetiu, sem paciência, cruzando os braços.

— Uh... — Drake concentrou-se em uma boa prenda. — Dance no colo do Miles.

Os três ficaram em absoluto silêncio por cerca de uns 37 segundos. Ian odiava desistir, parecer careta e fraco, mas, droga, aquilo era demais!

— Não precisa fazer se não quiser — Del Monte tentou aliviá-lo, parecendo muito sério, até proferir as próximas palavras. — Pode enviar aquela foto que eu falei antes.

— Vão catar coquinho! — Ele escondeu o rosto nas mãos. — Eu não posso fazer isso.

— Hum, quem sou eu pra dizer alguma coisa. — Miles deu de ombros.

— Primeiro: eu tenho namorado! — Ele deu um tapa no ombro do garoto. — Segundo: não sei dançar!

— Não ouvi você dizendo que não quer fazer isso... — Miles sorriu. Parecia até um bom garoto com sua expressão dócil e empolgada.

— Eu não quero! — Ele ficou bravo de verdade.

Drake os observou, antes de quebrar o silêncio:

— E se o Miles dançar pra você?

Ian descruzou os braços, sem reação, porque não parecia ruim.

Miles deixou uma risada escapar, antes de perceber que o amigo estava falando sério.

— Hum… Tá… eu faço. Pode ser, Pipes?

O ruivo o encarou, sentindo o rosto ficar quente. E aí? O que tinha que dizer? Tinha que dizer não! Mas agora estava curioso, então mexeu a cabeça como quem diz "ok", tentando não parecer afobado.

Omori parecia confiante, mas ao se levantar, respirou

fundo, antes de pegar o celular e pôr uma música baixinho. Em seguida, olhou nos olhos de Ian, antes de se ajoelhar em sua frente, ficando na mesma altura que ele.

Incorporando um *gogo boy* com 25 anos de carreira, tentou não rir, enquanto começava a mexer o quadril, e viu, pelos cantos dos olhos, quando Drake mordeu o lábio, segurando uma risada, mas não se importou.

Em sua frente, Ian tinha as bochechas avermelhadas e o olhar perdido, com pouquíssima coragem para encará-lo diretamente.

"Fofo", Miles pensou.

Apoiou uma das mãos no ombro do Pipes e, quando a música chegou ao refrão, abriu e fechou as pernas, subindo e descendo de joelhos no carpete, ouvindo Drake soltar a risada que tanto segurava. Empurrou Ian no chão, o fazendo se deitar, e subiu por cima dele, tirando um grito de Del Monte. Não chegou a juntar seus corpos, nem mesmo o tocou impropriamente, mas chegou bem perto e mexeu a cabeça, jogando o cabelo curto no ritmo da música. Foi quando deslizou, até se sentar sobre as coxas dele, e começou a performar com os braços, fazendo movimentos dramáticos.

Ian, embaixo dele, mal conseguia se mover, paralisado pela série de informações. Manteve-se inexpressivo, até não conseguir aguentar e rir também, porque nunca viu Miles agir assim, soltando a franga.

— DEIXA EU FILMAR ISSO! — Drake pediu, engatinhando, à procura do celular.

— CHEGA — Miles disse, rindo também, meio bêbado de emoção e meio envergonhado, saiu de cima do ruivo e se jogou no carpete ao lado dele. — Gostou?

Ian, encarando o teto, ofegante por causa da recente crise de riso, não respondeu, ainda processando a cena que vira. Não foi nada mal.

— Ah, eu ia gravar — Drake choramingou, com suas bochechas morenas cobertas por um rosa forte. — Tenho certeza de que poderia te chantagear com isso no futuro.

— Sabe por que eu não tenho inimigos? Porque já basta você! — Omori disse, atirando um sapato em direção ao outro.

— Hum — Del Monte soltou. — Vão ficar muito tempo aí?

Só então, Ian notou que ainda estava deitado, ao lado do colega de quarto, e se levantou, um pouco desnorteado. Miles se levantou em seguida, esbarrando em seu ombro.

Pipes tinha que se recompor, isso sim.

Voltando ao seu lugar de origem, Miles engoliu um sorriso e disse:

— Sua vez, Ian.

— Ainda estamos nisso? — suspirou, cansado.

— Sim! — Drake buscou, embaixo da cama, outra garrafa de bebida: uísque desta vez. Não parecia possível existir espaço suficiente debaixo daquela cama para tanto goró, mas o frasco era bem real e estava cheio.

— Como você consegue? — Ian o olhou assustado, vendo-o abrir a garrafa. — Eu não queria ser o seu fígado.

— Rumo ao Alcoólicos Anônimos — Miles zombou. — Roda, vai… — Posicionou a garrafa, Ian a fez girar e ela apontou para Drake. — Del Monte!

— Verdade — respondeu e deu o primeiro gole no uísque, mal fazendo uma careta.

— Okay. — Ian estava cansado de pegar leve. — Você, o Joshua e o Mikael fumam juntos?

— Transamos também. — Ele riu alto, e Miles o acompanhou.

Ian deixou o queixo pender. Então, os boatos que Lewis contava, de que eles faziam esse tipo de coisa, eram verdadeiros? Por que é que estava surpreso mesmo?

— Eu! — Drake rodou a garrafa de cerveja, que parou em Miles. — Oh.

— Desafio. — Miles sentou-se ereto, esperando pelo que viria.

— Junte-se a Ian e... — Foi interrompido.

— Ah, não! — Ian gemeu, frustrado.

— Posso continuar, caralho? — Drake grunhiu de raiva. Paciência não era seu forte, e quanto mais bêbado, pior ficava nesse quesito.

— Vai — Miles pediu.

— Junte-se ao Ian e passem um trote — Del Monte explicou.

— Oh! — Ian ficou um pouquinho aliviado. — Pelo menos não envolve a genitália de alguém.

— Pra quem? — Miles pegou seu celular.

— Tenho o número de uma pizzaria. — Drake pegou o aparelho também. — Aqui.

Sem hesitar, pouco preocupado, Miles discou o número e pôs no viva-voz, aproximando-se de Ian.

— Vocês têm sérios problemas. — Estava nervoso.

— *Alô* — A voz de um rapaz respondeu. — *Pizzaria Casa da Mama*.

— Mama? — disse Miles.

— *Sim, mama* — respondeu.

— E é você que mama ou é outra pessoa? — Miles perguntou, muito sério, e Ian cobriu os ouvidos, agoniado. — Quanto tá a mamada simples?

— *Ah, vai se foder!* — o cara do outro lado respondeu e desligou a chamada.

— Que rude. — Miles fez uma careta magoada.

— Precisa ser mais suave. — Drake pegou o celular da mão do amigo e discou o número novamente.

— *Pizzaria Casa da Mama* — respondeu o mesmo rapaz.

— Vai se foder? — Drake, com sua voz grossa e séria, perguntou. — Não é assim que um *baby boy* deve agir. Seu *daddy* está decepcionado.

DADDY? Ian estava de boca aberta, horrorizado.

— *O quê?* — O cara parecia completamente confuso. — *É o babaca da primeira vez? Não é a mesma voz!*

— Ah, você fala como um menino mau — disse Del Monte, enquanto Miles quase desfalecia, de tanto rir, e Ian nem sequer conseguia olhar. — Eu vou ter que te punir.

— *Q-que...* — O homem ficou sem palavras. — *Tá me tirando?*

— Quantas vezes você vai precisar ficar de castigo até aprender, ah? — Drake era um bom ator, mesmo tendo mais álcool do que sangue correndo nas veias. Talvez principalmente por isso. — Terei que lhe prender e meter um vibrador no máximo dentro de você?

— *V-você... Eu...* — O atendente parecia estar tendo um colapso. Ian estava também, mas talvez não pelos mesmos motivos.

— Eu não vou deixar você gemer — ele sussurrou. — Nem gozar.

Ian nunca tinha visto nada assim pessoalmente. De onde Drake havia tirado tudo aquilo?

— Então, seja um bom garoto. — Encerrou a ligação, perfeitamente tranquilo e em paz com cada uma das baboseiras que havia dito.

— Eu não acredito! — Miles tentava se recuperar do ataque de risos.

— Agora, você. — Drake passou o celular para Ian. — Nos orgulhe.

Ian pegou o celular e, totalmente hesitante — demorando quase um minuto —, ligou para a mesma pizzaria.

— *Alô* — O rapaz pareceu cansado. — *Pizzaria Casa da Mama.*

Ian não sabia o que dizer. Olhou para Miles, que segurava o riso, ao lado de Del Monte, como se dividissem um último neurônio.

— Vocês demoram quanto tempo para entregar a pizza?

— *Uns trinta minutos* — o outro respondeu.

Okay, vamos lá.

— E você vem junto? — Ian arriscou, usando uma voz consideravelmente sexy, meio fofa.

— *C-como?* — Foi possível ouvir o atendente se engasgar.

— Venha, por favor — pediu Ian. — Preciso tanto de você.

— *Moço... e-eu...* — Perdeu a voz.

Ian tentou se inspirar nas conversas por telefone que ouvia de Drake.

— Eu vou te esperar — Ian fez aquela voz que podia soar como gemido e, decidido a fazer aquilo, disse: — Vou te esperar de quatro na cama e, quando você chegar, vou implorar para que me… ah. Eu... Eu estou tão duro. Preciso tanto de você...

— *Oh, Deus!* — O atendente parecia perdido e sem ar. — *Eu... P-pare com isso... Eu estou no meu trabalho!*

— Vai me deixar assim? — Ian até fez um biquinho triste. — Oh, você é tão mau para mim!

— *E-espera, eu...*

E então, deu fim à ligação.

— Ah, meu Deus, eu passei trote para um trabalhador — soltou, frustrado, batendo na própria cabeça. — É culpa de vocês, seus sem educação!

Mas eles não ligaram. Drake estava batendo palmas silenciosas, com o álcool emanando de seu ser, e Miles estava estático, com a boca um pouco aberta e as sobrancelhas arqueadas. Ian sentiu a temperatura das bochechas subirem perigosamente.

— É uma pena que você tenha escolhido esperar, porque certamente leva jeito. — Drake bebeu mais um tanto de uísque. — O que achou Miles?

— Eu... — Ele também parecia perdido. — Vamos girar a garrafa. Vez de quem?

Miles rodou a garrafa, e ela parou em Ian, que escolheu verdade mais uma vez.

— Como foi seu primeiro beijo de língua? — perguntou, e Ian até achou uma pergunta leve, no entanto...

— Não quero responder — disse e desviou o olhar, com o nariz naturalmente empinado.

— Você precisa — Drake voltou ao planeta Terra somente para deixar claro. Depois, voltou a enxergar fadas e gnomos pelo quarto.

Ian começou a prever o constrangimento.

— Você já fez coisa pior essa noite, *Ianieee*... — Miles beliscou a orelha do menor.

— Cala a boca. — Ian se encolheu. — Olha... foi com o Zhang. Nós tocamos as línguas um do outro e pronto. Fim.

— Então, por que vocês só dão selinho? — Miles perguntou, sério, porém curioso, e Ian percebeu que aquela era uma dúvida pessoal, e não do jogo.

Seria bem vergonhoso contar o que aconteceu, mas também já era hora de superar, e talvez eles nem lembrassem disso no dia seguinte. Em algum momento, ele teria de começar a rir da situação, certo? A outra alternativa seria chorar.

— Porque... — suspirou, criando coragem. — Porque no dia em que beijamos de língua, Zhang tropeçou nos próprios pés, e nós caímos. E nisso... — Fez uma pausa, fechando os olhos. — Ele bateu os dentes dele no meu, e ficou torto.

Ian esperou pelas gargalhadas e piadas, a zombaria que ele previra, mas ninguém disse nada por um tempo.

— Tá explicado — Miles apenas disse, um tempo depois, com um sorrisinho de lado. — Que belo namorado.

— Foi um acidente. — Ian passou a língua pelo dente, e seu semblante mudou para chateado.

— Tá, tá. — Miles revirou os olhos, mas sorriu de repente. — Eu riria muito dessa história se fosse de outra pessoa... mas no seu caso, seu dente tortinho te deixa mais adorável ainda.

Paralisado por um momento, Ian escondeu o rosto nas duas mãos, ouvindo Miles rir, satisfeito.

— Gire, bebê — Omori pediu, e evitando olhar para ele, o ruivo girou a garrafa, que parou no próprio Miles. — Verdade.

Ian tentou deixar de lado os pensamentos sobre o comentário de Omori do seu dente e formou uma pergunta, esforçando-se para perguntar algo do nível dos rapazes.

— Como foi a sua primeira vez? — finalmente perguntou.

Drake até abriu um pouco mais os olhos. De fato, foi inesperado.

— Oh. — Miles coçou a nuca. — Qual das duas?

— Ahn? — Ian não entendeu.

— A da frente ou a de trás? — Miles soltou um pigarro em seguida, desviando o olhar.

— Você já fez dos dois jeitos? — Os olhos de Ian saltaram.

— Sei que pareço ser 100% ativo, mas...

Miles foi interrompido:

— Achei que você fosse passivo — Ian, muito sério, disse-lhe.

— O quê?! — Miles saltou de seu lugar.

— Ah! — Drake riu, soando como um bêbado. — Toma essa, *Miles-cem-por-cento-ativo-Omori*!

— Por que pensou isso? — Miles ignorou o amigo.

— Ah, sei lá. — Ian se sentiu desconfortável. — Eu não entendo direito, mas às vezes, você parece… bem delicadinho.

— Quando eu pareço delicadinho? — Miles estava realmente chocado.

— Quando sua boca fica mais vermelha, por exemplo. Fica parecendo uma cereja.

— Exato! — Drake caiu para trás, de tanto rir.

Miles desfez a expressão de indignação e sorriu, como se tivesse descoberto um segredo muito, muito valioso.

— Então... — Lambeu os lábios, olhando para Ian. — Você percebe quando minha boca está mais vermelha? Uh, Pipes, você repara na minha boca?

Oh, Deus, não! Ele não chegou nesse raciocínio, não, né?

— Uh, deixou a onda te tombar, Pipesinho. — Drake riu mais ainda e conseguiu arrotar no meio.

— E-eu... — Ian estava nervoso, não mentiria. — Não é pessoal... eu sou detalhista. E você ainda não respondeu!

— Tudo bem, Ianie. — Miles piscou um dos olhos. — A primeira virgindade, com mulher, perdi aos 15 anos, com a *petsitter* do Lulu da Pomerânia da minha mãe. Virgindade dois, por trás, perdi aos 16, com o jardineiro da casa de praia, um cara muito gostoso, mas não me senti confortável, talvez devesse ter começado com um menorzinho... Virgindade três, da frente, com um cara, ainda naquele verão com o Drake. Muito, muito gostoso, nasci pra comer.

Enquanto Miles parecia contente com suas aventuras, Ian estava parado feito uma estátua, com sua cabeça tentando processar as informações. Drake Del Monte?

— Ainda não acredito que você preferiu dar pra um jardineiro a dar pra mim. — Drake deu um tapa no ombro de Omori.

— Você nem perguntou se eu queria, Drake... foi logo deitando de costas, já sabia até o que fazer. O que queria que eu fizesse? — Miles beijou a bochecha do amigo. — Agora, gira. Sétima rodada.

Drake, grogue, rodou a garrafa, que parou em Ian.

— Desafio. — Não pensou direito na hora de dizer. — Não, não, verdade!

— Não pode trocar. — Drake se levantou e quase caiu. — Te desafio a aceitar um presente meu.

— Eu também quero. — Miles se levantou atrás dele, seguido por Ian.

— Que presente? — Ian estava tão desconfiado. Nunca recebeu nem "bom dia" dele sem ser acompanhado de alguma piada que envolvesse ovos *benedict* e, bem, *ovos*.

— Vem comigo. — Del Monte caminhou, aos tropeços, até o banheiro. — Vem, porra!

— Mas que presente é? — Ian o seguiu, hesitante.

— Fecha a porta — Drake mandou.

— Por quê? — Ian se assustou, dando um passinho para trás, receoso.

— Não quero que o Miles veja — sussurrou como se fosse óbvio.

— Ah. — Ian ainda não compreendia, mas a fechou.

Do outro lado, Miles encostou o ouvido na porta do banheiro, porque estava curioso, mas não o invadiria com os dois príncipes lá dentro. Era, deveras, um nobre cavalheiro.

— Você tá maluco? — Ouviu Ian gritar, e Drake pareceu responder, mas ele não conseguiu entender. — Não me interessa se você nunca usou, eu não preciso disso por enquanto! O que você acha que eu sou?

— Opa — Miles se interessou.

— Você está me constrangendo, Drake — Ouviu Ian dizer. — Argh, não precisa mostrar nada! Eu não vou usar isso por um bom tempo. — Miles podia imaginar o nariz empinado do ruivo. — Que mané "nunca se sabe"? — Mais silêncio. — Okay, Drake, okay! Eu aceito! Levanta essa calça, meu Deus! Deixa esse troço aí... eu pego outra hora! Sim, muito obrigado, adorei. Vamos!

Miles não estava entendendo, então se afastou do banheiro e se jogou na cama de Ian, desfrutando do cheiro de colônia para bebês que seus cobertores e lençóis emanavam. Ele gostava do jeito de Ian, de como ele fingia ser marrento, mas distraidamente era dócil e genuíno. Queria poder ter o privilégio de sentir o lado verdadeiro do garoto, queria que Ian visse o Miles de verdade também. Não que Omori usasse uma máscara, aquilo que ele mostrava ser era o que realmente era, mas não somente aquilo. Era bem mais que um rostinho bonito e um abdômen trincado, poxa. Como era difícil ser ele, pff!

Os dois deixaram o banheiro, e Miles sorriu, fazendo-se de desentendido para eles.

— Você é nojento — Ian disse a Drake.

— Mas faz parte da vida de um passivo. — Del Monte piscou o olho e voltou para sua garrafa de uísque.

Eles retornaram aos seus lugares, mesmo que parecendo exaustos, e continuaram. Miles girou a garrafa, apontando-a para Drake, que optou por "desafio".

— Desafio você a fazer a pergunta que quiser para o Ian. — Omori deu um gole no uísque também, já não tentava mais disfarçar.

— Vão se ferrar! — Ian girou os olhos. — Se a pergunta for sobre *aquilo,* eu me retiro.

— Ah, achei que a gente tivesse feito algum progresso aqui. — Drake coçou o queixo. — Vamos lá... Ian.

— O quê? — O garoto estava sem paciência.

— Realmente confia em seu namorado, o Zhang? — perguntou, e Ian não pôde conter uma expressão surpresa.

Não conseguiu responder imediatamente, porque nunca teve motivos para desconfiar de qualquer coisa, mas o namorado sempre foi distante.

— S-sim — Tentou soar firme. — Posso confiar nele… ele nunca vacilou comigo. — Notando a reação debochada dos garotos, tentou passar mais segurança ainda e disse: — Miles, pode cancelar esse desafio feito ao Drake... Sugira outro, porque essa pergunta que ele fez eu poderia responder a qualquer hora. — Sorriu, pomposo. — Faça outro desafio. Vamos esquecer essa... confio cem por cento no Zhang.

— Oh, se você diz. — Miles sorriu, maligno. — Vamos fazer dessa forma então. Desafio mesmo, Drake?

— Pode mandar, Omori. — Drake sorriu, como se compreendesse a mente de seu melhor amigo. De fato, dividiam alguns neurônios.

Ian começou a se arrepender aos poucos, sentindo um frio na barriga, ansioso pelo que eles estavam tramando com poucas olhadas.

— Drake, te desafio a... — Miles desviou o olhar para Ian, que se encolheu. — Dar em cima do Zhang. Se não for um problema para o nosso colega de quarto… Claro, acredito que não tenha nada que nos impeça aqui, certo? Já que Zhang é totalmente confiável.

Gire a
Garrafa
04

— Nem pensar! — Ian tentava impedi-los de se levantar. Eles não sairiam sem as camisas, sairiam? — Vocês são loucos? São?

— Tenho um desafio a cumprir. — Drake ignorou a força do garoto e foi em direção à porta. Sem camisa.

— Não! — Ian correu para se colocar em frente à saída. — Que porra vocês acham que vão fazer?

— Teste de fidelidade. Você já devia ter pedido um, sabia? — Drake o empurrou para o lado.

— De jeito nenhum! — O ruivo agarrou o braço do rapaz. — Não!

— Você não confia até de olhos fechados no seu namorado? — Miles o fez soltar o de cabelos cacheados.

— Confio... — A fala saiu fraca. — Mas vocês não podem fazer isso! É ABUSIVO!

— Podemos sim. — Miles sorriu, simples, e Drake foi para o corredor, saltitando como uma lebre.

— Ele não vai cair nessa! — Ian capturou rapidamente a camisa de seu pijama e disparou atrás de Del Monte, com os três, no extenso corredor que levava aos dormitórios. — Drake, ele não vai corresponder... vai ser humilhante! — Pipes estava desesperado.

— Eu não me ofendo fácil. — Drake abriu um sorriso tranquilo para o garoto.

— Se tem tanta certeza, então relaxa. — Miles passou um braço pelos ombros de Ian, que não tinha nem cabeça para impedir aquele gesto.

— Você está bêbado — Ian tentava mudar os planos de Del Monte. — Não sabe o que está fazendo.

— Sei, sim. — Drake quase tropeçou nos próprios pés. — Vamos dar um olá para o namorado do nosso amigo e, quem sabe, conhecer o amiguinho dele...

— Será que é grande? — Miles fez sua melhor cara de menino curioso.

— ARGH! — Ian ficou furioso. — Se vocês fizerem

isso, eu vou contar ao diretor que bebem na escola! E ele vai ter que punir vocês!

— Fala. — Miles deu de ombros, e Drake riu. — Como o diretor vai nos punir por isso, sendo que pegamos as bebidas no próprio freezer dele?

O queixo de Pipes foi parar no chão, ao ver os dois rapazes rirem. Sua única chance estava descendo pelo ralo.

— Vocês são deploráveis! — Grunhiu e viu Drake chegar à porta do quarto de Zhang. — Drake, por favor, não!

— Missão dada, é missão cumprida — suspirou, quase pesaroso.

— Mas... Mas Zhang está com o colega de quarto dele, o Mark — tentou sua última esperança.

— Mark está com o Joe. — Miles fingiu uma carinha triste e beliscou o queixo de Ian. — Fique tranquilo, você já nos garantiu que ele é fiel, só vamos brincar.

Drake bateu à porta, e Miles puxou Ian para dentro de outro quarto, impedindo-o de ser visto.

— Que invasão é essa? — perguntou Joshua quando os dois entraram, coçando a parte de trás do cabelo colorido, passando hidratante na pele preta.

— Relaxa aí — Miles pediu.

— Que folga. — Mikael Evans, o outro morador do quarto, começou a rir, terminando de amarrar uma trancinha no cabelo crespo.

— Eu vou matar vocês! — Ian sentia vontade de chorar e estapeou os braços de Miles.

— Não confia nele, não é? — Omori empurrou sutilmente o garoto contra a porta, unindo seus corpos. — Fale a verdade, Pipes! Você não confia no azedo do seu namorado!

Ian não conseguia dizer nada. Abria a boca para falar, mas a voz não saía, não com Miles tão próximo, segurando-o tão firme.

— Por que está com ele? — Desta vez, a voz de Miles saiu de maneira sofrida, com mágoa. — Ele nem mesmo é confiável...

Ian soltou um suspiro, sem fôlego, com os lábios de Miles tão fodidamente perto dos seus. Suas pernas estavam fracas, e a mente, confusa. Era efeito da bebida? Em Miles, talvez, mas em Ian... Só dera um golinho...

— Tá me dando vontade de transar — Mikael soltou, em meio ao silêncio, e Miles desviou a rota dos lábios, beijando a bochecha de Ian.

— Mikael! — Joshua atirou um travesseiro no amigo. — Ia rolar beijo, seu animal!

— Ia nada. — Ian empurrou Miles, com o coração batendo dolorosamente, como porradas dentro do peito.

— Ia, sim! — Joshua disse, com aquele tom de "não discuta".

Pipes saiu do quarto, com Omori ao seu lado, e viu que Drake não estava mais no corredor.

— Eu não acredito que ele entrou. — Andou, nervoso, até a porta de Zhang. — Eu vou fazer uma chacina!

— Cala a boca. — Miles segurou Ian antes que ele abrisse a porta. — Fica quieto, por favor.

Os dois, então, encostaram os ouvidos na porta, enquanto Miles estava com Ian nos braços.

— O que você quer, Del Monte? — Puderam ouvir a voz de Zhang. — Olha a hora... E nós nem somos amigos.

— Eu só queria te parabenizar pelo título de melhor aluno do ano — respondeu Drake, com a voz manhosa.

— Ah, obrigado. — Ouviram a voz esnobe de Zhang. — Eu já imaginava que seria o melhor este ano.

— Mas tinha bastante gente apostando no Ian — provocou.

— O Ian é inteligente — Zhang concordou, sem muita emoção na voz —, mas não tinha nem chances, comparado a mim.

Ian evitou olhar para Miles, com vergonha de si mesmo.

— Você é mesmo um gênio... — Drake começou a se insinuar. — Conseguiu um título tão importante... Merece um prêmio.

— Do que você está falando? — Zhang soltou um pigarro, nervoso.

— Zhang — Ian sussurrou, em tom de súplica.

— Estou falando de uma coisa que o Ian nunca fez pra você... — A voz de Drake saiu sedutoramente. — Quem sabe você goste de um tempero que só eu tenho…

— Drake! — Zhang soltou um gritinho, surpreso, indicando que Del Monte havia feito alguma coisa. — Meu Deus...

— Deixa eu te dar um presentinho, Zhang. — Ouviram Drake pedir, e Miles tapou a boca de Ian com a mão quando viu que ele gritaria.

— Drake... eu não posso — A voz de Zhang não convencia nem um pouco. — Eu tenho namorado...

— Mas você traiu o Pipes com o Thomas — disse Drake, e Ian deixou o corpo cair contra o peito de Miles, sentindo-se tonto. — Também ficou com o Jonathan e com o Bastet... Por que não podemos?

Ian estava realmente zonzo, sem acreditar no que estava ouvindo, com a cabeça vagando pelas memórias, enquanto os olhos começavam a aguar.

— Ele... — tentou sussurrar, mas a voz sumiu tão logo ouviu as próximas palavras.

— Tudo bem — respondeu Zhang. — Mas não conte isso pra ninguém.

— Ninguém vai saber — Drake disse com a voz sapeca. — Mas eu quero fazer diferente.

— O quê? — Zhang pareceu interessado.

— Vamos brincar. — Drake bateu palminhas. — Eu te prendo na cama, te coloco uma venda e deixo você descobrir o que vou fazer.

— Oh, okay — Zhang aceitou na hora. — Nunca fiz algo assim.

— Vai ser maravilhoso — Del Monte disse, e ficaram um tempo em silêncio.

Ian já não estava interessado no que acontecia lá dentro, tinha uma dor na garganta e um sentimento horrível de humilhação lhe corroendo. Nem sequer percebeu como estava apoiado completamente em Miles e que, se ele se movesse, com certeza iria ao chão.

— Pronto — Drake voltou a dizer. — Jure que não está vendo nada e que suas mãos estão bem presas!

— Juro — respondeu Zhang, animado como Ian nunca tinha visto antes. — O que você vai fazer?

— Só um minuto — disse Drake, e então, mais silêncio. — Okay. Tudo certo.

— Vamos, Del Monte! — pediu Zhang, impaciente. — O que você vai me dar?

— Pensei melhor — Drake os surpreendeu. — Não quero mais.

— O quê?

Ouviram Zhang falar, e Drake abriu a porta. Ian levou um susto ao se deparar com aquela cena, ao ver Zhang preso na cama, vendado, usando só uma samba-canção.

— Drake! — Zhang chamou, desesperado. — Me desamarre!

— Humm... — Ele fingiu pensar, coçando o queixo. — Não. É, não...

— Boa noite! — disse Miles, e Zhang abriu a boca, em choque, de puro nervosismo.

Eles fecharam a porta, deixando Zhang preso dentro do quarto.

— Oh, meu Deus! — Ian não sabia como reagir. — Vocês... Você... Drake... Vão deixá-lo lá?

— Mas será possível? — Miles ficou muito irritado. — O cara te traiu!

— E vocês sabiam! — Ian ficou irritado também. — Por que nunca me contaram?!

— Porque não era da nossa conta, porque você não iria acreditar, porque você é teimoso pra cacete! — respondeu Miles, enquanto Drake mexia no celular, sem preocupação. — E me desculpe, mas o colégio inteiro sabe que você é corno, não só nós.

— O quê? — Ian tapou a própria boca com as mãos, que estavam tremendo.

— O colégio inteiro — Drake confirmou. — Incluindo o Lewis Moore, seus colegas, as tias do refeitório e os seguranças da portaria. Precisa renovar seus óculos, sabia?

Ian se encostou na parede, sentindo a pressão cair. Ele foi tão fiel com Zhang, prometeu-lhe a castidade, declarou-se tantas vezes. Nunca nem pensou em qualquer outro cara. Mesmo assim, foi traído, e era o único que não sabia disso! Como deixou esse merda o passar para trás assim?

— INFERNO! — Ian socou a porta dele, assustando os dois garotos. — Eu sou um idiota! — E subitamente começou a chorar, tentando esconder o rosto, sentindo os olhares dos dois meninos sobre ele. — Podem rir! — disse com raiva. — Podem rir da minha cara de idiota, como vocês sempre fazem!

— Ih, ficou louco. — Drake bocejou. — Olha, Pipes... *tu é* muito legal, sabia? E é gostoso. Devia encontrar outra pessoa, alguém que te trate bem.

Ian não entendeu por que ele estava falando aquelas coisas.

— DRAKE DEL MONTE! — Eles ouviram Zhang chamar de dentro do quarto.

— Enfim... — Del Monte suspirou. — Meu trabalho aqui está feito. Se me dão licença, Mikael e Joshua, daqui do lado do corredor, e eu estamos com tesão. Boa noite! — E os deixou ali, caminhando um pouco até entrar no quarto de Joshua e Evans.

Ian ficou parado, encostado na parede, com a cabeça baixa e uma vontade terrível de desaparecer. Nunca acreditou que houvesse amor entre eles, mas nunca achou que seria tratado assim. Pensou que ao menos tivesse respeito entre eles, que poderia evoluir para algo maior com o tempo.

— Vem. — Miles se atreveu a segurar a mão do garoto, conduzindo-o com facilidade pelo corredor. — Vamos dormir.

Ian deixou que Miles o levasse para o quarto, sem condições de discutir, e quando entraram no cômodo, ele chorou mais ainda ao ver aquela garrafa estúpida no chão. Sentou-se na cama, com as mãos sobre o colo, sentindo frio, e tentou controlar as lágrimas. Miles sentou-se ao lado dele, em silêncio, e segurou seu rosto com delicadeza, encostando a cabeça de Ian em seu peito.

— Não fique chorando — pediu, com os dedos infiltrados no cabelo do ruivo, acariciando o couro cabeludo. — Ele é um otário.

Ian não entendia por que Miles o estava consolando, fazendo carinhos, mas não o conseguia afastar, porque a verdade era que a presença de Omori não era ruim assim. Queria os carinhos na cabeça, queria se deitar sobre o peito nu e quente do garoto e ouvir sua voz calma.

Okay, okay, Ian não era bobo, sabia que Miles estava a fim dele. Estaria se fazendo de burro, se dissesse que não havia percebido isso durante a noite, mas tentou não desenvolver essa ideia, porque era um absurdo. O que Miles Omori poderia querer em Ian Pipes?

Tanto faz. Ian abraçou a cintura dele, aproveitando o calor que emanava daquele corpo.

— Você não o ama — Miles disse, e Ian não soube o que responder. — Nunca amou. Eu sei como é amar, e vocês dois não estão nem perto.

Ian sorriu, porque, no fundo, era verdade. Acontece que Zhang parecia ser um bom rapaz, era estudioso, inteligente, com bons costumes e tudo o mais, tudo o que queria. Ele pensou: quem poderia ser melhor que Zhang? Como se estivesse escolhendo a porcaria de uma matéria para estudar. Mas Miles tinha razão: não era amor, só orgulho. Orgulho e chifres na testa.

Secou as lágrimas, afastou-se do outro, levantou-se e foi ao banheiro lavar o rosto. Chegou à conclusão de que não era realmente tristeza por ter sido traído pelo homem que amava. Não era isso, era só decepção, porque confiou em

Zhang, porque ele nem sequer o levou em consideração para ter dois pensamentos antes de aceitar os toques de outro.

Voltou para o quarto e viu Miles em sua própria cama, ajeitando o lençol, quieto.

— Não acredito que ele entortou meu dente. — Ian pegou a camisa do pijama no chão. — E ainda me traiu.

— Isso é o pior de tudo, não é? — Miles riu, sentado no colchão, assistindo a Ian tentar desamassar a camisa. — Ele só te fez de bobo e nem ao menos te deu um beijo que prestasse.

Ian riu de sua própria tragédia, vestindo a camisa, e olhou o relógio. Caramba, duas da manhã. Ele nunca tinha ido dormir tão tarde em toda a sua vida! E se sentando na cama fofa, olhou para Miles, que também estava sentado, mas fazendo algo no celular.

Miles era bonito, definitivamente bonito. Sua beleza e seu astral incomodaram Ian desde o dia em que ele pôs os pés no internato, pois Pipes, já vivia ali há três anos, mas Omori era novo, revoltado por perder sua liberdade. Ele encantou os garotos, não só como um amigo maneiro, mas como um objeto de interesse romântico e sexual. Ian sentia raiva, por ele ser tão insuportavelmente legal, e se amaldiçoava internamente todas as vezes que ria de alguma piadinha besta que ele soltava durante a aula.

Fazia quase dois anos que Miles estudava ali e quase dois que atormentava Ian com cantadinhas idiotas e ofensas, como: "você parece um bolinho".

Miles Omori era um idiota. Mas era uma graça, Ian Pipes precisava admitir.

— Miles — o chamou. — Senta aqui.

— Oi? — Miles riu, como se Ian estivesse apenas brincando. — Está falando sério?

— Estou. — Ian apalpou o lugar novamente.

Omori queria que Ian morresse, por ser tão adorável, por dar tapinhas tão delicados, com suas mãos gordinhas, para mostrar aonde queria que ele fosse. Um sorriso fechado, as bochechas infladas... Um bolinho.

Aquela situação era tão estranha, mas Miles não conseguia resistir e fez o que Ian queria. Aliás, sem o apoio moral de Drake ao lado, faria tudo que o menor quisesse.

— O que foi? — Sentou-se na beirada, com Ian encostado na cabeceira, com as pernas meio abertas.

Ian não respondeu, ficou admirando os traços bonitos de Miles, desde o maxilar bem-marcado, até os lábios em um tom de rosa que parecia saboroso. Sim, Ian parou de evitar pensamentos do tipo, porque percebeu que estes eram mais comuns do que ele pensava. Estava envergonhado, mas não voltaria atrás. Não por vingança de Zhang, mas porque estava cansado de escolher as palavras e as ações, cansado de negar a si mesmo que Miles Omori era um puta gostoso, com um puta jeitinho charmoso.

— Ian... — Miles o chamou, vendo que Pipes havia varrido com os olhos todo o seu corpo. Okay, Omori queria estourar uma bateria de fogos de artifício.

— Eu gosto do seu nariz. — Miles viu Ian sorrir enquanto dizia. — Gosto das suas orelhas e dos brincos que você usa.

— Quem é você e o que fez com Ian Pipes? — Ele riu, sentindo como se bolhas de sabão explodissem em seu estômago.

— Cala a boca. — Ian desencostou da cabeceira e se aproximou de Miles, pousando uma mão em sua coxa. — Cala essa sua boca bonita.

Miles sorriu ladino ao ter Ian tão perto, sem nem sequer ter sido obrigado por um desafio da garrafa. Vai, ele sabia que Ian tinha ao menos uma quedinha por ele, porque, afinal, sem querer se gabar, era Miles Omori, e todo mundo tinha uma quedinha por Miles Omori. Você podia, sim, amar outra pessoa, mas sempre suspiraria ao olhar para Miles Omori. Oras, ele era Miles Omori.

— Minha boca bonita? — Miles tombou a cabeça para o lado, sorrindo, convencido.

— Essa mesma.

Ian tocou o rosto de Miles e beijou seu queixo. O ruivo queria xingar-se por estar fazendo aquilo, mas simplesmente não havia culpa alguma sobre seus ombros. Ele, aliás, nunca se sentiu tão bem. Porra, como era bom ser um pouco indecente. Porra, como era bom flertar um pouco. Porra, como era bom beijar Miles um pouquinho.

— Gosto do seu cabelo — disse Ian, e Miles mexeu a franja negra que reluzia. Deus! Ele sabia ser bonito. — Gosto da sua pele... Gosto da sua pele quando você volta das férias e ela está bronzeada, e gosto dela no inverno, quando contrasta com seu nariz e as bochechas vermelhas.

Miles sorriu, envergonhado. Não entendia por que Ian estava falando aquelas coisas, mas sabia… sentia que era sincero.

— Gosto da sua voz — continuou Pipes.

— Essa voz? — Miles aproximou a boca do ouvido de Ian e sentiu o garoto arrepiar-se.

— Essa — Ian arfou. — E gosto dos seus braços.

— Por quê? — Miles esticou-os no ar.

— Não sei. — Ian tocou as veias saltadas sob a pele macia e os músculos durinhos. — São viris.

— São? — Miles rodeou a cintura de Ian, fazendo-o ir, de pernas abertas, ao seu encontro.

Ian suspirou, porque, muito provavelmente, ninguém nunca o segurara tão firme em sua vida.

— E fortes... — Ian abraçou Miles pelo pescoço, com seus corpos ficando colados. Ele estava sentado sobre as coxas do garoto, com seus sexos se tocando um pouco sob os tecidos finos de suas calças. — E eu gosto de como fica o seu corpo no fim do treino de basquete, quando estou vindo do Clube de Matemática e você está deixando a quadra e tira sua camisa.

Miles sorriu, verdadeiramente contente, vendo Ian tão entregue a ele. Ou ele que estava entregue a Pipes?

— O que mais você gosta em mim? — Segurou a cintura fina dele.

— Gosto da sua virilha encostando na minha — disse isso no ouvido de Miles, que se arrepiou em resposta.

O britânico queria se enterrar em um buraco, e talvez por isso, escondeu o rosto na curva do ombro do outro, sentindo o cheiro da pele macia.

— Assim? — Miles começou a rebolar debaixo de Ian, fazendo seus sexos se tocarem generosamente.

— A-Assim — Ian gemeu, pois era a primeira vez em sua vida que sentia aquilo. Estava com tesão, e ter Miles o estimulando com o próprio membro causava-lhe uma sensação estranha. Era uma mistura que lembrava querer fazer xixi e ficar animado para finalmente ganhar o presente que tanto queria. Mas, caramba, era muito melhor, e Ian não estava mijando.

— O que mais? — Miles começou a guiar o quadril de Ian, que instintivamente passara a rebolar sem nem perceber.

— Eu gosto do seu cheiro — disse enquanto arfava, com seu falo endurecendo por baixo do pijama. — Gosto do sabor da sua pele.

— Que sabor? — Miles levou as mãos para a bunda de Ian, rolando os olhos ao sentir a carne farta em suas mãos.

— Esse sabor — Ian disse e começou a chupar o pescoço de Miles, que levantou o queixo para que ele tivesse mais espaço, com os dedos sobre o bumbum dele, puxando-o para a frente, para que seus membros se estimulassem. Ian se arrependeu de não ter buscado prazer em sua vida antes, pois a sensação era única. E olhe, eles ainda estavam vestidos. — Miles — gemeu baixinho, com seus lábios tocando o pescoço do maior, sentindo sua boxer ficar molhada. — Eu gosto dos seus olhos.

— Gosta? — Miles parou com as investidas contra a virilha do garoto.

— Gosto. — Ian olhou diretamente para aqueles

olhos achatados. Eram tão escuros, que se tornava impossível ver as pupilas. — Eles são intensos.

Deus! Só faltava uma coisa. Miles queria tanto ouvi-lo falar.

— Você disse que tenho uma bela boca... — Miles levou o indicador aos lábios de Ian, acariciando-os. — Gosta da minha boca?

— Gosto. — Ian fechou os olhos, rebolando lentamente. — E gostaria de beijá-la. — Aquilo deixou Ian mais nervoso que juntar suas ereções e esfregá-las. — Me beija, Miles — pediu, com o peito subindo e descendo.

— Obrigado — Miles respondeu e levou a mão da boca de Ian até a parte de trás do seu pescoço, puxando-o com agilidade e unindo seus lábios.

Ian, agora, confirmaria que gostava mesmo dos lábios de Miles, de sua textura macia e formato diferente. A mão firme de Omori em seu cabelo fazia-o querer arfar, mas nem sequer conseguia, porque estava tão repleto dele. Sabia que, se abrisse os olhos, naquele momento, tudo o que veria seria ele.

Miles passou suavemente sua língua pelo lábio inferior de Ian, que teve um sobressalto, fazendo seus membros se chocarem deliciosamente, levando-o a soltar um gemido entre o beijo. Foi a brecha para o moreno tocar sua língua, sentindo o garoto hesitar um tanto antes de encaixar os lábios e deixar a boca ser explorada. Ian tinha medo de que seus dentes batessem, mas deixou que Miles o levasse, com sua boca habilidosa e a língua gostosa. E, Deus, como era bom "trocar salivas". Devia ser feito para isso.

Pipes levou as mãos aos cabelos de Miles, brincando com os fios lisos e escuros, enquanto o garoto o beijava, fazendo seus lábios latejarem e a língua formigar. Todo o resto não existia. Nunca esteve tão perdido em suas sensações assim. Cristo! Era tão bom se deixar levar sem matutar cada detalhe.

O beijo tornou o recentemente descoberto tesão de Ian em algo maior ainda, e ele não conseguiu parar de rebolar, porque precisava de mais contato. E Miles correspondeu, jogando o quadril para cima, fazendo com que seus membros se friccionassem. E então, Ian sentiu algo novo atingir a boca de seu estômago, e era incrivelmente bom, fazendo-o rebolar mais rápido, soltando gemidos sôfregos entre o beijo. Não conseguia e não queria se controlar. Os dedos dos pés se retraindo e a sensação intensa, ainda presente em sua virilha, derramaram todo seu juízo.

Sua boxer estava quente e molhada.

E depois de um pico, a ereção pareceu diminuir.

O que foi aquilo?

Faltou-lhe ar, e Miles partiu o beijo lentamente, plantando beijinhos delicados sobre seus lábios, bochechas e queixo — carinhos que nunca tinha recebido antes. Ian suspirou, com os olhos ainda fechados, deixando Miles bobo com seu rosto e expressões angelicais, com a boca vermelha e um pouco inchada.

— Eu preciso tomar um banho — disse Ian, com o rosto começando a pegar fogo de novo.

— Espera. — Miles beijou-lhe de novo, de língua, fazendo Ian se sentir, por mais um minuto, no paraíso. — Por que tomar banho? Você já se lavou hoje.

Ian quis se jogar em um poço, vermelho como nunca. Não acreditava que aquilo tinha acontecido. Ainda assim, ali estava Miles, com uma interrogação cerrada entre as sobrancelhas bonitas e os olhos estrelados.

— E-eu... — Ele abaixou a cabeça. — Ah, Miles... eu...

Omori se mexeu um pouco e sentiu que Ian não estava mais ereto. Então, olhou para baixo e viu a sua calça manchada em um tom mais escuro.

Oh, Deus! Apenas se esfregando?

— Eu acho que... — Ian encostou a cabeça no ombro do mais alto. — Eu gozei, não é?

— Sim — Miles disse, com um sorriso, porque

aquilo era fodidamente adorável. — Parabéns, Ian, seu primeiro esporro.

Sentiu um tapa ardido em seu braço nu e gargalhou, deitando-se e trazendo Ian junto, ainda em cima de seu corpo. Em seguida, direcionou as mãos até a bunda de Ian, afagando as partes tão generosas.

— Tira a mão — Ian mandou, com a cabeça deitada sobre o peito de Miles, mas ele não a tirou. — Abusado.

— Você gosta. — Miles sorriu e beijou sua testa.

— Eu preciso mesmo tomar um banho. — Ian levantou-se, lamentando internamente, e puxou a camisa para baixo, para que Miles não visse novamente a mancha do sêmen.

— Posso ir junto? — Miles deu um sorriso travesso.

— Não. — Ian correu para o banheiro antes que mudasse de ideia e dissesse "sim".

No banho, sua mente não parava de rodar, pensando em tudo que fizera com Miles e Drake, sobre o que acabara de acontecer na cama.

Caramba, Ian só podia estar louco. Lewis surtaria quando soubesse. E Pipes não se sentia nem um pouco culpado por fazer isso pelas costas de Zhang, aquele filho da puta sem vergonha, traidor. Deus! Como tinha sido idiota de pensar que aquele menino frio e seco era um bom garoto? Miles, sendo o galinha que era, ao menos pegava um milho por vez, e os seus milhos sabiam uns dos outros.

Ah, Miles. A peça-chave.

Secou-se com uma toalha que tinha ali e se amaldiçoou por não ter trazido roupas, nem ao menos uma boxer. Muito hesitante, contornou a cintura com a toalha e deixou o banheiro.

— Tomara que caia. — Miles mordeu o lábio inferior, vendo Ian sair timidamente.

— Não joga praga. — Ele segurou mais firme a toalha e pegou roupas no armário.

— Troca aqui — Miles pediu, realmente disposto a convencer o ruivo a fazer aquilo. — Por favor...

— Não. — Ian riu da carinha de decepção dele. — Bom...

— Bom? — Miles saltou na cama, parecendo um cachorrinho prestes a ganhar uma bola de tênis.

— Bom, eu poderia. — Ian desatou o nó da toalha, revelando a parte lateral de sua coxa e bumbum. — Mas não quero! — Correu para o banheiro, sentindo Miles em seu encalço, e quase foi pego.

— Ian! — Miles chamou, batendo à porta. — Por favor... tenha piedade.

— Não. — Ian gargalhou e se trocou. Oh, há tempos não se sentia feliz assim. Seu pijama estava sujo, então teve que vestir um short, que ia até a metade de sua coxa, e uma camisa grande, que também cobria até parte da coxa. Mas hoje, especialmente hoje, queria se libertar de todas as correntes da decência. Então, tirou o short, ficando somente com a camisa branca e uma boxer preta, e voltou para o quarto, vendo Miles esparramado em sua cama.

— Vaza — pediu, mas queria que o garoto ficasse, sim, ali.

— Ah, você é tão malvado — Miles choramingou, analisando Ian dos pés à cabeça. — Deus amado.

— O quê? — Ian sentiu-se, de repente, incrivelmente inseguro.

— Você quer me matar — Miles dramatizou. Mas, uau, ele nunca vira as pernas de Ian antes. E que loucura! Elas eram lindas e definitivamente convidativas. Omori sentiu vontade de chupar o interior daquelas coxas fartas, com uma cor tão bonita.

Ian suspirou, aliviado, ao ver que o drama de Miles era um bom sinal.

— Você não vai sair? — perguntou ao se aproximar da cama.

— Você quer que eu saia? — Miles sentou-se no colchão.

Ian sorriu, envergonhado, e o outro puxou-o pelo pulso, fazendo-o deitar, juntou-se a ele debaixo da coberta, esticou a mão e apagou a luz na chave.

Pipes ficou imóvel por um tempo, deixando Miles irritado, mas finalmente se virou e jogou uma perna para cima das coxas dele. Quando pousou a mão delicadamente sobre seu peito nu, o garoto ofereceu o braço para que Ian o usasse como travesseiro, e assim ele fez.

— Nunca dormi na mesma cama que alguém — revelou, inalando o perfume alheio.

— Nem com sua mãe? — Miles fechou os olhos para aproveitar os carinhos em seu peito.

— Nem com ela. — A voz de Ian saiu tão baixa que, se não estivessem em total silêncio, Miles não ouviria.

— Como pode ter certeza? — Miles riu, divertido. — Você podia ser muito pequeno pra lembrar.

— Acredite em mim, Omori. — Ian o abraçou mais forte. — Nunca dormi com ninguém. Muito menos com ela.

Miles não quis insistir, porque sentia uma tristeza na voz de Ian e não o quis chatear.

— Bom... — suspirou. — Tudo tem uma primeira vez.

— Obrigado — agradeceu-lhe.

— Pelo quê? — Miles não via motivos.

— Por me dar uma noite estranhamente maravilhosa — admitiu. Guardaria esse dia em uma parte especial da memória.

— Obrigado você... — Miles beijou o topo de sua cabeça e, então, declarou, em tom um pouco mais baixo: — Por finalmente me dar uma chance. Estive esperando por isso mais do que você imagina.

Pipes não respondeu, apenas sorriu, de uma forma que Miles sentisse em seu braço, e fechou os olhos.

Nunca dormira tão bem.

Gire a Garrafa
05

Ian nunca acordara tão bem.

Mesmo que tenha ido dormir tarde, precisando acordar às sete da manhã, nunca dormira tão confortável e relaxado. Acordou abraçado a Miles, que poderia ser comparado a um anjo dormindo, com seus lábios tão únicos entreabertos, os cílios curtos, as bochechas amassadas, o cabelo bagunçado e a respiração calma.

— Acorde — pediu a ele baixinho, para não o assustar. — Miles.

— Eu só me levanto se me der um beijo — respondeu, sorrindo, de olhos fechados.

— Nem escovei os dentes! — Ian sentiu o rosto esquentar e começou a se lembrar das coisas que fizera, na noite passada, e do que vira.

— Na bochecha. — Miles virou o rosto para ele, e okay, Ian beijou, com as mãozinhas, incrivelmente pequenas para um cara de 18 anos, segurando-lhe pelos ombros. — Ah, você é o melhor despertador que a tecnologia já criou.

— Então, levanta. — Pipes deixou a cama, sentindo o típico frio matinal de Durham. — Já arrumou a mala para ir pra casa?

— Ian. — Miles se levantou também. — Eu tenho roupa em casa...

— Ah. — Ele não sabia como os alunos faziam quando iam passar o final de semana em suas casas. — Banho, então. Vai lá.

— Não quer ir junto? — Miles sorriu, realmente tentando convencer Ian.

— Você não presta. — Ian apenas o ignorou.

— Se prestasse, não seria tão bom. — Miles adentrou o banheiro. — Arruma uma roupa pra mim, então.

Ian bufou com a folga do garoto, mas se dirigiu ao armário, separando uma calça preta, uma camisa branca e, uh, uma boxer da mesma cor da calça, e voltou a se sentar na cama, com as mãos sobre o colo. Não tinha nada para fazer, já que ficaria no internato. Sua mente voou para a madrugada que vivera, horas atrás, quando estava rebolando no colo de Miles, enquanto o beijava de língua, e gozou apenas se esfregando. Não acreditava que tinha mesmo dito aquelas coisas, que tinha mesmo se entregado a Miles. Foi bom, muito bom. Ele sorriu ao se lembrar de tudo isso.

— Sua vez. — Miles saiu do banho com uma toalha no quadril.

— Eu vou tomar mais tarde. — Ian sorriu para ele. — Vou voltar a dormir.

— Como assim?

Miles enxugava o cabelo escuro com outra toalha.

— Como assim, o quê? — Ian estava prestes a se enfiar debaixo das cobertas novamente. — Você sabe que eu não vou pra casa nos finais de semana.

— Ah — Miles se lembrou. — Mas... você vai ficar sozinho aqui?

— É. — Ian sorriu, simples. — Não se preocupe, eu sempre fico.

— Por quê? — Miles vestiu a boxer por baixo da toalha e a tirou, terminando de vestir as roupas.

— Ah, Miles... — Ian abaixou a cabeça, desconfortável, dessa vez pelo assunto, e não pela nudez do outro.

— Me conta. — Miles se sentou ao lado de Ian. — Por que eu não faço a mínima ideia... Você nunca volta pra casa?

— Miles... — Ian o olhou nos olhos, suspirando. — Faz quatro anos que eu realmente não piso na minha casa.

— O quê? — Miles deixou o queixo cair. — Como? Por quê?

— Olha... — Ele se viu frustrado ao notar que contaria a Miles algo que somente contara a Lewis. — Eu não tenho pais. Eles morreram em um assalto... E não, eu não virei o Batman.

— Ian! — Miles o repreendeu por brincar enquanto falava de algo tão sério.

— Foi mal. — Ian sorriu internamente ao ver a

preocupação dele. — Eu tinha menos de dois anos de idade, sabe... Fiquei sob a guarda do único parente próximo: meu avô. Fui criado por governantas e babás super rígidas.

— Oh! — Miles estava surpreso, afinal ninguém naquele internato sabia da vida de Ian. — E por que você nunca volta pra casa?

— Porque meu avô está sempre acompanhado de garotas... — Rolou os olhos. — E não quer um moleque atrapalhando sua farra. Então, eu fico aqui no internato.

— Mas e nas férias? — Miles não conseguia acreditar que Ian já não ia em casa há quatro anos. Significava que ele não ia desde os tempos de calouro!

— Eu vou para acampamentos. — Ian sorriu, tristinho. — Passo Natal e Ano Novo com outros jovens, em colônias de férias, e no dia seguinte, a gente sai pra caçar borboletas. É, isso aí.

Ele até gostava de seus colegas de acampamento de férias. A maioria tinha uma situação parecida com a dele, então era difícil não simpatizar.

— Que merda — foi tudo o que Omori conseguiu dizer.

— Está tudo bem. — Ian sorriu, tranquilizador. — Ande logo, antes que os inspetores venham te chamar.

— Okay. — Miles foi calçar suas botas. — Se vista.

— Eu vou voltar a dormir — Ian repetiu.

— Não, não vai. — Miles o puxou para fora da cama.

— Do que você está falando? — Ian riu de nervoso.

— Se veste. — Miles foi até o armário e pegou uma calça jeans para ele. — Ou quer sair só de cueca lá fora? Por mim não tem problema.

— Mas... — Ian vestiu a calça, e Miles lhe passou um par de tênis. — O que você está fazendo?

— Arruma uma mochila com seus cadernos e coisas que precisa levar — disse, enquanto checava a própria mochila. — Vamos, Ian!

— Levar pra onde? — Ele nem sabia o que estava fazendo, mas estava procurando seus cadernos e livros mesmo assim.

— Pra minha casa — Miles respondeu, simples, enquanto penteava o cabelo.

O quê?

— Como é que é? — Ian parou o que estava fazendo.

— Vamos pra minha casa — ele repetiu, como se aquela fosse uma decisão comum.

— Miles... — Ian começou a gargalhar. — Você é maluco... Nem tem como fazermos isso. Nós precisamos de autorização para sair.

— Você já não é maior de idade?

Ian revirou os olhos.

— Não pra isso. Minha rematrícula foi feita pelo meu avô, então ele é meu "responsável" até o fim.

— Isso não faz sentido. — Fez uma careta. — Qual o número do seu avô? — Miles terminou de arrumar o cabelo.

— Você é definitivamente maluco. — Ele estava sério desta vez. — Nada disso faz o mínimo sentido.

— Vamos na secretaria. — Miles o puxou pela mão, levando-o para fora do dormitório. — Anda, Ian! Só temos até sete e meia, e são sete e vinte agora.

— Mas... — Ian apertou o passo com ele. — O-o que... Argh!

Eles chegaram à secretaria, e lá estava a pedagoga, com a maior cara de sono do mundo, apenas contando os minutos para deixar a escola.

— Precisamos fazer uma ligação — Miles foi direto.

— Bom dia pra você também, Omori. — A mulher rechonchuda bocejou. — Pra quem?

— O responsável pelo Ian — respondeu, eufórico.

— William Pipes? — Ela olhou para Ian, que assentiu. — Okay.

Ela ligou, e o homem não atendeu.

— Mais uma vez — Miles pediu, e a pedagoga suspirou, parecendo cansada. — Por favor.

Ela tentou de novo. Nada.

— São sete da manhã, Miles. — Ian o olhou,

desapontado. — Ele não vai atender. Não atenderia nem se estivesse ao lado do telefone.

— Não tem como o Ian sair sem autorização? — Miles olhou, pidão, para a mulher. — Eu me responsabilizo.

— Você, Omori? — Ela só faltou rir. — Não, não tem. O responsável que assinou a matrícula precisa autorizar.

— Mas ele é maior de idade! Nós dois somos!

— E o responsável só pode autorizar saída até às sete e meia ou vir presencialmente depois disso — ela simplesmente continuou falando, como se Miles não tivesse dito absolutamente nada.

— Tenta mais uma vez, então — ele insistiu, nervoso.

— Temos só três minutos. — Começou a discar lentamente. — Ele não vai atender.

— Tenta! — grunhiu Miles.

Ela colocou o telefone na orelha, entediada.

Nada.

Nada.

Nada.

— *Alô, residência dos Pipes.*

— Oh! — A pedagoga até se assustou ao ser atendida, colocando o grande telefone no alto-falante. — Eu poderia falar com o senhor Pipes? É sobre o neto dele.

— *Um minuto, por favor.* — Eles puderam ouvir a voz da empregada do outro lado. — *Ele perguntou o que querem falar sobre o menino.*

— Diz que eu morri — Ian falou seriamente, com seus olhos em uma súplica gritante. — Por favor!

— Ele morreu — inesperadamente, a pedagoga disse, rindo em silêncio.

— *Oh Deus!* — Ouviram a exclamação da moça do lado de lá. — *O senhor Pipes está vindo.*

— Obrigada. — A mulher fez um "joinha" com o dedão.

— *Eu sei que o garoto não morreu.* — Ouviram a voz grossa e preguiçosa do senhor Pipes. — *E a seguradora teria me ligado primeiro. O que ele fez?*

— Ele quer autorização para passar o final de semana em casa — respondeu, sem se importar se havia mentido.

— *Eu não o quero aqui* — o homem devolveu. — *Aliás, estou indo viajar para a Suíça hoje mesmo.*

— Ele quer passar o final de semana na casa de um amigo. — A mulher piscou para eles. — Miles Omori, outro aluno do internato.

— *Ah, ele tem amigos?* — O senhor Pipes gargalhou, e Ian nunca tinha escutado seu avô gargalhar antes. Era assustador, e ele não queria repetir a dose. — *Pode autorizar. Contanto que ele não apareça aqui, não vejo problema* — continuou, já sem paciência.

— Tudo bem — a pedagoga falou formalmente, sentindo um pouco de pena do garoto diante dela. — Passar bem, senhor Pipes. — E desligou. — Está autorizado, Ian. — A mulher olhou para o relógio. — Sete e meia, bem a tempo. Se divirtam.

— Jude, eu te amo! — Miles beijou a bochecha da pedagoga e puxou Ian. Juntos, eles correram pelos corredores, esbarrando em outros alunos, sem a menor preocupação.

— Eu não acredito nisso! — Ian pulou no colo de Miles quando entraram no quarto.

— Preparado pra passar dois dias na minha casa? — Miles questionou, com brilho nos olhos, apoiando a mão na cintura de Pipes e encostando-o na parede.

— Sim, sim, sim! — Ian sorriu, verdadeiramente feliz, abraçou Miles com mais força e sentiu seus lábios serem beijados.

Beijar Miles iria para sua lista de coisas favoritas no mundo, logo depois de fazer sudoku no domingo de manhã, mas perigosamente ameaçando tomar o pódio.

— Vamos, então. — Miles custou a encerrar o beijo, com Ian em seu colo, ofegante.

— Espera.

Ian desceu de seu abraço e foi para o banheiro. Miles se encostou na parede, fechou os olhos e suspirou. Tinha

Ian, tinha pelo menos um pouquinho de Ian, para si.

— Pronto. — Pipes deixou o banheiro, enxugando o rosto e escovando o cabelo vermelho.

— Não está esquecendo nada? — perguntou para se certificar, enquanto colocava a mochila nas costas.

Ian paralisou. Pensou no que Jude disse para seu avô, no que este respondeu e lembrou-se do "presente" que Drake lhe deu na noite anterior.

— Preciso pegar uma coisa. — Ele foi com a mochila para o banheiro, pegou o objeto, ainda no pacote lacrado, que Drake o oferecera, e o guardou. — Podemos ir.

— Vem. — Miles segurou sua mão, pegou tanto a sua como a mochila de Del Monte, e então, deixaram o quarto. — O Drake também já deve estar lá fora.

Eles foram para a parte exterior do internato, na qual os garotos se encontravam entrando em carros de luxo, todos loucos para sumir dali.

— Drake! — Miles encontrou o amigo sussurrando coisas no ouvido de Joshua.

— Que demora! — Drake pegou sua mochila.

— Seu folgado. — Miles lhe mostrou o dedo do meio.

— Ian? — Mikael olhou, surpreso, ao notar o garoto ali. — Vai pra casa?

— Vou pra casa do Miles — respondeu e sentiu as bochechas aquecerem.

— Falei que ia rolar beijo. — Joshua piscou. — Ninguém me engana.

— O que está fazendo de mãos dadas com esse cara? — Eles ouviram alguém perguntar e se viraram, encontrando Zhang, que caminhava, furioso, em direção a eles. — Solta meu namorado agora, Omori.

— Oh, coitado... — Joshua colocou os óculos escuros. — Tá se achando a última pica do deserto.

— Você é nojento, Zhang — Ian disse baixo, encarando, o agora, ex-namorado. — O mais nojento que já conheci.

— Do que está falando? — Ele tentou tocar o rosto de Ian, que desviou e se afastou.

— Pergunta pro Drake. — Ian apontou para o garoto, que acenou normalmente.

— O que você falou pra ele? — Zhang avançou em direção a Del Monte, mas foi impedido por Mikael e Miles.

— Eu mesmo vi o que aconteceu. — Ian riu da cara de idiota do seu ex. — Fala sério, você é um otário.

— Ian — o outro falou em tom de súplica. — Por favor, me entenda... eu...

— Entenda você! — Ian sentia-se como se fosse vomitar em breve. Era ridículo que ainda tivesse que ouvir as lamúrias dele depois de tudo. — Não fala mais comigo. Nunca mais. Está entendendo?

— Como é? — Zhang engoliu em seco, custando a deixar a peteca cair. Claro, na frente da escola inteira ele faria de tudo para manter sua moral.

— Foi o que você ouviu — Miles interferiu, dando um passo para a frente quando o ex de Ian o fez também.

— Isso aqui não é da sua conta, moleque. — Zhang o encarou, com uma careta odiosa de quem tentava botar medo, mas não apavorava nem a porcaria de um passarinho.

— Tudo que envolver o Ian é, sim, da minha conta. — Miles estalou as juntas dos dedos e moveu o pescoço de um lado para o outro, com o cabelo liso balançando por causa do movimento.

— Isso é uma piada. — Voltou a olhar para Ian. — Vai me trocar por esse pivete, que só presta pra enfiar bola em cesta de basquete?

— Exatamente. — Ian sorriu, fazendo os olhinhos pequenos e acinzentados se fecharem: um bolinho recheado de desprezo. — Se quer saber, você nem é tudo isso. Passar bem.

— Ian! — Zhang o puxou bruscamente pelo pulso.

— É melhor soltar ele — Miles avisou.

— Ou o quê? — o chinês o desafiou.

— Ou você pode escolher quem vai socar sua cara primeiro — disse Drake, e ele, Mikael e Miles fizeram uma fila.

— E apanhar deles só é legal na cama. — Joshua separou a mão de Zhang do pulso de Ian. — Acabou, lindo. Sai, inútil.

— Que merda, Ian! — Zhang grunhiu, furioso, bateu um pé no chão comicamente e desistiu, batendo em retirada. Quem olhava sem contexto até imaginava que ele era a vítima da situação. *Canalha.*

— Que bom que ele não escolheu apanhar. — Mikael desfez a pose máscula. — Eu já não sei brigar, e ontem o Joshua... Ah. Acho que tô com a tendinite atacada.

— Meu motorista chegou — Drake avisou. — Pipes, depois eu tenho que te mandar uma mensagem. Então, se eu me esquecer, por favor, me chame.

Ian assentiu, mesmo não entendendo direito. Eles se despediram, vendo que seus motoristas chegavam, e Miles o puxou para saírem dali, já que seu carro também havia chegado.

— Acompanhado, senhor Omori? — o motorista perguntou, alegre, enquanto partia.

— Melhor companhia da vida. — Miles beliscou o queixo de Ian, que sorriu, envergonhado.

— E seus pais, Miles? — perguntou, preocupando-se.

— Estão viajando.

— Então, vamos ficar sozinhos?

— Não, tem empregados por toda parte.

— Menos mal.

— E por quê? — Miles encarou o garoto. — Está com medo de quê?

— Miles... — Ian desviou o olhar, constrangido, e ouviu o menino rir.

Foi uma viagem de uma hora, tão lenta que o garoto até dormiu, com a cabeça deitada no ombro do outro. E quando chegaram à enorme casa dos pais de Miles, ele só sentiu vontade de dormir mais um pouco.

— Quarto de hóspedes, Sr. Omori? — uma das arrumadeiras perguntou quando os dois chegaram.

— Não, ele vai dormir no meu quarto — respondeu como se aquilo já tivesse sido resolvido antes.

— De jeito nenhum! — Ian protestou. — Quero um quarto de hóspedes, sim.

— Ah, Ian! Mas a gente já dorme no mesmo quarto todo dia! — Miles fez um biquinho triste.

— Por isso mesmo!

— Okay, okay, quarto de hóspedes... Mas dê a chave do que estiver mais próximo ao meu.

— Sim, senhor — a mulher assentiu e se retirou.

— Você é muito folgado. — Ian tentou não sorrir para Miles, tarefa que se tornava progressivamente mais e mais complicada.

— Não fui eu que dormi no seu ombro. — Miles passou por ele, indo em direção à cozinha.

— Ah, perdão. — Ele o acompanhou. — O que eu posso fazer se meus colegas de quarto me fizeram jogar uma brincadeira besta até às duas da manhã?

— Eu não sei de nada — respondeu, abrindo a geladeira de duas portas. — O que gosta de comer?

— Qualquer coisa. — Ian se sentou em um banco perto da bancada.

— Qualquer coisa de morango? — Miles voltou, com o pedaço de uma torta em um prato. — Vamos comer e depois dormir.

— Por favor. — Ian alcançou uma colher, e eles dividiram a torta de morango. Era doce como os beijos que haviam trocado ontem, e pensar nisso, definitivamente, não ajudava o rosto do ruivo a parar de esquentar perto de Miles.

Assim que terminaram de comer, eles subiram as escadas, que davam para um andar cheio de portas. Ian ficou até perdido.

— Não quer mesmo dormir comigo? — Miles guiava-o discretamente até seu quarto. — Minha cama é melhor.

— O que seus empregados vão pensar de nós?

Ian parou em frente à porta cheia de adesivos escritos, com coisas como: "Não entre", "Jamais entre" e,

Jesus, "Quarto oficial da procriação", "Mandei não entrar" e "Reino do rei Miles".

— De você eu não sei. — Ele já estava com a mão na maçaneta. — Mas tenho certeza de que vão me achar o cara mais sortudo do mundo.

— Miles... — Pipes sorriu, envergonhado. Ele era bom demais em xaveco, deveria ser proibido. — Mas realmente não quero conhecer o reino do rei Miles ainda. Me deixe dormir! — E se soltou de Miles, indo em direção à porta da frente, mas voltou o caminho para dar um selinho no garoto, que ficou todo bobo, e só então entrou no quarto de hóspedes.

Ian dormiu até três horas da tarde, acordando, confuso, por causa do horário. Ficou com medo de sair do quarto e Miles ainda estar dormindo, não queria ficar sozinho naquela casa.

Resolveu não arriscar e ficou no quarto, respondendo às questões de uma lição de casa e, logo após, os exercícios de um livro de aquecimento para o vestibular. Ouviu uma batida na porta e pediu que entrasse, encontrando Miles com um sorriso no rosto.

— Está estudando? — Sentou-se ao lado dele na cama. — Sério, Ian?

— O quê? — Ele não compreendeu, já que aquilo era normal para si.

— É sábado. — Arrancou o livro das mãos de Pipes. — E na minha casa é proibido estudar no sábado.

— Acho que é proibido estudar qualquer dia, não é? — Ian rolou os olhos, tentando pegar o livro das mãos do menino. — Miles!

— Qual é? — Omori desviava o livro das mãozinhas de Ian. Era relativamente fácil, porque Ian não era lá muito rápido nem muito alto. — Por que você estuda pra faculdade? Seu avô vai pagar pra você mesmo.

— Eu sei. — Ian cansou-se de tentar pegar a apostila. — Mas quero estar preparado. Então, me devolva o livro.

— Venha pegar. — Ele se levantou e ergueu o livro,

e Pipes tentou pular para pegá-lo. — Ian, você se esqueceu que eu jogo basquete? E que você é um tampinha?

— Argh! — Ian o empurrou, irritado. — Devolva agora, ou nada de beijinhos ou coisa parecida. Você escolhe.

— Eu vou arriscar — Miles não cedeu.

— Eu ia guardar o livro... — Ian deu de ombros. — E ia visitar seu quarto... saber se sua cama é mesmo boa. Mas tudo bem, Miles...

— Oh, oh. — Ele abaixou o braço. — Eu estava apenas brincando.

— Eu também. — Ian tomou o livro das mãos dele. — Esse é o problema de quem pensa com a cabeça de baixo.

— Perdão? — Miles tornou-se pura indignação. — Fui eu que te chamei na minha cama pra me esfregar em você?

— Eu... — Ele travou, envergonhado. — E-eu... Ah, Miles, não diga que não gostou!

— Não foi o que eu disse. — O garoto o puxou pela cintura, juntando seus corpos. — Aliás, nem sei o que te deu ontem. Mas eu gostei, gostei muito.

— Que bom. — Ian sorriu, ameaçando beijar Miles. — Porque não vai acontecer de novo.

— Não vai mais se esfregar em mim? — Omori fez um biquinho.

— Nada a declarar. — Ian desviou o olhar.

— Opa... — Sorriu de forma lasciva, colando seus lábios aos de Pipes.

Ian queria mesmo tirar os braços de Miles de sua cintura, mas não deu, não com o garoto o beijando tão intensamente, de forma sensual, e aos poucos, colocando-o contra a parede. Ele levou suas palmas para o cabelo de Omori, puxando os fios levemente, enquanto sentia as mãos grandes do outro adentrarem sua camisa, tocando suas costas como se conhecesse cada detalhe.

Quando o ar faltou, Ian arfou, sem fôlego, e Miles desceu os beijos para seu maxilar, trilhando para o pescoço, o qual passou a beijar e chupar sem muita força. Ian levantou o queixo, para que Miles pudesse ter mais de si, ter tudo o que quisesse... e fechou os olhos, aproveitando a sensação quase mística.

Voltaram a se beijar, perdidos no tempo e espaço. Miles, silenciosamente, erguia a camisa de Ian, que parecia ocupado demais no beijo, rebolando sua língua na dele.

— Como você sabia que eu ia tomar banho? — Ian se desvencilhou, de repente, de Miles e terminou de tirar a camisa, abrindo o armário em seguida. Seu rosto queimava, mas ele tinha um sorriso danado nos lábios carnudos.

— Ah, Ian — Miles choramingou e até bateu o pé no chão. — Por que você é assim?

— Assim como? — Fez-se de desentendido, tentando passar para alcançar sua mochila. — Vou precisar de roupas, então me dê licença.

— E quem disse que eu quero que você use roupas?

— Azar o seu. — Ian deu de ombros, pegou a mochila e deixou o quarto.

— Tudo bem. — Miles o acompanhou e o guiou até o banheiro. — Vamos sair pra comer alguma coisa depois que você terminar. — E dito isso, Miles "mofou" no sofá da sala, esperando o ruivo descer. Por que estava demorando tanto?

Ele queria sair logo, para se exibir com Ian ao lado, queria conseguir beijá-lo na frente dos outros, para que as pessoas vissem bem quem ele tinha nos braços e sentissem inveja. Pipes não era um troféu, mas certamente Omori sentia que tinha ganhado um prêmio.

— Pronto. — Foi despertado pela voz do próprio rapaz, que apareceu vestido com roupas diferentes do uniforme do colégio, enchendo-lhe os olhos. — Mas a calça está tão apertada. Não uso ela faz um tempo...

— Bem que eu queria ser essa calça. — Miles se levantou e foi ao encontro de Ian, tocando o traseiro rechonchudo dele e recebendo um tapa em troca.

— Ridículo — resmungou o outro, e então, eles deixaram a casa.

— Por que demorou tanto no banho? — Miles ia em direção à garagem, enquanto o ruivo o seguia.

— Não é da sua conta — Ian evitou olhá-lo quando respondeu.

— Na verdade é, já que cobram pela água e são meus pais que pagam.

— Se você quiser, eu mando o dinheiro quando chegar o talão. — Ian estava começando a se irritar. Por que Omori tinha que ser tão persistente?

— Drama — resmungou em resposta. Miles, na verdade, procurava o motorista, que não parecia estar em lugar algum. Como não tinham avisado que sairiam, também não insistiu. — Okay, estou sem paciência, vamos andando.

— Andando? — Ian fingiu estar exausto.

— É, com as pernas. — Miles segurou na mão dele, e eles passaram pelo portão, acenando para a portaria.

— Ahhhh, Miles. — Ian apontou para o céu, com um tom de resmungo na voz. — Vai chover e está ficando tarde. Vamos ficar na sua casa no quentinho, hein?

— Proposta tentadora. — Mordeu um sorriso, mas então, continuou falando, para o desespero de Ian. — É aqui perto, anda.

Omori teve, então, que praticamente arrastar o garoto até a outra rua, na qual havia um pequeno café. Eles fizeram seus pedidos e esperaram em uma mesa no canto. O lugar era aconchegante e com um ar jovial. Ian via os adolescentes rindo e brincando em outras mesas, e realmente sentiu inveja.

— O que foi? — Miles perguntou, ao passo que a garçonete depositava seus pedidos na mesa. Tinha notado o peso nas sobrancelhas ruivas do outro.

— Eu sei lá. — Ian tomou um gole de seu suco. — Eu só... — suspirou, frustrado. — A gente se forma daqui a dois meses, e ano que vem tem a universidade.

— Eu sei. — Miles não parecia animado com aquele fato.

— Acontece que eu não fiz nada — Ian confessou. —

Passei minha adolescência inteira sem fazer nada. Eu só estudei, estudei e estudei. E quando finalmente encontrei um namorado, foi uma merda. É provável que um caçador atire em mim, me confundindo com um alce.

— Ian... — Miles riu fraco. — Você tem a vida toda pela frente. Se acalma...

— Mas eu não tenho memórias incríveis da adolescência. — Começou a comer seu sanduíche. — Tipo, você deve ter um monte de coisas pra contar...

— Ah. — Omori não queria fazer o garoto se sentir pior. — Tenho... mas não significa nada.

— Enfim! — Quis sair do assunto. — O que será que o Drake quer comigo?

— Sobre a tal mensagem? — Miles não fazia a menor ideia. — Chama ele.

— Certo. — Ian tirou o celular do bolso e mandou um "Olá" para o colega. — Mas vamos comer logo, antes que comece a chover.

Eles lancharam, trocando olhares e farpadas leves. Miles fez questão de roubar beijos rápidos do garoto, só para mostrar aos outros que podia beijá-lo. Ian era lindo até simplesmente tomando um suco.

Deixaram a cafeteria um tempo depois, abaixo das nuvens carregadas, com um Ian tomando sua garrafa de água nervosamente. O plástico estalava em suas mãos, como se fizesse jus ao ruído dentro da sua cabecinha.

— Por que está assim? — Miles indagou, sentindo os primeiros pingos de chuva caírem sobre sua cabeça e ombros.

— Miles... — Queria tanto contar a ele. Não sabia bem por que, era bastante vergonhoso, mas queria. — Eu fiz uma coisa estranha no banho.

— Ah, por isso demorou? — Miles ligou os pontos. A chuva chegava cada vez mais rápido também. — Vamos logo. — Segurou a mão de Ian para que andassem mais rápido. Estavam quase na frente de casa, e se não fosse a chuva, o frio subsequente acabaria com eles.

— Miles. — Ian parou de andar, segurando a mão do garoto com força. — Eu me masturbei.

— Uh. — Miles ficou sem reação, sentindo a chuva cair em peso, prestes a molhá-lo inteiro, mas não podia ignorar as palavras de Pipes, então tentou. — Olha, é normal bater uma punheta.

— Não foi punheta. — Ian, agora, tinha o cabelo ruivo em um tom mais escuro, molhado pela chuva e escorrendo pelas bochechas marcadas.

Miles não conseguiu formar palavras, pois aquilo era definitivamente novo. Por que Ian estava lhe contando isso?

— C-como foi? — perguntou, então, já não se importando se a chuva estava encharcando seu corpo.

— Doeu. — Ian abaixou o olhar, um pouco envergonhado. — Drake me ensinou um *negócio*.

— O quê?

Miles estava com medo. Drake podia ensinar muitas coisas estranhas, e Ian fingia que não, mas era muito curioso.

— Ele me deu uma coisa. — Sentia-se quente, mesmo com a chuva fria constantemente caindo. — Uma bomba.

— Uma bomba? — Miles estava evitando interpretar as coisas daquela forma, mas não era tão fácil quando encarava as gotas de água deslizando pelos lábios do ruivo.

— De fazer enema. — Ian fechou os olhos enquanto dizia.

— Oh, Deus! — Omori tentou não gritar de emoção.

— Eu fiz. O enema.

— Por quê?

— Porque eu quero.

— Quer o quê?

— Quero você.

— Eu?

— Você.

— Como?

— Dentro de mim.

Miles geralmente agia bem nesse tipo de situação, e se fosse outro cara, estaria sorrindo uma hora dessas, dando o que ele queria. Mas era Ian Pipes ali. Era Ian dizendo que havia se preparado para ele. Porque o queria. Dentro.

— Você me quer? — Ian atreveu-se olhar para o garoto, mordiscando o próprio lábio, nervoso.

— Você sabe que sim. — Miles se aproximou dele, agora completamente molhado. — Desde o dia em que te vi pela primeira vez.

— E eu quero, Miles — devolveu baixinho, soltando a garrafa de água e passando seu braço livre em volta do pescoço do outro. — Eu posso estar parecendo um puto agora... mas a verdade é que eu quero.

— Você não está parecendo puto algum. — Miles segurou o rosto dele. — Você só é um jovem comum, com desejos comuns.

— Você me faz sentir isso. — Fechou os olhos, sentindo a respiração quente de Miles perto do seu rosto. — Você faz eu querer fazer todo tipo de coisa.

— Faço? — Miles roçou seus lábios no menor.

— Hoje, quando eu me masturbei... — Engoliu em seco, com a voz fraca, enquanto Miles segurava sua mão e seu rosto com firmeza. — Eu me fodi com meus dedos... pensando em você.

— Foi? — Omori encarou o rosto molhado de Pipes, com os olhos pequenos fechados e o cabelo ruivo grudado na testa.

— Eu não quero mais meus dedos — Ian admitiu, envergonhado. — Eu quero você.

Miles não encontrou palavras, mas fechou os olhos e tomou os lábios de Ian, unindo suas línguas nervosas, guiando os movimentos do pouco experiente Pipes.

Beijo na chuva: um item a menos na lista de Ian.

— Vamos. — Ian partiu o beijo, já sem ar, e começou a correr, com Miles ao seu lado, ainda segurando sua mão e preservando o calor entre eles.

Os garotos chegaram, ofegantes e ensopados, ao portão

da casa, esperando o segurança liberar a entrada, com o tom escuro, no início da noite, finalmente tingindo o céu.

Correram mais um pouco até a porta, adentraram, com os sapatos molhados, e subiram as escadas às pressas, livrando-se dos casacos encharcados e pesados.

Miles empurrou Ian contra a parede, no corredor, e voltou a beijá-lo com intensidade, com as mãos do menor em sua nuca, puxando os fios, enquanto seus lábios se chocavam, formando sons gostosos e mais molhados que a chuva.

Foram, aos beijos, até a porta de Miles, na qual pararam por um momento, olhando nos olhos um do outro.

— Vai fazer com carinho? — Ian indagou, um pouco preocupado.

— Eu vou cuidar de você, bebê. — Miles lhe beijou a testa, sob o cabelo ruivo molhado, e abriu a porta, dando espaço para Ian entrar. E este timidamente deu os primeiros passos, com os olhos curiosos deslocando-se de um ponto a outro, em busca de novas informações.

Miles tinha um quarto normal, grande, com uma cama enorme e, basicamente, vários objetos eletrônicos japoneses. Nada incomum, nada que, naquele momento, valesse mais a atenção de Ian do que o próprio Miles.

Virou-se, encolhido, para ele, que tirava as botas e a camisa, ficando apenas com a calça preta. Seu corpo brilhava por causa da água da chuva, mesmo com o quarto em iluminação baixa.

Omori se sentou na beira da cama, admirando Ian e sua timidez, com a camisa branca, de manga longa, colada em seu corpo e as mãos nervosas juntas, em frente ao corpo.

— Não precisa fazer se não quiser — Miles deixou claro, com a voz calma.

— Eu quero. — Ian começou a se aproximar, parando em frente ao garoto. — Só não sei o que fazer.

— Eu disse que ia cuidar de você.

Miles se levantou, beijou a bochecha de Ian, levou as mãos para a barra da camisa dele, puxou-a para cima e a retirou.

— Você é lindo, sabia?

Ian não soube como responder, então apenas sorriu. Foi beijado pelo outro, que segurou nas mãos dele e guiou-as até seu abdômen, fazendo-o sentir a pele e os músculos.

Desta vez, o beijo era calmo, mas, ainda assim, intenso, enquanto Ian explorava a pele de Miles, reconhecendo cada espéculo da maciez. Foi pego de surpresa ao sentir a mão tocar seu membro por cima da calça, pressionando, e teve que partir o beijo, arfando por causa dos movimentos em sua virilha. Quase saltou ao ver Miles abrir o fecho da calça apertada e puxá-la para baixo, ajudando-o a se livrar dela e dos tênis. Mas Omori se abaixou, ficando de joelhos a sua frente, que estava só de cueca.

— Você... — Ian segurou a mão de Miles quando ele a levou até a borda da boxer, praticamente chacoalhando sob o toque. — Você vai...?

— Você não quer? — Ergueu uma sobrancelha, sorrindo.

— E-eu — tentou responder, ficando mais e mais nervoso, até que Miles arrastou a última peça de roupa para baixo.

Revelando o falo de Ian, o moreno mordeu um sorriso safado, ao passo que o outro garoto tapou a boca com as mãos, como se estivesse segurando um colete salva-vidas. Ele estava semiereto, e a feição de Miles se transformou em um sorriso carinhoso ao ver a vergonha de Ian. Segurou o falo do garoto com uma mão, ouvindo-o soltar um gritinho, e começou a bombeá-lo.

— M-Miles... — Ian apoiou as mãos trêmulas nos ombros dele, enquanto Omori o masturbava.

Omori guiou Ian até a cama, na qual o fez se sentar e terminou de tirar a boxer, deixando Pipes completamente nu. E Miles teve que parar um segundo, para admirar corretamente o corpo do garoto, que estava de olhos fechados e com a boca entreaberta, sendo completado pelo resto do corpo, com as curvas bem desenhadas e a pele de cor bonita.

— Não acredito que demorei tanto pra pegar você

pra mim — Miles confessou, com os olhos fixos na boca convidativa de Ian, e o envolveu em um beijo, com a mão em seu membro, cobrindo-o com o punho e deslizando rápido, do topo até a base.

Ian gemia na boca de Miles, segurando-se em seus braços fortes, com a sensação de prazer tomando seu corpo. Tinha os olhos fechados com força, com medo de derreter de vergonha se Miles o olhasse, então foi pego totalmente de surpresa quando sentiu a língua quente em sua glande.

Miles primeiramente lambeu e depois abocanhou, chupando a ponta, sentindo Ian tremer abaixo de si. E engoliu até seus lábios tocarem a virilha dele, voltando, chupando de novo, com a outra mão nos testículos de Ian, afagando-os.

Pipes não sabia o que fazer, como agir, não com Miles o chupando de forma tão gostosa. Queria correr dali, por estar tão assustado, mas não queria perder o contato com a boca quente e molhada, com a língua habilidosa. Frustrado, deitou-se na cama, gemendo por causa do oral, sentindo os lábios de Miles subirem e descerem em volta de sua ereção, fazendo sensações, jamais sentidas, explodirem em vários pontos de seu corpo.

Foram longos minutos naquele estado: Ian gemendo, sôfrego, e Miles com a boca deslizando em seu membro. Contorcendo-se, o ruivo tinha as unhas cravadas nos braços do maior, perdendo-se no toque e no desejo.

E então, foi virado de repente.

Ficou de bruços e apertou os lençóis, temendo o que aconteceria. Sentiu as mãos macias em sua bunda e se arrepiou, vendo, por cima dos ombros, Miles se colocar entre suas pernas.

— Está tudo bem. — Miles mirou seus olhos, tentando tranquilizá-lo.

Ian afundou o rosto no colchão, sentindo Omori afastar suas nádegas, com a respiração quente perto de sua entrada.

— Ah, meu Deus, Miles! — Agarrou a mão do garoto ao sentir a língua em sua entrada. Ele nem imaginava que as pessoas faziam isso, mas agora podia imaginar *por que* faziam.

Estremeceu quando sentiu o músculo se afundar em sua intimidade e fechou os olhos, tentando se manter calmo com aquele ato. Era bom. Muito bom. A língua e os lábios chupando sua entrada de forma suave, causando arrepios estranhos em seu corpo. A excitação crescia ainda mais com aquele ato tão, tão obsceno.

Soltou um gemido, com as mãos de Miles apertando sua bunda e sua boca fazendo um bom trabalho. Ian estava indo à loucura. Mas Miles parou, virou-o novamente e começou a tirar a própria calça. Ficou só de boxer, com o volume grande no meio, sorriu para Ian e, só então, abaixou o restante das vestes.

Ian levou as mãos aos olhos, tapando-os.

Era grande.

Grande.

Miles deu a volta na cama, em busca de uma camisinha, e voltou, encontrando Ian com as pernas fechadas e as mãos na frente do rosto.

Ian sentiu as pernas serem abertas e temeu que pudesse morrer sem ar.

Miles pegou um travesseiro na cabeceira e o empurrou para baixo do quadril do ruivo, com uma destreza absurda.

Ian sentiu, primeiro, um líquido frio escorrer para sua intimidade e se arrepiou. Em seguida, ele sentiu um dedo adentrar lentamente, e tudo bem, havia feito o mesmo mais cedo. Mas era Miles fazendo aquilo, era o dedo de Miles entrando e saindo rápido.

De súbito, sentiu um segundo dedo, continuando com o ritmo rápido. Ian gemia e sentia o corpo quente. Estava tão exposto, tão entregue, tão não-arrependido, tão estranhamente feliz.

Sentiu o terceiro dedo, e nesse não conseguiu se conter, deu um pulo.

— Oh, meu deus... — gemeu, surpreso.

— O que foi? — Miles estava risonho.

— Fica calado — pediu, constrangido, sentindo a dor na bunda ficar mais suave conforme Miles o masturbava.

Pelos próximos minutos, tudo o que comprimia o ar do quarto eram os sons molhados do falo sendo estimulado e os sussurros incompreensíveis vindos de Ian. O garoto virava a cabeça de um lado para o outro, nervoso e inebriado ao mesmo tempo. Seus fios cor de fogo se espalharam pela cama, deixando um rastro úmido no travesseiro, e seu corpo arqueava ao redor do toque.

— Podemos ir? — Miles parou o que estava fazendo aos poucos, retirando os três dedos, e pegou o preservativo. — Quer pôr?

Ian teve que abrir os olhos, aceitou, pegou a camisinha e abriu a embalagem com os dentes. Muito tímido, segurou o membro de Miles e o masturbou um pouco, simplesmente para matar a vontade de fazer aquilo, espiando a reação dele. Por fim, encapou-o.

— Vai com calma — Ian pediu, fechando as pernas outra vez.

— Eu não vou te machucar.

Miles acariciou as coxas de Ian, fazendo-o relaxar até deslizar suas pernas, expondo o corpo bonito, inclinou-se sobre o garoto e posicionou o pênis, mas não o penetrou. Olhou nos olhos dele, pedindo permissão, porque queria ter certeza. Certeza de que queria aquilo tanto quanto ele.

— Pode ir — suspirou ao dizer, tentando ficar calmo. — Mas devagar!

Miles não respondeu, segurou na cintura de Ian e começou a pôr lentamente, mas sem parar. E Pipes o abraçou pelo pescoço, fazendo seus troncos se unirem, enquanto tentava manter a respiração calma.

Doía. Doía demais.

Não era nada comparado a fazer com os dedos, era grande e preenchia todos os lados. Parecia que o partiria ao meio.

Miles terminou de penetrar, fazendo sua virilha tocar as bolas de Ian, e fechou os olhos, sentindo a pressão em volta de seu pênis engolindo-o. Ian, por outro lado, tentou conter os gemidos de dor, mas lágrimas começavam a verter de seus olhos sem qualquer chance de controle.

— Já vai passar. — Miles enxugou as lágrimas que escorriam do garoto, beijou seu pescoço suavemente e lambeu, com um pouco mais de intensidade.

Ian tentou se concentrar nos carinhos de Miles em sua pele, mas a dor era tanta que, mesmo que ele estivesse apenas parado, era dilacerante.

— Por que dói tanto? — perguntou, perdido na ardência lá embaixo. Ainda estava terrivelmente excitado, mas era difícil ignorar o que sentia quando estava tão cheio assim.

— Depois melhora, eu juro. — Miles beijou o rosto dele, que tinha aquela expressão dolorida. — Eu vou fazer valer a pena.

Ian sorriu fraco ao ouvir aquilo e decidiu se mover, indicando que Miles poderia prosseguir, e foi o que ele fez: começou a mexer o quadril devagar, tirando e repondo, enquanto o menor segurava seus ombros com força. Miles beijou Ian, passando a se mover mais rápido, e se afastou aos poucos, ficando, por fim, com as costas eretas. Segurou a cintura de Pipes, puxou-o para mais perto, fazendo-o abraçar seu próprio baixo torso com as pernas, apoiou as mãos no colchão e introduziu com força, levando Ian a gemer.

Ian se pegou surpreso, notando que gradativamente começara a sentir o prazer nas investidas do outro. Tinha suas pernas em torno do quadril dele, a bunda um pouco erguida e as mãos segurando nos pulsos de Miles, que passou a estocar com força e rapidez, sendo incentivado pelas expressões faciais e corporais de Ian, que indicavam que ele estava sentindo prazer. E merda, era tão bom estar dentro dele. Era tão bom foder Ian Pipes.

— Miles... — Ian gemeu, quase gritou, sentindo ondas de êxtase atingirem seu corpo em lugares jamais imaginados, como se sofresse seu próprio *Big Bang* bem ali. Sensível, qualquer lugar que Miles o tocasse causaria prazer.

Estava se sentindo bem, ah, estava transando com o garoto, tinha ele dentro de si tão bem, pondo fogo na cama. Talvez Ian não conseguisse descrever quão gostoso era ter seu interior sendo fodido pelo outro. A força, a rapidez, a habilidade. Ele não sabia como havia chegado até ali sem gozar. Mas então, Miles parou, desenlaçou as pernas de Ian de sua cintura e se sentou na cama, recebendo um olhar confuso de Ian, mesmo que este nem sequer conseguisse manter os olhos abertos, tamanha a nuvem de tesão que o assombrava.

— Aqui. — Miles deu um tapinha na virilha, indicando.

— É sério? — Ian perguntou, ofegante, e o garoto confirmou.

Envergonhado e perdido, sentou-se, primeiro, nas coxas, mas de costas para ele, e segurou seu membro para que sentasse em cima. Por fim, sentiu o interior ser preenchido novamente. Soltou um gemido grosso, percebendo que naquela posição o pênis ia mais fundo ainda, se é que era possível. Rebolou, primeiramente, criando forças para começar a sentar, mexeu o quadril lentamente, com as mãos apoiadas nas coxas de Omori, e então, começou a cavalgar, sem pressa, procurando um modo de fazer isso corretamente.

Não conseguia ver as expressões de Miles, mas o ouvia arfar abaixo de si. Aumentou o ritmo, engolindo o pau do garoto, sentindo a glande surrar suas extremidades com força.

Miles soltou gemidos altos com Ian cavalgando rápido, fazendo sua bunda se chocar com a virilha dele e gemendo, com as unhas arranhando suas pernas.

Ian jogou a cabeça para trás enquanto sentava em torno de Miles, gemendo, sôfrego. Sentiu as mãos fortes tomarem sua cintura, guiando-o, fazendo-o ir mais rápido. Soltou um grito fino, quando algum ponto de seu interior foi atingido, e quase desmanchou devido ao tamanho prazer. Era algo que nunca tinha sentido antes, nem mesmo palavras como "magnificente" poderiam descrever a sensação.

Miles o empurrou para a frente, fazendo-o perder o contato, e saiu de sua posição. Ficou de joelhos na cama, enquanto

Ian estava de quatro, agarrou sua cintura e voltou a penetrar.

Ian tentou manter os braços firmes, mas atrás tinha Miles, enfiando forte e fundo, acertando sua próstata com voracidade. Ele não tinha mais forças, então seus braços cederam e seu tronco atingiu o colchão, deixando sua bunda mais empinada, mais exposta.

Miles estava quase lá, seus gemidos eram entrecortados por arfadas violentas, enquanto as mãos apertavam as nádegas de Ian com força. Seus corpos suados grudando, a franja escura colada na testa. Ian naquele estado, sob a iluminação baixa de um abajur, recebendo tão bem.

Pipes estava tentando se segurar o máximo que podia, para que aquele momento durasse mais um pouco. O prazer correndo por seus membros, como corrente elétrica, seu interior sendo castigado, o calor que o fazia pensar que entraria em combustão e Miles gemendo deliciosamente.

— Mi… Miles — Ian gemeu, tentando avisar que viria, agora chorando de prazer. — E-eu... *Ahhh.*

Veio. Veio em jatos grossos, sem nem tocar o próprio membro, sentindo o líquido espirrar contra seu peito. Rebolou inconscientemente e virou os olhos de tesão.

Miles continuou a bombear, vindo logo depois, por conta dos gemidos pornográficos de Ian, e deitou-se sobre ele, ainda dentro, encostando seu rosto nas costas suadas do ruivo. Somente seus últimos gemidos e respirações cansadas eram ouvidos no quarto.

Saiu de cima do garoto, momentos depois, e virou-o. Sua expressão estava cansada, com vestígios de prazer, a boca inchada estava levemente aberta e os olhos, fechados. Parecia exausto.

— Você está bem? — Beijou sua bochecha, preocupado.

— Nunca estive melhor. — Ian sorriu em resposta, puxando o de cabelo preto para um beijo. Um beijo demorado e gostoso.

Ficaram longos minutos em silêncio, deitados, apenas trocando beijos.

— Vamos tomar um banho — disse e ajudou Ian a se levantar. Este foi vergonhosamente mancando para o banheiro da suíte.

Tomaram o banho praticamente abraçados. Mas Miles ensaboou o corpo do menor e lavou seu cabelo, exagerando propositadamente na quantidade de shampoo, formando enormes espumas de sabão sobre a cabeça de Ian.

Voltaram para o quarto em uma bolha, trocando carícias bobas. Miles retirou o lençol e algumas fronhas, arrumando tudo, enquanto Ian secava o cabelo. Na verdade mesmo, Ian estava pensando no que eles fizeram, sorrindo de maneira boba. Okay, sua bunda toda doía, devido à intensidade de Miles, mas estava tudo bem para ele. Espiou-o pelo canto do olho, vendo-o concentrado na tarefa de encapar um travesseiro, o mesmo que estivera sob seu corpo minutos antes. Seu rosto esquentou. Estava tudo bem, porque tinha se sentido *tão* bem.

Ouviu o celular apitar dentro da calça molhada, desligou o secador e foi buscar o aparelho, vendo que eram mensagens de Drake:

Idiota 2: *Espero que você tenha feito algo educativo com o Miles. Vou ficar muito decepcionado se, na próxima vez que eu te ver, você ainda for virgem.*

Idiota 2: *Não te dei aquele presentinho de graça.*

Idiota 2: *Mudando de assunto.*

Idiota 2: *Ontem, quando eu fui no quarto do Zhang e fiz aquilo com ele... não foi à toa. Tirei uma foto. É sua... faça o que quiser com ela.*

Logo abaixo, uma foto de Zhang, com os olhos vendados e as mãos amarradas.

Eu: *Só... apaga isso.*

Ian não era de vinganças. Claro, a galhada pesava, e ele praticamente estava precisando se abaixar para passar pelas portas, mas que se fodesse o Zhang e seu título de melhor aluno do ano. Que enfiasse a faixa na bunda, com todos os chifres.

Em algum momento da sua vida, aquele garoto era o único com quem achou que poderia se relacionar. Em algum momento ainda mais absurdo, jurou de pé junto que gostava dele. Mas tudo o que sentia agora era puro desprezo. — Percebeu Piper.

Ele era melhor que isso. E maior. — Pensou, olhando, uma última vez, o tamanho do volume na cueca, antes de apagar a foto do próprio telefone também.

— Seu contato tá salvo como "Idiota 1" no meu celular — comentou, dando risada. — O 2 é o Drake.

— Não era isso que você estava gemendo, não, viu? Era algo como *"Ai, Miles! Isso!"* — imitou Miles, exagerando o suficiente para que Pipes enfiasse a mão no seu rosto, tremendo de vergonha.

— Cala a boca! — Ian abaixou o olhar, envergonhado, mas se abaixou na cama, ao lado dele. — Você... Você foi ótimo — disse, deitando a cabeça no peito de Miles. — Obrigado por ser carinhoso no início.

— Obrigado por confiar em mim. — Omori beijou a testa do ruivo. — Durma bem, bebê.

— Eu irei... — Ele fechou os olhos, relaxado. Gostava *muito* de ser chamado de bebê, o que o levou a confessar: — Porque estou com você.

Gire a Garrafa
06

Pipes acordou e pegou-se sozinho na cama, o que o fez ficar desesperado. Miles havia fugido depois de ter feito sexo com ele?

— Não, não. — Ian se sentou na cama, sentindo imediatamente uma dor aguda na bunda. — Droga! Merda! Porra!

Percebeu que Miles não poderia ter fugido, porque, afinal, aquela era a casa dele, então Ian suspirou, menos nervoso. Só então, levantou-se, ainda se sentindo dolorido. Não doía apenas a bunda, doíam as pernas, os braços, o pescoço, as costas e, se brincar, até o pênis. Doíam coisas que ele nem sabia que poderiam doer, como um lembrete físico de tudo o que tinha aprontado noite passada.

Saiu do quarto sem calçado e desceu as escadas, começando a ouvir o som de música e porradas. Ao entrar na sala, encontrou Miles sentado no chão, jogando videogame na maior calma do mundo.

— Que bonito, hein — chamou a atenção do garoto. — Obrigado por me deixar sozinho na cama.

— Você não acordava nunca. — Miles deu *pause* no jogo e o encarou, vendo que tinha as roupas amassadas, o cabelo ruivo bagunçado e carinha de sono. Tão belo.

Ian sentiu as bochechas esquentarem ao captar o olhar de Miles sobre si. *Flashes* da noite passada piscaram em sua mente, e de repente, tornou-se muito vergonhoso estar em frente a Miles.

Ele se entregou ao rapaz e, agora, tinha que olhar em sua cara. Queria enfiar a cabeça em um buraco na terra. Mas pensar nisso só o fazia se lembrar mais ainda de *qual* cabeça enfiou em *qual* buraco. E droga, Pipes jurou que teria um piripaque. Não era normal que seu coração jovem estivesse tão acelerado assim.

— Eu já disse que você é lindo? — Miles sorriu ao ver as bochechas coradas do menor. — Porque você é. Tipo, o mais lindo que já conheci.

Ian abaixou a cabeça, contendo um sorriso, e viu

Miles se levantar. Sentiu a aproximação, as mãos macias segurarem seu rosto com delicadeza e, por fim, os lábios sobre os seus. Fechou os olhos e tentou não sorrir enquanto Omori o beijava, porque a sensação era muito boa. E ele finalmente se sentia bem com alguém.

— Senta aqui. — Miles o guiou até o sofá, interrompendo o beijo com muito custo. — Eu vou caçar mantimentos.

— Obriga-ah — Foi cortado pelo próprio gemido de dor, ao sentar-se no sofá, e ouviu Miles rir. — Cala a boca, seu ridículo!

— É só que... — Miles tentou prender o riso. — Eu sei como é. Dói mesmo.

— Mas dói tanto assim? — Ian tentou relaxar sobre o sofá confortável, tentando encontrar uma posição que não o lembrasse do quanto havia pecado. — Tipo, *tanto* assim?

— Não. — Miles sorriu de modo sacana. — Depende de com quem você transa. Tem os carinhosos, mas... eu gosto de fazer com força.

Ian tapou o rosto com as duas mãos, sentindo Omori bagunçar seu cabelo antes de sair da sala.

— Pipes! Gosta de comer coisas quentes ou frias? — Miles gritou da cozinha.

— Frias — respondeu, observando a tela de *pause* do jogo, sem perceber a armadilha.

— Ah, eu estava a fim de comer algo quente — Miles continuou, fingindo estar chateado. — Tipo, uma coisa que eu comi ontem à noite... Deixe-me lembrar o nome...

— Se não calar a boca, não vai comer nunca mais. — Ian tapou os ouvidos desta vez.

— Você nem brinca, Ian Pipes. — Ouviu do garoto e acabou rindo. — Não, sério, não brinca... Você não pode fazer isso. Pelo amor de Deus.

— Não me teste — Ian respondeu.

— Okay. — Miles voltou à sala com duas tigelas na mão. — Trouxe cereal.

— Oba! — Ian alegrou-se, ao ver os arcos coloridos, e se preparou para pegar sua parte.

— Só ganha se me der um beijo. — Miles impediu-o de pegar. — São as regras da casa.

— Eu posso muito bem ir até a cozinha e pegar o cereal. — Ian deu de ombros, empinando o nariz.

— É, mas aí você não me beijaria. — Miles sorriu. — E você quer minha boca na sua. Eu sei que quer.

Ian fez uma careta, a qual ele mal sabia que era fofa, levantou-se, segurou Miles pelo pescoço e o beijou como se fosse algo supernatural. Estava gritando por dentro.

— Madame. — Miles cedeu a tigela com uma reverência.

Então, eles se sentaram, um ao lado do outro, para comer. E até terminarem todo o conteúdo da vasilha, a bochecha de Ian já estava toda grudenta de açúcar, por conta de Miles, que lhe dera beijos estalados durante todo o tempo.

— O que a gente faz em um dia de domingo, fora da escola? — Ian perguntou, deitado no sofá, com as pernas sobre as coxas de Miles.

— A gente pode jogar videogame — sugeriu, apontando para o jogo, ainda pausado, na televisão.

— Mas esse é chato. — Ian fez biquinho. — Tem algum da Lego? Tipo o Batman? Eu amo os videogames da Lego!

— Ah, Ian. — Miles rolou os olhos. — É Uncharted, é mais legal.

— Eu prefiro a Lara Croft — Ian desafiou.

— Drake é bem melhor, por favor — Miles ficou indignado.

— Um bobão piadista que só pensa em dinheiro. — Ian se levantou. — Tem jogos da Lego?

— Não — Miles disse como se fosse óbvio.

— Então, você precisa encontrar outra coisa pra gente fazer. — Ian cruzou os braços. — Você me trouxe pra cá. Eu podia estar estudando.

— A gente pode jogar Twister. — Miles pulou do sofá após ter a ideia, derrubando as pernas de Pipes.

— Twister? — Ele não entendeu. — Miles, não sei se você sabe, mas eu tô *todo* dolorido. E a gente precisa de uma terceira pessoa.

— Harper! — Omori gritou, e logo a mulher apareceu. — Preciso que você gire a roleta do Twister pra gente.

— Sim, senhor — a governanta suspirou, visivelmente farta da infantilidade do garoto, mas com uma nuance de afeto pintando o rosto.

— Sério? — Ian perguntou, enquanto Miles subia correndo para pegar o tapete. Olhou para a cara da senhora e sorriu, desconfortável, ao passo que ela apenas acenou.

— Seu nome é Ian? — a governanta perguntou, e o garoto confirmou. — Miles falou de você.

— Falou? — Os olhos de Pipes saltaram.

— Toda vez que ele vem pra cá. — A mulher sorriu. — Ele fica nos nossos ouvidos, lastimando por você ter namorado e ser tão puritano.

— Oh, meu Deus. — Ian deixou o queixo cair. — Mesmo, mesmo?

— Sim — ela afirmou. — O pai dele até deu algumas dicas para ele conseguir te roubar. Talvez tenham funcionado.

Ian sentiu o rosto quente, chocado com as novas informações.

— Achei. — Miles desceu as escadas, alheio à conversa que rolava ali. — Mas é uma versão velha, acho que faz uns cinco anos que eu não jogo isso. — Estendeu o tapete no chão e entregou a roleta para Harper, que se sentou formalmente em uma cadeira.

— Você começa, Ian. — Guiou Pipes até o centro da sala.

— Você só me faz passar vergonha. — Ian estapeou o braço do rapaz. — Eu te odeio.

— Mas eu sou o Miles Omori, e você não pode me odiar. — E o beijou, antes de pedir que a governanta girasse a roleta.

— Mão esquerda no amarelo — disse ela.

Ian ajoelhou-se e tocou um círculo amarelo.

— Miles, pé direito no verde — a ordem foi dada, e Miles escolheu ficar à frente de Ian, bem perto.

— Você é ridículo — Ian resmungou, vendo que Miles quase encostava a virilha em seu rosto.

— Sr. Ian, mão direita no vermelho. — Ouviram, e ele colocou a mão sobre o círculo mais próximo dali. — E Miles, mão esquerda no vermelho.

Ele teve que se equilibrar para conseguir alcançar.

— Sr. Ian, pé direito no amarelo.

Ian quis arrancar a cabeça de Miles por fazê-lo brincar daquilo, pois teve que abrir as pernas para tocar a cor, e agora estava com a bunda dolorida para o alto.

— Miles, mão direita no amarelo.

— Miles! — Ian berrou quando o garoto passou o braço por baixo de suas pernas, quase o fazendo cair.

— Foi a roleta. — Miles riu, encostando a cabeça na bunda de Ian, como um travesseiro.

— Sr. Ian, pé esquerdo no azul.

Teve que esticar o pé e, desta vez, quase ficou de quatro, com o braço de Miles tocando suas partes. Seu sangue todo subia para o rosto, e queria, cada vez mais, esganar Omori.

— Miles, pé esquerdo no amarelo.

— Argh, eu te odeio muito, Miles! — Ian grunhiu, vendo-o passar a perna por cima de suas costas.

— Sr. Ian, mão esquerda no verde.

— Como? — Ian tentou se esticar até lá, mas acabou tocando outra cor.

— Ah, perdeu. — Miles desmanchou a posição, caindo por cima de Pipes. — Punição, punição, punição!

— Não, por favor! — Ian abraçou Miles, tentando impedi-lo.

— Harper, sabe aquelas chibatas que meus pais têm no quarto? — Miles perguntou, e a mulher tapou o rosto, de desgosto. — Eu estou brincando! Vou puni-lo de outra forma. Você pode nos deixar a sós?

— Com licença — a senhora se despediu e depois deixou a sala.

— Seus pais têm chibatas? — Ian riu, constrangido.

— Quinta-feira do sadomasoquismo. — Miles fez uma careta ao se lembrar disso. Que bom que não passava mais as quintas-feiras em casa. — Eles são excêntricos.

— A gente podia assistir a algum filme, né? — Ian beijou o rosto do garoto.

— Está tentando fugir de sua punição? — Omori puxou as pernas de Ian, para que abraçasse sua cintura.

— Ah, Miles — Ian choramingou. — Meu corpo todo dói.

— Ah, vai, eu nem fiz com tanta força. — Afastou a franja de Ian e beijou sua testa, descendo, com estalinhos, até seus lábios. — Você tem noção de que é a coisa mais gostosa que existe na atualidade?

— Para. — Ian fechou os olhos com força, envergonhado.

— Mas você perdeu, bebê. — Miles se levantou. — Fica aí, eu já volto.

Ian se sentou sobre o tapete do Twister, e enquanto cutucava o círculo vermelho, ele se pegou sorrindo, sozinho, como um bobo, por causa de Omori.

— Por quê, Deus? — perguntou, olhando o teto da casa. — Por que ele tem que ser tão…?

Miles voltou, com algo escondido nas costas, e Ian fechou os olhos, esperando que milagrosamente o chão abaixo cedesse e ele pudesse fugir dali, mesmo que fosse direto para o Inferno.

— Abre os olhos — Miles pediu, e assim Ian fez, deparando-se com uma tiara de orelhas de gatinho e uma coleira com um sininho. — Seja meu gatinho.

— Miles! — Ian correu dele, mas foi pego no caminho e empurrado contra a parede. — Eu não sou um gatinho!

— É sim. — Miles colocou a tiara nele. — Vire-se.

Ian virou-se, mesmo emburrado, e sentiu a gargantilha passar por seu pescoço, com o sininho fazendo barulho.

— Você é um pervertido. — Ian cruzou os braços.

— Você fica tão fofo assim. — Miles beijou seu nariz. — Vem. Você precisa ser meu gatinho.

— E como faz isso? — Ian acompanhou o garoto até as escadas, subiram e entraram no quarto dele.

— Primeiro, veste isso. — Omori entregou-lhe uma camisa de botões grande e branca. — E tira isso. — Puxou a calça moletom de Ian para baixo.

— É isso? — Ian perguntou, enquanto terminava de abotoar a camisa.

— Você precisa ficar quietinho comigo o dia inteiro. — Miles encostou as costas na cabeceira e chamou Ian, para que se sentasse entre suas pernas. — Enquanto te faço carinho.

— Ah. — Ian não conseguiu conter um sorriso e foi para perto de Miles, encostando-se no peito do rapaz. — Eu posso ser seu gatinho, então.

— Você é um gato, Ian. — Miles enlaçou a cintura de Pipes com um braço e, com a mão livre, começou a acariciar a nuca dele. — Você se faz de marrento, mas no fundo, só quer carinho do seu dono.

— Não abusa. — Ian fechou os olhos e sorriu. — Só cuide de mim, já que é meu dono.

— Considerando que eu te deixei dolorido... — Miles beijou o ombro descoberto de Ian. — Devo cuidar mesmo.

— Seja um bom dono para o seu gatinho bonzinho. — Ian sentia-se mole, por conta do quão relaxado estava. Estar nos braços de Omori tinha esse efeito sobre ele. — Miles...

— Diga. — Omori sorriu consigo mesmo, sentindo-se especial por ter Ian ali, com ele.

— Você vai contar pra todo mundo que me comeu? — Sentiu-se um pouco triste com a ideia, não queria simplesmente ser tratado como qualquer um.

— Não, mas logo as pessoas vão saber. — Miles sentiu o garoto ficar tenso. — Porque namorados transam.

— Namorados? — Ian riu. Estava nervoso.

— É. — Miles ficou com medo. — Ou acha que demorei tanto pra te roubar pra simplesmente te foder e pronto?

— Eu achei que sim. — Ian tentou conter um sorriso.

— Achou errado. — Miles sentiu-se um tanto

irritado. — Quando um Miles Omori conquista um Ian Pipes, os dois corpos tendem a ficar ligados. É a regra número um de Newton.

— Se você diz — Ian disse, meio lesado por causa dos carinhos dele. Estava quase dormindo.

— Vai ser meu namorado, então? — Ele mordeu o próprio lábio, com nervosismo demais para alguém tão convencido.

Mas Ian não respondeu.

Miles inclinou-se um pouco e viu que o garoto dormia em seu colo. Por isso, sorriu, mesmo que quisesse acordá-lo para ter logo sua resposta.

O tempo passou como um relógio quebrado, e Ian acordou pela segunda vez naquele dia, ainda na cama de Miles, mas desta vez, o rapaz estava ali, servindo como travesseiro.

— Só me diga que não ficou o tempo todo me olhando dormir. — Coçoi os olhos acinzentados, cheio de preguiça.

— Não. — Miles sorriu. — Às vezes eu piscava os olhos.

— Ugh, é sério. — Ian desencostou-se do garoto e virou-se para ele, sentado sobre as pernas.

— Eu dormi também — Miles contou a verdade. — Acordei agora há pouco.

— E que horas são? — indagou, vendo pela janela que já estava escuro.

— Sete horas — respondeu, analisando a beleza do rapaz em sua frente. Nunca cansaria de admirá-lo. Era quase injusto como ele ficava bonitinho quando despertava do sono. — Pode tirar as orelhas e o colar.

— Ah. — Ian fez um biquinho. — Mas eu gostei.

— Deus existe mesmo. — Miles estava sorridente. — Espero que ele tenha fechado os olhos ontem de noite.

— Para de brincar. — Ian se levantou, resmungando.

— Posso tirar uma foto sua? — Miles perguntou, já indo até a câmera na mesa.

— Não — Ian sentou-se na cadeira próxima a ele, criando uma pose. — Se ficar feia, apaga.

— Não tem como ficar feio. — Miles aproximou o aparelho do rosto e assistiu a Ian encolher as pernas bonitas e fazer um V com os dedos. — Quero ver Van Gogh fazer arte mais bonita que essa.

— Acho que ele não pode mais. — Ian ergueu a sobrancelha. — Tira logo — pediu, já cansado de manter a pose bonitinha.

— É vídeo — Miles revelou, e Ian se levantou da cadeira, possesso.

— Seu idiota! — Empurrou-o na cama. — Que sem graça!

— Você pode entrar pro elenco do Ursinho Pooh, de tão fofo que é. Gatinho Pipes. — Miles agarrou o pulso dele e o puxou para cima de seu corpo. Então, lhe deu dois toques no traseiro. — Ainda tá doendo?

— Credo, garoto. — Rolou os olhos, já sabendo o rumo que tomaria aquele papo todo. — Tempo, né? *Pause*, paciência, folga.

— Que sem graça! — Miles o imitou, logo tomando seus lábios em um beijo. O toque se iniciou doce e em meio a risadas, mas quando segurou no cabelo de Ian e intensificou o contato, começando a esfregar seu membro no dele, foi como apertar um botão.

Inconscientemente, Ian passou a rebolar, sustentando-se nos braços, enquanto beijava Miles sem parar, de forma densa. Somente o barulho de seu sininho na coleira era ouvido, até que outro som se fez presente:

They love me 'cause I'm hot
They love me 'cause I'm cool
They love me 'cause I'm real
They love me 'cause I kill

Era o celular de Miles tocando "Crush", do 2NE1. Seus lábios escaparam, e Ian ainda tinha os olhos meio moles do beijo quando o outro reclamou:

— Mas que porra! — Pegou o telefone celular. — Quem é o desgraçado que tá ligando?

Drake. Drake era o desgraçado.

— Fala, amigo querido do meu coração, pessoa que eu amo e admiro — atendeu, bufando, enquanto Ian saía de cima, limpando os cantos da boca.

— *Espero não ter atrapalhado nada.* — Del Monte ainda riu do outro lado.

— Não, imagina. — Rolou os olhos. — Ligou pra dizer alguma coisa ou apenas pensou: "Nossa, talvez meu amigo Miles esteja, neste exato momento, com o pau perto do pau do meu amigo Ian. Acho que vou aproveitar pra ligar e perturbar o rala e rola deles"?

— *A segunda opção.*

Miles podia até ver o sorriso que pintava o rosto de Drake.

— *Mas eu também liguei pra chamar vocês dois pra virem na casa do Ethan. A gente vai beber e provavelmente acabar vendo o pinto um do outro.*

— Não vou mentir. — Miles sorriu, plantando os olhos no traseiro do garoto que tinha acabado de sair do seu colo. — Adoro.

— O quê? — Ian perguntou distraidamente, mexendo nos inúmeros robôs e aparelhos modernos de Miles, sem se dar conta dos olhos que o comiam inteiro.

— Drake tá com fogo no rabo e quer que a gente assista — Miles avisou, levantando-se.

— *Eu espero vocês.* — Ele ouviu o amigo beijar a entrada de voz do celular antes de desligar, nem sequer se preocupando em desmentir a falácia.

— Vamos tomar banho. — Omori foi até o armário. — Aí, a gente toma banho junto, que é pra ser mais rápido.

— Que mentira. — Ian o acompanhou até a suíte de muito bom grado. — Mas não tem escola amanhã?

— Tem. — Miles se despiu, vendo as bochechas de Ian ficarem vermelhas como dois moranguinhos. — Mas a gente volta cedo.

— Okay. — Ian tirou tudo o que vestia e entrou rapidamente embaixo da ducha grande, colando seu corpo ao de Miles, evitando que ele olhasse demais. — É pra ser rápido. Tá?

— Mas não precisa ser *tão* rápido. — Miles passou um braço pelo pescoço de Ian e o puxou para um beijo.

Tomaram banho juntos, entre beijos e provocações, com uma pausa para Ian ensinar a Miles o modo correto de escovar os dentes, e talvez, *talvez*, tenham masturbado um ao outro em algum momento, mas isso é apenas um talvez.

Os garotos se apressaram para ficar prontos, mas perderam alguns minutos tentando passar a calça de Miles pelas coxas de Ian, já que ele não tinha trazido nenhuma roupa de festa. Quando conseguiram, Miles acertou um tapa no traseiro de Pipes e finalmente desceram, avisando ao motorista que tinham um compromisso.

A casa de Ethan não era longe de carro. Chegaram em pouco mais de dez minutos, e era tão grande quanto a de Miles.

— A estrela da festa chegou! — exclamou Omori, invadindo a sala e encontrando Drake, Ethan, Joshua, Mikael e Lewis ali. Eles estavam reunidos pelo sofá e pelo tapete, alguns já parecendo meio chapados, outros bebendo com entusiasmo. Pelo menos ninguém estava se agarrando ainda.

— Lewis? — Ian correu até o amigo e o abraçou. — Você está no meio dos vândalos!

— É, e você também. — Moore sorriu para o ruivo. — Mas o mais surpreendente aqui é: eu ainda não estou acreditando que você está ficando na casa do Miles.

— É, estou... — Sorriu, um pouco envergonhado, enquanto via Miles fazer um *high five* imbecil com Drake. Os dois certamente tinham a mesma energia.

— Ian — Lewis sussurrou, com os olhos esmiuçados. — Vocês...? Fizeram?

Pipes não precisou responder, apenas sorriu para Lewis, que soltou um grito animado, pulando de um lado para o outro.

— Uma pra você e uma pra você. — Mikael passou por eles e entregou-lhes as garrafas de cerveja. — Bebam antes que o Drake roube de vocês.

— Vai beber a tua! — Bem em tempo, assistiram a Joshua e Del Monte disputarem uma garrafa. — Não é possível que já tenha acabado!

— Eu juro que te dou um beijo! — Drake fez carinha de cachorrinho meigo.

— Não vale! — Joshua cedeu a cerveja e revirou os olhos.

— Ian... — Lewis chamou a atenção do amigo novamente. — Sobre o Zhang... estava conversando com o Drake e tenho que te pedir desculpas. Eu sabia que ele te traía e não contei nada.

— Eu acho que está tudo bem... — Mas Ian estava mesmo um pouco confuso. — Por quê? Por que não contou?

— É que você parecia tão feliz com ele... — Lewis parecia realmente arrependido. — Tipo, ele era o mais perto que você tinha de uma relação com um garoto. Eu não queria estragar, sei como foi difícil pra você, sabe, aceitar essa parte de si. Tem certeza de que está bem?

— Estou. — Sorriu verdadeiramente, tocando a mão do amigo. — Esse episódio só me fez perceber que eu não sentia nada por ele. Podem me chamar de promíscuo ou vagabundo, por mal terminar com ele e já estar com o Miles, mas, Lewis, não estou nem aí. Não tem uma gota de remorso dentro de mim.

— É assim que se fala. — Lewis tornou a abraçar o amigo, os dois sorrindo um pouco. Então, o sorriso do amigo se intensificou. — Me conta. O Miles fode gostoso?

— Venham aqui — Ethan interrompeu a conversa, mas não rápido o suficiente para evitar que a mente de Ian se enchesse das memórias da noite passada. E, Cristo, até mesmo as de hoje, sob a água quente do chuveiro. Mas eles se juntaram à rodinha, no tapete e no sofá. — Vamos às notícias do dia! Joshua, é com você.

— Boa noite, Moore! — Joshua disse, tão profissionalmente quanto um garoto levemente alcoolizado conseguia. — Primeiro, no mundo dos famosos: Miles Omori e Ian Pipes confirmam boatos de que a tensão sexual é sentida até na Finlândia. Fãs acreditam que os dois treparam loucamente na noite anterior.

— Miles Omori, o que tem a dizer sobre isso? — Lewis fingiu segurar um microfone.

— A voz do povo é a voz de Deus — Miles declarou. — Só posso dizer que, agora, Ian sabe que os bebês não vêm da cegonha.

— Cala a boca todo mundo, por favor — pediu Ian, tapando o rosto com as duas mãos.

— Ai, tá envergonhadinho — Joshua provocou. — Todo mundo transa, cara! O mundo gira em torno disso, escuta o que eu tô falando. Mas vai, Ian, foi legal, não foi?

Pipes encarou o rosto de cada um ali, não acreditando que eles realmente esperavam uma resposta, e pesando um pouco mais nos olhos divertidos de Miles Omori, ele acabou cedendo:

— Foi — respondeu por fim, vendo todos comemorarem em seguida, em uma gritaria que só, e gargalhou, constrangido.

— Agora vamos brincar de... — Ethan pegou um saco com copos de plástico. — "Eu nunca"!

— Ah, eu sempre acabo bêbado — Mikael resmungou, pegando seu copo.

— Como se joga? — Ian indagou, pegando um copo, e todos olharam para sua cara, como se o que ele não sabia fosse tão básico como abrir uma porta. — Ah, qual é!

— Okay. — Ethan limpou a garganta para ensinar. — Cada um fica com um copo de bebida, e alguém diz algo como "eu nunca dancei na boca da garrafa". Quem já tiver feito, deve tomar uma dose. Simples, né?

— Oh!

Ethan começou a encher os copos.

— Começa por mim — Lewis se prontificou. — Eu nunca tentei nada, tipo… *daddy kink.*

— Perdão — Joshua disse, antes de tomar um gole, seguido por Drake e Miles.

— Quando foi isso, que eu não tô sabendo? — Mikael ralhou, indignado, como se fosse algo gravíssimo.

— Vai, sua vez, Joshua — avisou Lewis, já que o garoto estava ao seu lado.

— Eu nunca fiz sexo em público. — Joshua ergueu o copo, e Drake e Miles tomaram mais um gole.

Ian arregalou os olhos em direção a Omori, recebendo uma expressão do tipo "fazer o quê?".

— Mikael. — Joshua cutucou o namorado. — Sua vez.

— Eu nunca fiz por trás — Mikael disse e esperou pelas respostas. Apenas ele e Ethan não beberam.

Ian fez uma careta ao sentir o gosto da vodca, mas era divertido. Nunca admitiria, mas era divertido ser bobo, beber e falar sacanagem.

— Drake! — avisaram, já que o garoto olhava para um ponto não especial na parede, com toda a sua atenção.

— Ah, tá... Eu nunca convenci o diretor da escola a mudar o Pipes de quarto só pra ficar próximo dele — soltou.

Miles Omori foi o único a beber, os outros garotos só exibiam expressões curiosas e risadinhas.

— Como assim? — Ian olhou, incrédulo, para Omori, tentando encontrar respostas no rosto dele.

— Opa, sua vez, Ian — Miles avisou, desconversando.

— Eu nunca fumei maconha — disse, na esperança de que alguns não bebessem, mas *todos* beberam. — Até você, Lewis?

— Eu nunca... — Ethan tentou cortar o assunto. — Eu nunca fiz sexo com alguém com mais de 30 anos.

Drake, Miles e Joshua beberam, desviando dos olhos um do outro.

— Eu nunca disse que iria casar virgem — Miles declarou, e primeiro, Ian lançou um olhar mortal, depois bebeu, sendo o único na roda.

— Eu nunca fiz penetração dupla — Lewis jogou, e Mikael, Joshua, Drake e Miles beberam um gole, enquanto Ethan enchia mais os copos. Todo mundo ali parecia incrivelmente experiente.

Novamente, Ian olhou, chocado, para Miles. O que é que ele não tinha feito?

— Eu nunca fiquei bêbado e chorei porque o Ian namorava o Zhang ao invés de mim — Mikael disse, rindo, e após um dedo do meio, Miles tomou mais um tanto de vodca.

Ian tentou processar a informação. As contas não batiam, e ele olhava cada vez mais para Miles, que parecia bem entretido com a cor vermelha do próprio copo.

— Eu nunca me masturbei pensando em alguém dessa rodinha — Joshua informou, dando de ombros.

Todos beberam.

— Como assim tu nunca se masturbou pensando em mim? — Mikael ficou indignado com o namorado, cruzando os braços e tudo.

— Meu amor, se eu tô com tesão, você acha mesmo que vou bater punheta? — Joshua falou como se fosse óbvio. — Eu procuro você. É pra isso que eu te tenho.

— Ah, que engraçado. Achei que você me tivesse porque gostava de mim — resmungou o outro, recebendo um abraço e um monte de beijos em resposta.

— Enfim... — Ian deu risada, achando graça da dinâmica dos dois. — Eu nunca chupei ninguém.

Todos os outros beberam.

— Você não chupou o Miles? — Drake pareceu decepcionado. — Que vacilo, Ian.

Pipes apenas revirou os olhos.

— Eu nunca transei com o Miles — disse Ethan.

Ian, Drake e Joshua beberam.

— Joshua? — Todos perguntaram juntos, parecendo surpresos, menos, claro, o próprio Miles.

— Tava com fogo no rabo. — Joshua deu de ombros.

E era um motivo plausível, considerando que todos eles estudavam em um colégio apenas para garotos.

— Aquele dia foi incrível. — Miles inclinou-se em direção a Joshua, venerando-o.

Ian mordeu a parte interna da boca, mas esqueceu rapidinho quando Miles continuou falando:

— Bom, eu nunca gostei tanto de alguém quanto gosto da última pessoa que beijei.

Ninguém bebeu, o que gerou uma série de troca de olhares carinhosos.

O jogo seguiu, e mais revelações foram feitas, chocando um ou outro, até que Miles pediu para sair, levando Ian junto, os dois já um pouco altos, de tanto beberem.

Em dois dias, Pipes tinha feito mais do que na sua vida toda.

Eles subiram até a sacada espaçosa da casa luxuosa, e Miles roubou uma manta que estava sobre um dos sofás, estendendo no chão. Finalmente, guiou Ian até ali, fazendo-o deitar-se, e deitou-se ao seu lado.

— Então... — Ian apoiou a cabeça no braço de Miles. — Você fez o diretor me mudar de quarto, já chorou por mim e nunca gostou de alguém como gosta de mim.

— Olha, eu só alertei ao diretor que talvez você e o Zhang pudessem fazer algo inapropriado no quarto — contou, e Ian riu. — E naquele dia, eu estava realmente bêbado, fiquei sabendo, no dia seguinte, que havia chorado por você. E, é, *caramba*, eu gosto muito de você.

— Gosta? — Ian perguntou, vendo Miles aproximar o rosto do seu. Os dois tinham aquele olhar de adoração doce e quase palpável, que podia muito bem pintar o céu acima deles.

— Gosto. — Deu-lhe um selinho demorado. — E eu quero você pra mim, Pipes. Quero que todos saibam que você tem alguém que te faz se sentir bem. — Beijou-o de novo. — Eu quero que você só se sinta satisfeito comigo.

Ian sentiu o corpo todo arrepiar. O coração acelerar. As mãos suarem. Sentiu tudo que não tinha sentido nem uma vez sequer antes daquele momento.

— Quero que você seja só meu — Omori confessou, de olhos fechados, acariciando o rosto de Ian.

— "Verdade ou desafio"? — Ian perguntou.

— "Verdade". — Miles sorriu.

— Você está sendo sincero comigo? — perguntou, nervoso.

— Sim, muito. — Miles inspirou o cheiro de Ian com força. — "Verdade ou desafio"?

— "Desafio". — Ian fechou os olhos também, sentindo os carinhos em sua bochecha, suaves demais para o estrago que faziam no seu coração.

— Desafio você a ser meu namorado. — Miles apostou as fichas. Todas as cartas já estavam na mesa mesmo.

— Desafio aceito. — Ian beijou os lábios de Omori, o qual, agora, era seu namorado.

Ficaram, por um bom tempo, se beijando e sorrindo um para o outro, sob o céu estrelado e a brisa gostosa.

— Quero te propor uma coisa — disse Miles, após um longo tempo de silêncio, quando os lábios deram todos os beijos que podiam.

— Diga. — Ian olhou com carinho para o moreno.

— Vamos viajar — pediu. — Nos próximos meses, após terminarmos a escola.

— Mas e a faculdade? — Ian perguntou, incerto.

— Por favor, Ian! — Miles beijou o namorado, na tentativa de fazê-lo aceitar. — Precisamos de boas memórias antes de voltarmos a estudar. Nós temos tempo. Até um senhorzinho de 80 anos tem tempo de viajar o mundo... é só querer.

Ian sorriu ao analisar a proposta de Omori. Precisava mesmo curtir um pouco antes de entrar para uma universidade. E que melhor companhia do que Miles? Quem sabe o que eles descobririam um sobre o outro e o mundo nessa viagem?

— Tudo bem — aceitou e foi atacado por beijos em toda parte do rosto.

Miles parecia tão feliz, que era impossível para Ian não gargalhar em meio à onda de carinho que recebia. Talvez fosse cedo para tanta intensidade, mas a verdade era que o sentimento já estava preso há muito tempo. Estar com Miles era um alívio para sua alma, quase como se antes de estar com ele estivesse impedindo-a de encontrar seu caminho.

— Eu vou te fazer tão feliz... Eu juro.

— Apenas cuide de mim — pediu Ian, recebendo um abraço apertado.

Ian Pipes pensava que casaria virgem em tantos sentidos, além do sexo... que as coisas seriam construídas com o passar do tempo. Só não contava com Miles Omori em seu caminho, não contava com ele rompendo todas essas barreiras em um toque, não contava com morar em um abraço. Mas era ali que estava agora: em casa.

Meninos Malvados
K. AOMINE
EDITORA EUPHORIA

MENINOS MALVADOS

01

— BOM DIA, FILHO! ESTÁ ANIMADO PARA O PRIMEIRO dia de aula?

Dentre as duas opções que Akira Hayato possui para responder à pergunta do padrasto, Yahiko, ele opta por apenas assentir com o máximo de boa vontade que é capaz.

Para começar a explicar Hayato, preciso destacar que ele não é muito dotado de coragem. Não chega a ser um adepto da covardia, mas o garoto de dezoito anos não costuma ser totalmente sincero quando sabe que pode magoar alguém. *E ele não quer magoar Yahiko*. O homem, sempre sorridente e positivo, é totalmente o oposto de Hayato, e talvez, por isso, sempre o faça querer poupá-lo de suas reclamações.

— Está com fome? — Yahiko, que gostaria de ser chamado de pai, indica a cadeira para que Hayato se sente. A cozinha/sala de jantar da casa é pequena, mas é o suficiente para os dois. — Estou preparando um café bem reforçado, com todas as vitaminas e nutrientes que um jovem rapaz precisa para começar muito bem o dia! — Ele ergue os polegares e sorri: um sorriso que faz seus olhos escuros se espremerem, graças às bochechas.

Hayato anui e apoia os cotovelos na mesa quando Yahiko se vira para o fogão. Ele repara que o padrasto usa, outra vez, o avental cor-de-rosa com listras amarelas, e isso só é engraçado porque Yahiko, um homem grande, tem braços e ombros fortes, além de pernas compridas.

Nas escassas reuniões do departamento de bombeiros de Fukuoka, Hayato sempre ouve falar sobre os feitos de Yahiko e do quanto ele sempre é incrível salvando vidas humanas ou gatinhos presos em galhos. Mas em casa, em família, ele nunca diria que o padrasto poderia mesmo entrar em um prédio em chamas para salvar um gato.

O café é servido: um leque de opções que faz Hayato notar que está com fome. Os dois comem, trocando poucas palavras, falando principalmente sobre um assunto que o garoto não quer tocar:

— Nós treinamos bastante durante suas férias, tenho

certeza de que vai conseguir! Lembre-se de que o nervosismo é o seu pior inimigo!

— Obrigado, *otosan*.

Essa pequena palavrinha é como um prêmio para Yahiko. Ele não tem ninguém além de Hayato, e este não tem ninguém além dele. O pai do garoto faleceu quando ele ainda nem sabia falar direito, aos sete anos — era gago —, a mãe se casou com Yahiko e o homem o adotou como filho, mas ela também perdeu a luta contra um câncer, e os dois tiveram de aprender a viver sozinhos. O começo foi complicado, não eram estranhos, mas a senhora Hyo foi como uma ponte entre os dois homens, e sem ela, essa ponte parecia pouco confiável.

Mas o tempo tratou de encaixar tudo no lugar, e os dois estavam há três anos vivendo sem ela.

— Você vai conseguir, mas se não conseguir, está tudo bem.

Não está tudo bem, Hayato quis dizer, mas preferiu comer mais um bolinho de arroz, em silêncio.

Certo, não é como se ele fosse um aluno novo em uma escola nova. Na verdade, ele estuda na Fokuoka High School desde que pode se lembrar, conhece e revê as mesmas pessoas de sempre, não existe nada de novo para incrementar a vida de Hayato.

E foi exatamente isso que ele pensou, quando chegou até os altos portões de ferro da escola e suspirou, preparando-se para recomeçar a droga de rotina de sempre.

Existe dentro da FHS — uma das melhores escolas de Fukuoka — uma hierarquia completamente ridícula, mas que é estranhamente muito respeitada entre os alunos. Akira Hayato sabe que está na base disso e sem chance de subir nem um degrau sequer. Para dizer a verdade, ele nunca quis realmente fazer essa escalada idiota, ele só quer se formar de uma vez e ir embora para o mais longe possível.

— Bom dia, Hayato-kun!

O garoto tem de manter muito bem o equilíbrio quando sente o peso de alguém em suas costas. A risada doce de Kotaro o faz sorrir também.

— Kotaro-san, peço que não corra assim, pode se machucar!

— Satoru, eu não corri nem três metros!

Ele desce de suas costas, e Hayato se vira para encarar os amigos: os únicos que tinha conseguido em todos esses anos.

Kotaro é um pouco mais baixo que Hayato, tem cabelos castanhos e grandes olhos brilhantes; é um garoto doce, mesmo que pareça atrevido.

Já Satoru, o representante da turma nos últimos quatro anos, é o *senhor ordem e responsabilidade* e não acredita que isso seja algo ruim, nem quando é chamado de *puxa saco* ou *dedo duro.*

Por último, está ali o pequeno Hiroshi, sempre observando tudo com seus olhos pequenos e muito curiosos, baixa estatura e perspicácia acentuada. Eles são inseparáveis.

— Como foram as férias, Hayato-san?

— Como sempre são, Satoru-san. — O garoto dá de ombros. — Yahiko me levou para pescar e acampar, mas teve de voltar ao trabalho, e eu aproveitei o tempo para colocar minhas séries em dia. E as suas?

— Trabalhei com meu irmão, foi divertido e seguro!

— Se foi seguro, não foi divertido, Satoru. — Hiroshi ri.

— *As mocinhas vão mesmo fazer o portão do colégio de praça?*

A voz é o suficiente para fazer Hayato congelar, mas também o arrepia totalmente. Não dá tempo de olhar para trás, porque um impacto em seu ombro o faz tropeçar para a frente e quase cair com a cara no chão. Ele ouve risinhos e sente, involuntariamente, o perfume forte. Kotaro se encolhe um pouco atrás do corpo alto de Satoru, e Hiroshi faz uma careta.

— Olha por onde anda, babaca! — Hiroshi ralha.

— Cala-a-boca, *Branca-de-Neve.*

— Hiroshi, tudo bem — Hayato diz ao notar o quanto o amigo ainda fica irritado com isso. Depois ele ergue os olhos e encara seu carrasco particular nos últimos anos.

Hiroki Daichi é o mal em figura de gente.

Oh, não! Não podemos dizer isso!

Vou recomeçar.

Hiroki Daichi ocupa uma das cadeiras de soberania na hierarquia da FHS. O segundo melhor aluno em matérias, o melhor nos esportes, capitão do time de basquete e três vezes ouro nas estaduais de karatê.

Ele também é o pior pesadelo de Akira Hayato.

Daichi é mal-humorado, não é disciplinado e dispensa a simpatia. É difícil compreender como alguém assim consegue tanta atenção. *Ou talvez esse seja o motivo dela.*

Eles se conhecem desde bem pequenos. A mãe de Daichi foi grande amiga da mãe de Hayato, e eles cresceram dividindo brincadeiras e experiências, até o dia em que o mais alto notou que o garoto de olhos grandes não conseguia mais o acompanhar em nada, e ele tampouco tinha paciência para o garotinho chorão que ficava o seguindo por todos os lados.

Nenhum deles sabe dizer quando começou a distância, mas sabem que era grande demais para ser reclamada.

Em todos esses anos de brincadeiras idiotas e apelidos mais idiotas ainda, Daichi só falou diretamente com Hayato uma vez, quando a mãe dele, Hyo, faleceu. Ele disse que sentia muito e, por três meses, fingiu que Hayato nem sequer existia.

Foram bons meses para Hayato.

— Fiquei sabendo que você vai tentar, outra vez, entrar para o time, *nerd.* — Daichi é mais alto e não consegue manter uma conversa sem temperar sua voz grossa com um pouco de deboche, mas faz um tempo que o jovem e entediado Akira Hayato se sente *estranho* quando o outro se aproxima.

Ele o acha bonito? Como pode achar bonito alguém que se diverte às suas custas? Que se empenha arduamente para fazer de sua vida um inferno? Como pode gostar até mesmo do maldito apelido que ele lhe deu?

Akira Hayato quase tem certeza de que está ficando louco. E sim, ele se descobriu gay aos quinze anos, quando tentou fazer sexo com uma prima e simplesmente não conseguiu nem sequer uma ereção ou fazer passar o choro. *Vomitou duas vezes por puro nervosismo*. Mas meses depois, conseguiu — *e conseguiu bem* — transar com o filho de um colega de Yahiko, seu padrasto.

Hayato gosta de garotos, mas por que, diabo, ele gostaria de Daichi?

— Responde, *caralho*!

Ele arregala os olhos quando Daichi o empurra um pouco.

— Dai-kun... — ele anui e odeia o fato de estar trêmulo.

— Já te mandei parar de me chamar assim, nerd chorão.

— Vamos nos atrasar, cara. — Daichi é puxado para trás por Miyako, seu *fiel escudeiro*. Ele faz parte dos seguidores, do *esquadrão* que sempre está ao redor de Daichi para manter suas posições, seja no que for. Miyako, por exemplo, também joga no time de basquete do colégio. Junto a eles sempre estão Gohan, Saori e Keiko. O primeiro insiste que é um bom cantor, a segunda preside o clube de dança e a terceira é muito calada.

Daichi é a abelha rainha, os outros são os zangões dele, como no filme "Meninas Malvadas".

— É bom você não estar acreditando que vai conseguir entrar para o *meu* time, nerd. Não aceitamos medrosos!

Daichi o empurra outra vez e sai de perto com seus amigos.

— Não deveria deixar ele te tratar assim. Por que você não reage?!

— Ele está certo em não incitar a briga, Hiroshi!

— Mas quem começa é sempre o Daichi! Como não se cansa disso, Hayato-kun? — Kotaro se aproxima mais do amigo.

— O Dai-kun é assim há muito tempo, e eu já aprendi que reagir só vai me render mais problemas. É melhor ignorar.

Os quatro amigos entram no prédio elegante do colégio. Hayato e Kotaro são bolsistas, mas isso não é tão importante, já que a grade de estudos da instituição exige que todos os alunos sejam excepcionais, independentemente das contas bancárias de suas famílias ricas. São cinco andares, subdivididos por classes A, B e C de cada ano letivo, e eles fazem parte da Turma A — a mais avançada entre as outras. Os lugares são marcados por seus nomes, e por infelicidade do destino, Hayato tem se sentado em frente a Daichi, nos últimos quatro anos.

As provocações vão de petelecos na cabeça, passando por chutes irritantes na cadeira e terminando em sopros quentes na nuca do garoto, que ignora o arrepio que isso lhe causa e como chega direto para animar o que tem entre as pernas.

Hayato nunca admitiria a si mesmo que *Dai-kun* o deixava inquieto desse jeito.

Ele ocupa seu lugar e suspira, enquanto abre a mochila para separar, de forma organizada, seu material de estudos. Assusta-se um pouquinho quando Daichi não faz questão de ser sutil ao tomar seu lugar, atirando a mochila sobre a carteira e, depois, os pés calçados em um par de tênis novos e bonitos, que apoia na cadeira de Hayato de forma relaxada.

— Sentiu saudade de mim, nerd? — A voz sussurrada próximo à sua orelha faz Hayato se encolher, e o hálito quente de Daichi só piora tudo. — Se você se atrever a tentar entrar para o time outra vez, vou fazer questão de te infernizar, entendeu?

— S-sim — anui.

Então, imagine, em câmera lenta, *ele* entrando na sala.

Ele.

O dono de metade dos sonhos mais quentes e promíscuos de Hayato traz consigo o mais belo canto dos anjos e pássaros silvestres, como em uma eterna primavera abençoada pelos deuses. Ele é tão inalcançável e incomparável.

Kazumi Tatsuo.

Tatsuo, segundo Hayato, é perfeito! Tão perfeito que nunca sairia de seus sonhos apaixonados.

Ah, só sonhos.

Tatsuo é o completo oposto de Daichi em diversos aspectos, mas ambos ocupam a liderança no colégio. Enquanto Daichi é explosivo, Tatsuo é calmaria. Daichi é como a prática, Tatsuo é a teoria. Quase uma fusão perfeita.

O rapaz, meses mais velho que Hayato, passa, rumando sua carteira posicionada no fundo da sala, deixando o perfume, com notas de madeira, como um rastro que Hayato quase segue, flutuando igual a um desenho animado. Ele se acha patético agindo assim. É vergonhoso ver o belo nome de Tatsuo rabiscado pelos encartes do fichário verde, mas ele só não pode evitar.

Um certo dia, Tatsuo pediu a ele um lápis emprestado.

Hayato foi dormir sorrindo.

E sua vida parece uma eterna repetição dos acontecimentos de "Meninas Malvadas". Clichê?

Ele rabisca o nome de Tatsuo, e é ainda mais confuso quando rabisca o nome de Daichi ao lado. Hayato é masoquista?! Essa é a única explicação que consegue dar a si mesmo.

— Limpe a saliva que está escorrendo pelo queixo, bobão.

Kotaro bate palmas bem alto, e Hayato dá um pulinho ridículo, que faz os pés de Daichi escorregarem para fora do encosto da cadeira e quase derruba o garoto com tudo no chão.

— Hayato?! — ele grita entre os dentes, e o garoto de olhos grandes se encolhe. — Você está morto!

— Foi minha culpa, Daichi! Eu o assustei! — Kotaro tenta intervir, quando vê o capitão do time de basquete agarrar Hayato pela lapela do terno que compõe o uniforme.

— FODA-SE!

Hayato fecha os olhos quando Daichi o sacode um pouco, e aguarda, engolindo em seco, nem tentando reagir. Não adianta. Mas para sua surpresa, nada acontece. Ele espera e espera, mas não vem. Arrisca abrir um dos olhos, para *espiar* se o mundo tinha mesmo entrado em *pause*, e arregala bem as duas jabuticabas quando vê Tatsuo segurando o ombro de Daichi.

Ambos se encaram em silêncio, e a sala inteira se cala, em apreensão ao momento quase histórico.

É estranho, entende? Os dois quase nunca se falam, nenhum deles tenta ultrapassar o outro quando se trata de boas posições no colégio. Ambos se respeitam, como *rivais silenciosos*, sem a típica competição, que seria o mais comum entre adolescentes.

Tatsuo nunca participa de algo que Daichi está, e vice-e-versa. Ele se mantém longe do basquete, pois prefere o futebol. Nunca mostra interesse por karatê, mas pratica judô.

Já Daichi, não mostra interesse em participar do grêmio que Tatsuo preside ao lado de Satoru, muito menos do grupo de debates. Ele nem se incomoda em ser o segundo melhor aluno e Tatsuo ser o primeiro.

A falta de competitividade entre ambos é mais estranha, é como se existisse mesmo uma guerra fria acontecendo por baixo dos panos.

— Daichi, se acalme.

— Gente, todo mundo pega algo para se proteger! — a inconveniente Yoko grita, de pé sobre uma das carteiras, e todos, *TODOS* os alunos dão um passo para trás quando Daichi solta Hayato e se vira para Tatsuo.

Os dois se encaram em silêncio, e Hayato tem de se apoiar na mesa para observá-los. Existe, entre eles, uma aura estranha. Bem, não é algo que faz Hayato tremer de medo. N*ão*. É como... *Algo. Quente*. Quase obsceno.

Hayato tem de cobrir a boca para não gritar quando vê, sim, e ele vê. Ninguém lhe contou nada. Ele vê, e por mais que todas as probabilidades levem a crer que seja uma alucinação de sua mente chocada, ele sabe o que viu.

Hiroki Daichi pisca rapidamente para Kazumi Tatsuo. Ele tromba o ombro contra o de Tatsuo, antes de se sentar em seu lugar outra vez e voltar a atenção para o celular. Tatsuo sorri minimamente e depois desvia a encarada em direção a Hayato.

Corra para as montanhas, isso é o apocalipse.

Kazumi Tatsuo também pisca para Akira Hayato.

MENINOS MALVADOS

02

HAYATO ESTÁ TRÊMULO. MAL CONSEGUE SE CONCENTRAR na voz do professor durante as aulas de História, e essa é sua matéria favorita.

O garoto não ousa olhar ao redor nem uma vez sequer e não consegue entender por que se sente tão eufórico.

Droga de alucinação de merda.

Durante o almoço, tem de lidar com a curiosidade de Kotaro, referente ao seu silêncio, e a *cara de idiota assustado*, com um Hiroshi desconfiado e um Satoru tagarela.

Duas mesas antes das que ocupam, no vasto refeitório do colégio, estão Daichi e seus amigos barulhentos, falando alto, atirando comida uns nos outros e rindo sem parar. E ao lado, também está a mesa composta pelos alunos mais sérios da turma: Tatsuo divide seu intervalo com Momo, Daichimin, Naomi, Kami e Kai. Todos fazem parte do grêmio estudantil e mais parecem em uma reunião de negócios, ao invés de almoçarem lanches comuns.

— *Fiquei sabendo que o cabelo dele está no seguro por cinco mil* — Kotaro sussurra quando Tatsuo penteia os cabelos lisos para trás com os dedos bonitos. Ele morde um pedaço do sanduíche.

— *O filme que ele mais gosta é O Poderoso Chefinho* — Hiroshi acompanha o amigo, e Hayato tem de se segurar para não rir.

— *Um dia ele me socou no rosto... Foi irado* — Satoru completa, e todos o encaram de olhos arregalados. — Ué, só entrei na brincadeira.

Estavam brincando de citar "Meninas Malvadas", é claro, porque eles se sentiam como no filme.

— Deveria o chamar para sair, Hayato-kun!

— Sem chances. Olha só pra ele e olha pra mim! — ele suspira, com as bochechas cheias de arroz. — Ele é hétero.

— Como sabe disso? — Satoru ajeita os óculos.

— Nunca o vimos com nenhuma garota! — Kotaro diz.

— E muito menos garotos. — Hayato rola os olhos.

— Parando para pensar, nunca vimos o Daichi com uma garota também.

— Ainda acho que ele pega o Bogum, sério. — Kotaro estreita os olhos e ergue a mão de uma forma séria e fofa.

— Está ansioso para o teste? — o mais alto entre eles pergunta a Hayato.

— Se estou ansioso para o Daichi *me quebrar no meio?* Não muito.

Fukuoka é uma grande cidade do Japão, situada na costa leste da ilha, no lado oposto do estreito do Continente Europeu. É a cidade mais populosa daquela região e muito popular pelos locais religiosos e sagrados, pelos parques e atrações noturnas de entretenimento e, até aquele breve momento, é apenas isso.

São quase duas da tarde quando o chão de Fokuoka treme brevemente, graças a um deslocamento de placa tectônica a oitenta e um quilômetros da costa, no oceano: um terremoto de 5.0 na *Escala Hitchen.*

A terra ondula por quase um minuto, e é o suficiente para a gritaria começar naquele vasto refeitório e por todo o colégio. Hiroshi é rápido em se abaixar e pegar Kotaro consigo, e Satoru é um dos primeiros a ajudar os outros que estão assustados e apavorados.

Uma rachadura de quase dois metros de altura trinca a parede ao sul do refeitório, e os alarmes de aviso soam pelo colégio, pelas ruas e por todos os lados da cidade.

Os professores surgem rápido e não demoram até juntarem todos os alunos no pátio, para confirmarem que não há ninguém ferido gravemente. Há joelhos arranhados, por causa da pressa de se abaixar, lágrimas, por conta do susto, e apenas Hinata Kotaro com um leve sangramento nasal, por ter batido a cabeça na mesa.

— Querido, sua cabeça dói muito? — Amaya, professora de Matemática, está abaixada em frente ao jovem, que é colocado em uma cadeira, ainda no pátio.

— Não. — Ele mantém a cabeça erguida, para parar o sangramento. — Só o meu nariz.

— Acho que algum vasinho estourou. Todos os pais já foram informados e estão a caminho, vamos levá-lo até um hospital. — Amaya fica de pé e olha ao redor. — Hayato?! — O garoto a olha. — Vá até a enfermaria e traga para cá três kits de primeiros socorros, entendeu?

— Sim!

Hayato corre em direção ao terceiro andar e não demora a achar a grande enfermaria, na qual Jieun atende os alunos levemente machucados. Está quase vazia, até onde nota, e ele não enrola a abrir os armários altos para buscar as maletinhas brancas.

E ele cumpriria sua missão sem intervenções, não fosse por ouvir uma voz que conhecia bem:

— Não é hora pra isso, Daichi.

— Ah, não é? Você sabe que eu odeio quando se metem nas minhas coisas.

Hayato paralisa, com uma das caixas nas mãos, e olha para os lados, até notar duas sombras refletidas na cortina azul clara que divide os três leitos da enfermaria.

— Você não cansa de perturbar aquele garoto? É mais fácil se confessar de uma vez. Não tem graça! — Tatsuo parece suspirar. — Vamos descer e esperar essa droga passar, mais tarde você vai até a minha casa e falamos melhor.

— Olha pra mim, Tatsuo.

Hayato arrisca se aproximar mais um pouquinho, para espiar pela pequena fresta que liga os dois lados da cortina, e assim ele pôde ver Tatsuo e Daichi próximos um do outro, *próximos demais*.

Ele quase tem uma síncope quando Daichi, que é o mais alto, segura firmemente o pescoço do outro e o faz encará-lo de frente, com seus narizes quase se tocando.

— O que é?

— Você está a fim do Hayato também?

— Que pergunta mais chata. Você já não sabe a resposta?

É um jogo de perguntas, e Hayato quer muito sair dali, *mas não consegue*.

— Não é como se não fosse divertido. — Daichi dá um sorriso largo, e Hayato arregala os olhos quando o vê lamber os lábios de Tatsuo. — Ele é tão medroso.

— Ele é hétero. — Tatsuo dá de ombros e captura o lábio inferior de Daichi com os dentes.

— Não é não, *nanico*. — Ele ri, e Hayato começa a tremer.

Se tivesse de explicar o que sentia, não teria como. O medo de ser pego se mistura muito ao suor que escorre por suas mãos, se mistura à sensação de boca seca e, principalmente, ao tesão violento, o qual o deixa *quente* por tão pouco.

— Sakura conhece um cara que fodeu o Hayato há um tempo. O cara disse que ele geme igual a um doido. É engraçado quando ele fica tremendo perto de mim. Eu queria fazê-lo tremer de outro jeito também.

— Daichi, você é um sádico — Tatsuo o acusa e o puxa para si com força. Os dois, agora, estão contra a parede, e Daichi prende Tatsuo ali. — Acho que ele gosta disso, é bonitinho vê-lo todo nervoso.

— E você gosta disso pra caralho, não gosta? — O tom de voz quase agressivo de Daichi parece fazer efeito em Tatsuo e em Hayato, porque ambos estremecem ao ouvi-lo. — Tão certinho e bom menino, Tatsuo. Ninguém acreditaria se eu contasse o quanto você gosta quando eu te chupo.

— E você? — Tatsuo arqueia uma das sobrancelhas. — Tão durão, cheio de marra. — A mão dele desliza até a lombar de Daichi, toca de lá até a nádega direita, na qual acerta um tapinha, e aperta a carne com os dedos firmes. — Senta mais gostoso que uma garota.

E eles se beijam. Um daqueles beijos que geralmente fazem roteiro em um filme pornô. Hayato consegue até mesmo ver as línguas, que se massageiam com uma lentidão fodida de tão boa. Sua boca seca mais ainda, e ele solta uma das mãos da pequena caixa de alumínio para, sorrateiramente, apertar a ereção dolorosa que deixa sua cueca apertada. Agora ele também é um maldito *voyeur?* E outra, *quem se pega assim depois de um terremoto?!*

Ele arfa e morde a boca, para não gemer, quando Daichi deixa os lábios de Tatsuo para descer até seu pescoço e lamber o pomo-de-adão e o queixo bonito. As mãos ágeis do maior trabalham rápido para abrir o cinto de couro do presidente do grêmio estudantil, depois a calça de linho, para abaixar o zíper e puxar para fora o que mais queria.

Os dois olham para baixo, para a mão de Daichi masturbando a ereção dura, pesada e gotejante de Tatsuo. Hayato aperta a caixa de primeiros socorros e morde mais forte ainda a boca, para não se entregar.

Sério, quem faz isso depois de um terremoto? Akira Hayato quer fazer também.

— Se você começar, vai ter de ir até o fim, Daichi.

— E desde quando eu não termino o que começo? — Ele sorri ladino e esfrega o polegar pela glande, espalhando a umidade.

— Ajoelha e me chupa. — A mão de Tatsuo agarra o cabelo macio de Daichi, e ele o puxa para si, para lamber seus lábios antes de continuar. — Depois você vai engolir tudo, e eu vou comer as suas coxas com força aqui.

Nem em um milhão de anos ou existências, Hayato imaginaria Tatsuo dizendo coisas *sujas* assim. Nem mesmo nos sonhos em que se fazia presente.

E bem, não é ruim. *É maravilhoso.*

E para acrescer o seu choque, nem em um bilhão de vidas ele imaginou ver Hiroki Daichi se ajoelhar e, de uma vez só, abocanhar o pau de Tatsuo, até encostar os lábios em sua virilha, e fazer o de cabelo loiro-tingido estremecer completamente.

— Porra, Daichi! — Tatsuo geme e prende as duas mãos no cabelo alheio.

Ele chupa com uma destreza assombrosa! Nem mesmo Hayato conseguiria fazer *a garganta profunda* que o capitão do time de basquete faz. Lambendo o comprimento, ele morde a glande inchada, suga as bolas para dentro da boca e masturba a carne dura.

Hayato não sabe quando, mas uma de suas mãos já está por dentro da calça, por cima da cueca cinza. Ele sabe que não deveria estar parado ali, muito menos espiando os outros dois, mas como poderia evitar? Queria beijar Tatsuo, queria ser beijado por Daichi e queria gritar.

E no meio de todo esse tesão explosivo, Hayato desequilibra a caixa de primeiros socorros que está segurando, e ela cai no chão, anunciando a chegada dos quatro cavaleiros do apocalipse.

O garoto segura o grito com as duas mãos, cobrindo a boca, mas é tarde. As cortinas são puxadas de uma vez, e ele é pego em seu flagra.

Daichi, que segura o pano azulado entre os dedos, encara-o com raiva, enquanto Tatsuo fecha a calça, com uma expressão entediada e o rosto corado. E Akira Hayato sabe que é o seu fim. *Ou o começo.*

MENINOS MALVADOS

03

— O QUE CARALHOS VOCÊ ESTÁ FAZENDO AQUI, NERD?

Daichi ainda é assustador, mas depois de tudo o que viu, Hayato confirma a suspeita: ele gosta disso.

— Daichi, calma. — Tatsuo, ainda fechando o cinto, mantém sua expressão suave, e isso faz as pernas de Hayato tremerem.

— Desculpa! Eu não... Só vim buscar isso! — Ele se abaixa para pegar a caixinha e mostrar, como uma prova de inocência há muito descartada pelos outros dois.

Daichi suspira, e as mãos grandes se apoiam nos quadris, por cima do cós da calça folgada e amassada, quando Tatsuo estala a língua e nega duas vezes.

O *casal* fica em silêncio por alguns segundos, e Hayato não sabe o que fazer. Ele colocou um elefante na sala, mas também é o elefante na sala.

Então, tudo fica mil vezes pior, quando o olhar atrevido e arrogante de Daichi o mede da cabeça aos pés e um sorriso jocoso toma seus lábios, ao perceber a ereção de Hayato.

Oh, Deus.

Ele quer desaparecer de vez.

— Oh, veja isso, Tatsuo. — Cruza os braços fortes, e a camisa do uniforme marca um pouco os músculos. — Esse nerd é um pervertido.

— Não! Quer dizer... eu sinto muito! — Hayato sacode a cabeça, e isso faz Tatsuo sorrir. — Eu deveria ter parado de ver! Eu sei! Não vou contar a ninguém!

— Acha que isso é um problema para nós dois? — Tatsuo penteia os cabelos descoloridos para trás, e Hayato suspira, porque ele é como um modelo internacional. — Que as pessoas saibam sobre a gente?

— E não é? — Hayato arqueia as sobrancelhas.

— Claro que não, nerd. — Daichi rola os olhos. — A gente só não quer ninguém se metendo. — Ele dá de ombros.

Então, ouvem passos. Hayato se vira depressa, em direção à porta, quando a professora surge e os encara com um olhar curioso.

— Hayato, onde estão os kits que te pedi?

— Aqui! — O garoto estende a caixinha e sorri, nervoso.

— O que estava acontecendo aqui?

— Nada, Amaya.

Kazumi Tatsuo sorri. Sua postura é incontestável, e o olhar gentil é o suficiente para trazer um sorriso despreocupado ao rosto de Amaya. Se Tatsuo diz que está tudo bem, então está tudo bem.

— Oh, certo. Agora, desçam e aguardem lá embaixo com os outros alunos — a mulher gesticula, e os três garotos se curvam com educação, antes de a verem sair.

Depois disso, Hayato passa por sua própria provação divina quando Daichi toca sua cintura por cima do uniforme impecável e sopra um riso rouco próximo ao seu ouvido:

— *Boo!* — O pulinho do menor o faz rir um pouco mais. — Nerd medroso.

— Deixe-o, Daichi. — Tatsuo está perto também, com os olhos bonitos focados em Hayato, como um telespectador fiel ao entretenimento gratuito: *o desfalecimento de Akira Hayato.*

— Vá até a minha casa hoje à noite, Hayato — ele solicita com seriedade, e a mão se move até o polegar tocar com *carinho* o queixo do mais novo. — Te mandarei o endereço por mensagem.

— Você não tem o meu número — é tudo o que ele diz. Hayato não funciona bem em momentos assim.

— É claro que tenho. — Tatsuo pisca, e a mão dele se afasta. Daichi também se afasta, e o garoto quase cambaleia, por causa da tensão ao redor e dentro de si. — Depois da aula. Certo?

— Certo! — Hayato assente como um doido.

Ele fica para trás quando os dois garotos saem da enfermaria. Não confia nas próprias pernas, quem dirá na possibilidade de reagir ao que acabou de acontecer. E sozinho, quando não há ninguém para testemunhar o momento, sussurra:

— *E tudo para Akira Hayato.*

MENINOS MALVADOS

04

CERTO.

Ele está mesmo fazendo isso.

Encarando o celular, para confirmar se está no lugar certo, como se os grandes portões pintados de dourado não fossem o suficiente para confirmar que esta é a casa da família Kazumi.

Hayato se aproxima do interfone e olha ao redor, antes de pressionar a campainha. De alguma forma, ele não sabe muito bem, mas está brilhando de coragem. Tanta coragem que ousou trocar a cueca, com um pequeno furo na lateral, por outra mais nova, transbordando de pura expectativa. *Tão sonhador.*

Ele está nervoso também. A unha do polegar sofre entre seus dentes, e ainda não existe um consenso sobre usar a camiseta amarela para dentro da calça ou ousar um estilo desleixado, que não faz parte de sua personalidade. Quer impressionar, mas nem sequer sabe como fazer isso.

Por favor, pare de tentar fazer o Hayato confiante acontecer.

— *Quem é?*

A voz o faz dar um pulinho, então Hayato olha ao redor e se aproxima outra vez do interfone, para encarar a câmera.

— Hayato. É o Akira Hayato. Tatsuo...

— *Por favor, entre. Tatsuo o está aguardando.*

O *click* do portão pesado é como um tiro de largada para Hayato, que observa o portão se abrir como um portal para outra dimensão. Uma dimensão em que Kazumi Tatsuo o convida para sua casa e confessa seus sentimentos, antes de o beijar até não sentir mais os lábios.

O jardim é o mais bonito que ele já viu na vida. O caminho até a porta é ladeado por pequenas lâmpadas no chão, e a cada passo, Hayato sente o coração subir e descer mais vezes do que pode contar, hora batendo na garganta, hora batendo no estômago vazio.

— Oh! Olá! Seja bem-vindo! — Uma mulher o espera na porta. Ela sorri e se curva com o garoto, que agarra com mais força as alças da mochila vermelha. — Tatsuo o está esperando em seu quarto! Entre, entre. Eu vou te levar até lá.

— Obrigado.

Assim como do lado de fora, a casa dos Kazumi é deslumbrante por dentro. Hayato faz jus à sua pouca experiência com algo luxuoso e repara tudo.

Tudo.

Limpa, organizada, bem decorada e vazia.

Hayato é levado até o segundo andar e depois deixado diante de uma porta branca. Ele pisa no tapete azul-marinho e sorri um pouco para a estampa de patinhos. Sua mão está trêmula quando o punho fechado bate à porta com timidez.

— *Um minuto.*

A voz de Tatsuo libera milhões de borboletas em seu estômago.

— Ok.

Então, a porta se abre, e ele perde uma respiração.

— E não é que ele veio mesmo. — Kazumi sorri. O cabelo loiro está bagunçado e úmido, e sim, para uma possível combustão espontânea do garoto mais novo, Kazumi Tatsuo está sem camisa. A pele bonita nunca esteve tão exposta aos olhos de Hayato, e se ele já sonhava em tocá-la antes, precisava ser muito bom em autocontrole para não o fazer agora.

— O-Oi. — Hayato está suando frio.

— Entra. — Tatsuo dá espaço para que ele entre no quarto. — Daichi, ele chegou.

Daichi?

Daichi?

O quê?!

Hayato, já dentro do cômodo espaçoso, arregala os olhos quando Hiroki Daichi sai do que parece ser um banheiro. O capitão do time de basquete está sem camisa também. Descalço, ele desfila seu físico invejável até a cama de casal, na qual se deita para observar Hayato em seu desespero evidente.

— Boa noite, nerd! — Daichi sorri. O cabelo também está molhado, e a calça aberta mostra o elástico da cueca de marca.

— Boa noite! — Ele empurra os óculos, que estão escorregando, para a ponta do nariz.

— Não fique parado aí. — Tatsuo se senta ao lado de Daichi, dobra suas pernas bonitas e apoia o queixo na palma da mão esquerda. — Por que trouxe a mochila?

— Disse ao meu pai que viria estudar. — Hayato dá um sorriso amarelo.

— Oh, então você sabe mentir, nerd? *Um menino malvado* — Daichi provoca. A mão grande se move pelo colchão, como uma serpente perigosa, e Hayato se sente eufórico com a possibilidade de vê-la tocar o corpo de Tatsuo. Então, quando isso acontece, quando Daichi toca a coxa do presidente do grêmio estudantil, ele treme, porque quer um pouco mais disso. — Vamos, tire essa mochila e venha até aqui.

Hayato anui.

Ele empurra a mochila para fora e a deixa na cadeira *gamer* de Tatsuo, antes de tropeçar, como um filhotinho indefeso, até a armadilha de dois leões famintos.

Hayato sobe na cama e fica de joelhos, e suas mãos nervosas apertam o tecido do melhor jeans que possui.

— Eu e Daichi apreciamos muito a nossa privacidade, por isso preferimos manter nossa relação longe dos olhos das pessoas no colégio.

— É mais gostoso — Daichi simplifica. A mão grande ainda está sobre a coxa de Tatsuo, apertando a carne firme, enquanto esbarra, *quase inocentemente,* no volume protegido pela bermuda preta. — Mas você já sabe disso, não sabe?

— Sei — Hayato anui com a cabeça.

— Nós queremos que as coisas continuem assim e sabemos que você não é do tipo fofoqueiro. Entretanto, estamos dispostos a dar algo em troca da sua descrição,

Hayato. — Tatsuo está sorrindo como um anjo. É a primeira vez que Hayato o vê tão natural, e isso o deixa aceso. Assim como quer muito tocar Daichi, saber se os dedos podem queimar na pele bronzeada do capitão do time de basquete. — Pode dizer o que quer de nós dois?

Então, aí está. Aí está a ascensão de Akira Hayato ao que ele chama de "grande virada". Seu corpo treme, e a virilha se contrai. O frio no estômago é delicioso, assim como o ritmo cardíaco, batendo como um tambor de percussão dentro dos ouvidos, bombeando sangue para baixo, para o meio das pernas.

Não há nada subentendido na proposta de Kazumi Tatsuo. O olhar de Daichi também não deixa dúvidas quanto ao que estão dispostos a dar e receber, e depois do que Hayato viu na enfermaria, ele só quer mais.

Que se dane. Essa noite ele vai transar com os dois garotos mais gostosos do colégio.

— Eu quero... — Respira fundo. — *Transar.*

O casal se encara e, então, sorri.

— Tranque a porta, *nanico* — Daichi pede a Tatsuo. — Vamos dar o que esse nerd quer.

MENINOS MALVADOS

05

UMA VEZ, DURANTE A AULA DE EDUCAÇÃO SEXUAL, o professor Siwon disse: "Não faça sexo. Se fizer sexo, você vai morrer". Naquele momento, Hayato compreendeu que a possibilidade era real. Adepto do pornô, não possui um grande arsenal, muito menos experiência que esbarre no contexto dos roteiros ruins. Na verdade, Hayato nunca assistiu a um filme inteiro, porque tudo o que precisa faz nos primeiros quinze minutos.

Mas nada no mundo o preparou para assistir a Kazumi Tatsuo e Hiroki Daichi se beijarem bem diante de seus olhos. Um beijo de verdade, cheio de tesão e até *carinho*. Oh, sim, o grande carrasco Hiroki Daichi também sabe ser carinhoso sob o toque firme de Tatsuo.

Akira solta uma respiração pesada quando o loiro quebra o beijo e o encara, enquanto Daichi continua beijando sua pele, descendo até lamber a lateral do pescoço e, depois, sorri, com o lóbulo da orelha alheia entre os dentes.

Porta trancada, música baixa e o pau de Hayato como uma antena pronta para captar qualquer sinal.

Oh, santo Deus, ele vai mesmo transar.

— Eu não curto dar — Tatsuo confessa, e Hayato quase quica de felicidade no colchão.

— E eu não curto comer. — Daichi arqueia uma sobrancelha, e o piercing se move um pouco. Ele sorri da felicidade óbvia de Akira. — Isso tudo é você feliz porque vai me comer?

— Oh, meu Deus! — é tudo que Hayato consegue dizer.

Ele vai comer Hiroki Daichi.

Ele vai dar para Kazumi Tatsuo.

O terremoto o transportou para uma nova dimensão.

— Você sabe beijar, nerd?

— Sei — ele assente sem parar.

Tatsuo se move como água. Ele é leve e elegante quando se aproxima de Hayato, engatinhando e sorrindo. O loiro para diante do olhar nervoso, sorri com o canto dos lábios e encara a boca pequena, antes de sussurrar:

— Não imagina há quanto tempo quero fazer isso.

— O quê?

— Te colocar pra sentar no meu pau, Hayato.

— *Pelo amor de Deus*, faça isso.

Tatsuo ri baixinho e o beija. E é sublime.

O mundinho de Hayato explode em cor-de-rosa, quase como uma cena de desenho animado. Ele está deslizando por planícies de algodão, enquanto *Louis Armstrong* canta sobre um mundo maravilhoso.

A boca de Tatsuo tem sabor de bala de menta, os lábios macios são exigentes e a língua sabe o que quer. Ela toca a língua de Hayato e coordena tudo, porque aparentemente o Kazumi é bom em tudo o que faz.

Quando ele se afasta, Hayato quer pedir que fique, mas sua voz é engolida, de uma vez só, pelo beijo bruto de Daichi. A mão enorme agarra sua nuca e o prende no lugar, e Hayato geme.

Ele agarra os bíceps firmes do mais velho e se derrete, como barro molhado, ali. Daichi é quente e o faz pegar fogo. Cabeças se movem no encaixe do beijo, o lençol caro farfalha, graças aos movimentos, e Hayato nem sabe como, mas está sem camisa e sentado entre as pernas torneadas de Tatsuo, enquanto Daichi move os quadris.

Em seu colo.

Sentado em cima da ereção dolorida.

Esfregando e pedindo por mais.

— Ele é grande. Você me deve 100 — Hiroki sussurra quando a mão invade o espaço apertado entre seus corpos para apertar o pau de Hayato. — E grosso.

— Hoje você vai ser muito feliz, Daichi — Tatsuo, com a boca colada no ombro de Hayato, sussurra. Ele está mordendo e beijando cada pedacinho do garoto. — Coloca essa bunda bonita mais perto de mim — exige, puxando-o para trás até fazê-lo sentir a dureza presa na bermuda. — Posso preparar você?

— E-eu... já fiz... em casa. — Hayato cora. Oh, ainda há muito do *nerd chorão* ali, e isso agrada aos outros dois.

— Safado — Daichi acusa. A mão segura o queixo pequeno entre os dedos e aperta-o. — Veio querendo trepar, filho da puta? Querendo me comer?

— Querendo dar pra mim? — A voz baixa de Tatsuo contra sua orelha é quase covardia.

Tatsuo também leva a mão até o pau de Hayato, mas não faz rodeios antes de puxá-lo para cima e libertá-lo do aperto. O polegar pressiona a glande e cobre a pequena abertura, para esfregar forte.

— Você é um pervertido, Akira Hayato?

— Não! — Hayato nega depressa. A boca se abre para gemer, ele encara a mão de Tatsuo o *ordenhando* com habilidade e aperta os quadris de Daichi.

— Não? — Daichi está debochando, e isso excita ainda mais Hayato. — Acha que nunca notamos suas olhadas, nerd? Que nunca pensamos sobre dar a você o que esses olhinhos curiosos tanto pedem? — Ele nega. — Hayato, sabe o que mais me irrita em você?

— O quê, *Dai-kun?*

Ele sente Daichi estremecer.

— Oh, não o chame assim, não liberte essa fera, Hayato — Tatsuo brinca.

— A sua covardia — o capitão do time de basquete sussurra. — Porque essa porra me excita pra caralho, e é horrível querer tanto dar pra um covarde.

— Você não me odeia? — Hayato engole a saliva.

— Não. — Daichi sorri. — Mas eu posso gostar um pouco mais de você se me comer gostoso.

Ele se afasta, e Hayato não entende, até vê-lo se livrar de vez da calça e da cueca.

Deus do céu. Hiroki Daichi está pelado diante de seus olhos.

— Vem me cuidar, *Tatsuya.*

Deus do céu. Hiroki Daichi está sendo manhoso.

Tatsuo obedece prontamente e, já de pé, beija o maior e caminha de volta para cama. Hayato, excitado demais para se mover, abre mais o *jeans* e o abaixa depressa, para chutá-lo longe.

Tatsuo e Daichi estão na cama, e dois dedos do loiro estão pedindo passagem na boca suja do maior.

— O lubrificante e a camisinha. Na gaveta. — Tatsuo aponta, e Hayato entende bem rápido, estica-se e abre-a. Em seguida, os objetos são entregues na mão alheia. — Abra mais essas pernas pra mim, Daichi. Dobre o joelho.

— Tatsuo, apenas mete essa porra de pau em mim logo. — Com os dedos na boca, a frase sai confusa, mas compreensível.

Hayato tem uma das mãos dentro da cueca; ele precisa muito se tocar. Tatsuo sorri, presunçoso demais para alguém tão educado.

— Sempre exigente. — Nega com a cabeça.

Hayato morde a boca ao vê-lo abaixar a bermuda e puxar para fora da cueca o pau pesado. *Grosso.* A boca inunda de saliva. Queria tê-lo inteiro dentro dela.

A camisinha desliza facilmente por tudo, o lubrificante lambuza cada pedaço, e há um momento *doce* antes da penetração, quando Tatsuo beija a testa de Daichi e depois os lábios.

— Olhe bem para o rosto dele, Hayato — instrui, encaixando-se entre as pernas longas. — *Você nunca o verá tão lindo como agora.* Nada deixa Daichi mais feliz que um pau gordo socado nesse cu guloso.

Oh Deus. Kazumi Tatsuo está falando coisas sujas.

— Eu vou morrer. — Hayato estremece. Ele observa Daichi e a expressão facial, a qual se transforma conforme Tatsuo o enche. *O desgraçado sorri como um demônio.* Ele vibra e aperta o lençol entre os dedos. É verdade, ele nunca o viu tão feliz assim.

Quem diria que a melhor forma de dobrar um *pau no cu* é literalmente socar um pau no cu dele?

— Ai, porra! Isso, caralho! — Daichi acerta um soco no colchão e assente. Suas pernas longas sobem para agarrar os quadris de Tatsuo e puxá-lo. — Tudo, Tatsuo-kun — exige, e o loiro sorri antes de gemer demoradamente.

Hayato está se tocando e fazendo barulho. Não existe no mundo timidez o suficiente para evitar que o faça.

Tatsuo começa a se mover forte e rápido, metendo e comendo Daichi, enquanto um sorrisinho arrogante estampa seu rosto. A bermuda desce e expõe a bunda empinada.

— Traz esse pau aqui, Hayato — Daichi manda e prontamente é atendido. — Coloca uma camisinha.

Hayato assente e para de se tocar, para abrir um preservativo e desenrolar com facilidade no pau molhado.

— Deixe-o, Tatsuo — diz Daichi.

Tatsuo mete mais três vezes e geme de maneira bruta, antes de se puxar para fora. Ele se afasta, e Daichi leva os próprios dedos até o vazio que ele deixou, para se penetrar e acertar dois tapinhas na entrada dilatada.

— Você vai matá-lo, Daichi — Kazumi repreende, mas está sorrindo. — Venha, faça-o sentir bem, Hayato.

Hayato, ajoelhado entre as pernas de Daichi, segura os joelhos ossudos e estremece quando os dedos longos se afastam.

— Me dá esse pau, nerd. — Sorri. — Joga tudo dentro de mim. — Ele mesmo segura o pau de Hayato e o encaixa em si. — Soca.

Hayato obedece.

Ele está prestes a explodir.

É quente e macio. Apertado como um punho, e ele cabe perfeitamente.

Daichi sorri como um anjo, tão feliz como uma manhã de Natal, agarrado ao lençol, antes de agarrar os braços do outro.

— Caralho, Hayato! — Ele sorri, gracioso. — Mete, vai! Mexe!

— *Eu quero gozar* – a confissão é doce, mas vergonhosa. Ele quer *muito* gozar.

Tatsuo, tão prestativo como é, sobe outra vez na cama e para de joelhos atrás dele. Em seguida, a sua mão faz carinho nos quadris de Hayato.

— Dê a ele um minuto, Dai-kun — pede.

— Eu quero dar tudo a ele. — Daichi respira fundo e sorri, orgulhoso, quando a mão de Tatsuo segura o queixo de Hayato. Ele vira o rosto e ganha um beijo calmo e suave, ganha a língua longa de Tatsuo lambendo sua boca, enquanto os dedos, cobertos de lubrificante, tentam ganhar também. *Lá embaixo.* Entre suas nádegas.

— Deve ser tão apertadinho — Kazumi sussurra contra a orelha de Hayato. — Tão gostoso dentro desse rabo bonito. Você quer que eu te foda?

— Quero! — Hayato está assentindo sem parar. — Quero muito.

— Então, seja um bom garoto e segure o orgasmo, ok? Prometo que vai valer a pena.

O tapa em sua nádega direita o faz gemer.

— Mova-se.

Hayato respira fundo.

Ele se move.

Daichi quase uiva, satisfeito.

Tatsuo o inclina um pouco e sorri ao vê-lo beijar Daichi.

O garoto está metendo forte, enquanto a mão, agarrada à coxa de Daichi, empurra até abrir mais as pernas, abrindo-o mais para cada estocada firme. Tatsuo veste outra camisinha e abre as nádegas de Hayato para cuspir na entrada raspada. Ele sorri, usa três dedos para espalhar mais saliva e lubrificante e, sem avisos, empurra dois e xinga baixinho ao sentir o aperto.

— Diz que está gostoso — Daichi, com o cabelo de Hayato entre as mãos, exige — diz.

— É tão gostoso, *Dai-kun.*

— Filho de uma puta! — ele geme alto e se aperta ao redor de Hayato.

— Oh, meu Deus! — Hayato revira os olhos e precisa se controlar como nunca para não gozar. — Faz de novo, por favor.

— Por favor? Está me pedindo pra ordenhar esse pau com o cu, *"por favor?"* — Daichi geme e sorri, prestes a sucumbir também.

— Esse puto gosta de ser mandado, Hayato. — Tatsuo está esfregando a ponta do próprio pau em Hayato. — Segure firme — avisa e o invade devagar, observando cada pedaço seu sumir dentro do garoto. — Ah, apertado demais.

Hayato está tremendo, porque é muito. É muito dele dentro de Daichi e muito de Tatsuo dentro dele. Entretanto, se tivessem mais, ele aceitaria sem pensar duas vezes.

— Vamos lá, nerd — Daichi o provoca. — Talvez esse seja o seu momento de revidar tudo. — O olhar embriagado de prazer captura o de Hayato. — Revida tudo dentro de mim. Fode essa porra como sente vontade de me foder toda vez que eu te provoco.

— E me dê tudo o que sempre quer dar quando me vê. — Tatsuo beija o ombro suado. — Esqueça a memória do lápis emprestado, Hayato. Estou com o meu pau socado até o talo dentro de você, faça uma memória melhor.

Outro tapa, e Hayato está no topo de seu mundo.

É tudo.

Ele é tudo.

A mão trêmula agarra o pescoço de Daichi e aperta-o.

Daichi sorri.

— Seu puto arrogante — acusa, e Tatsuo morde a boca, começando a estocar forte. Hayato geme. — Tão presunçoso e metido...

— Isso, isso... — Daichi assente, tremendo também. Hayato o está fodendo no corpo e na mente. *Daichi ama ser depreciado assim.*

— Eu sempre quero esmagar sua cara entre as minhas coxas quando você me provoca. — Hayato lambe a boca dele. — Quero socar o meu pau inteiro ou sentar no seu rosto, pra te fazer calar a boca!

— Caralho! — Tatsuo agarra os quadris alheios e levanta um pouco a perna, para meter mais fundo e mais forte. — Você é gostoso pra caralho!

Hayato abre a boca e geme. Daichi faz o mesmo.

— É assim que você gosta, Dai-kun?

— Sim, é bem assim. Bem aí! — Daichi assente. — Esse pau em mim.

— Você gosta de um pau grosso dentro assim? — Hayato sabe que não vai durar muito. Ele está enlouquecendo.

— Uhum, todo dentro de mim. — Daichi treme, agarra o braço de Hayato com uma mão e se masturba forte com a outra.

— O capitão do time de basquete, que, na verdade, é um putinho viciado em pau — Tatsuo entrega, troca um olhar com o *namorado* e pisca. — Vamos lá, *amor,* diga ao *nosso nerd* o quanto gosta disso.

— Me faz gozar — Daichi *pede,* quase *gentil.* — Me arregaça, Hayato. Me deixa dolorido e sentindo o seu pau em mim. Me devolve tudo dentro — ele assente, e Hayato acaba por perder Tatsuo quando aumenta a velocidade. Este sorri e espera. — Isso, porra!

— Cala a boca. — Hayato acerta um tapa no rosto de Daichi. Então, o maior goza forte entre seus corpos, tremendo dos pés à cabeça, enquanto os olhos reviram e algumas lágrimas brotam nos cantos de seus olhos. — Seu escroto do caralho. — Ele não para de meter. — Olha só como esse cu pisca pra mim, porra... Eu tô te sentindo gozar.

Hiroki Daichi nunca esteve tão bonito. Ele ainda está tremendo quando Hayato se afasta e Tatsuo o deita ao seu lado na cama. As pernas estão presas no alto, e os dois estão gemendo, segundos depois, conforme pele bate contra pele.

Tatsuo morde a panturrilha forte e segura o pulso de Hayato antes que ele toque. Seu olhar é de repreensão.

— Você vai me dar essa porra sem se tocar, entendeu? — Hayato, perdido demais em prazer, anui. — Abra essa boca e geme gostoso pra mim, coelhinho.

— Mais rápido, por favor, Tatsuo-kun — ele pede, manhoso, agarrado ao lençol.

Daichi, ao lado deles, não consegue se controlar. Ele tem dois dedos batendo dentro de si e a mão masturbando o pau meio duro. Ele ama ver Tatsuo fodendo e descobre que ama ver Hayato sendo fodido.

— Tatsuo-kan... — o garoto geme, com lágrimas nos olhos.

— Vai chorar no meu pau? — Tatsuo sorri, orgulhoso. O anjo em queda, lindo como uma miragem. — Diz pra mim o que você quer, Hayato.

— Eu quero... gozar. Por favor, por favor...

Tatsuo encara Daichi e morde o lábio ao vê-lo fora de controle. Em seguida, encara Hayato e abre a boca em um gemido longo.

— Eu vou dar o que você quer.

E ele realmente lhe dá quando segura as pernas de Hayato para virá-lo de lado, deixando-o encarar Daichi. Tatsuo monta em Hayato, ele mete sem parar e grunhe quando o orgasmo chega.

Hayato perde e ganha tudo ao mesmo tempo.

Ele vem intocado.

Explode em branco sobre o lençol caro de Kazumi Tatsuo, enquanto é fodido e assiste a Hiroki Daichi se foder com os dedos.

E tudo fica suspenso em sua percepção.

— Tudo bem — Tatsuo sussurra. — *Vamos cuidar de você agora.*

MENINOS MALVADOS

06

É SEGUNDA-FEIRA.

Hayato observa os portões altos da FHS e suspira.

Faz uma semana, e sua vida continua em outra dimensão.

— Hey, Hayato! — A voz de Kotaro chama sua atenção, enquanto ele se aproxima, acompanhado de Hiroshi e Satoru, que está de mãos dadas com Yuki, um aluno sênior. — Nós vamos até a casa de Hiroshi para jogar videogame. Você quer vir conosco?

— Oh, eu gostaria, mas tenho um compromisso.

— Compromisso? Desde quando você tem compromissos que não incluem a gente? — Hiroshi desconfia.

— Pode ser algo com Yahiko-san, Hiroshi — Satoru observa.

Então, um carro luxuoso se aproxima.

Tatsuo, de óculos escuros, manobra até perto do meio-fio e abaixa o vidro da janela.

— Boa tarde! — cumprimenta. Ele é muito educado.

Os amigos de Hayato fazem uma careta confusa.

— Vamos logo, nerd chorão. — Hiroki Daichi, sentado no banco do passageiro, rola os olhos. — Estou morrendo de fome.

Hayato encara os amigos e dá de ombros, antes de sorrir.

— O que está acontecendo aqui?! — Hiroshi cruza os braços.

— Depois eu explico. Preciso ir agora.

— Ok! — Kotaro assente. Ele mal pode esperar para saber.

— *Entra no carro, nerd. Vamos ao shopping* — Daichi gesticula.

Hayato acena para os amigos e entra no carro.

Eles observam o veículo se afastar e se encaram, em silêncio.

— Pois é. Agora posso dizer que já vi de tudo.

Kotaro dá de ombros.

— *Que se dane. Vamos comer batata frita.*

Às segundas-feiras, Hayato adora ser o nerd chorão de Tatsuo e Daichi.

Garotos na Fraternidade
EUPHORIA
ANYA

GAROTOS NA FRATERNIDADE

GAROTOS NA FRATERNIDADE
01
GAROTOS

— LEON, EU JÁ DISSE O QUANTO TE ODEIO?

Hayley me encarava, apoiada no batente da porta do quarto que eu dividia com dois de meus melhores amigos, dentro daquela fraternidade. Seus braços estavam cruzados, e um bico começava a se formar em seus lábios cobertos por um batom vermelho.

— Você me ama, Hay — respondi, ajeitando a jaqueta da universidade em meu corpo, enquanto me olhava no espelho.

— Mas é injusto! Você tem toda essa sua beleza aí, sem fazer o mínimo esforço! Eu tenho que passar horas me arrumando pra ficar, no máximo, decente — resmungou, desencostando-se da porta e aproximando-se de mim. — Ajeita o cabelo na frente.

Eu ri quando ela nem me deixou tocar em meu próprio cabelo e o fez por si mesma, ajeitando meus fios da maneira que achava melhor. Não me importei, sabia que podia confiar nela quando se tratava de cabelos e estilo em geral.

— Hay, você é uma das meninas mais lindas nessa *uni*. Não tem por que se sentir desse jeito — disse, sincero.

Hayley era, com certeza, para mim, uma das mais bonitas no campus e a mais bonita da faculdade de Administração dentro da uni. Sem dúvida alguma. Não era à toa que ela e James, seu namorado, eram nomeados o casal mais esteticamente perfeito naquele lugar. A perfeita representação dos *"high school sweethearts"*, que, inclusive, estavam juntos desde o colegial.

— Nah, tem muitas que são mais bonitas que eu. Olha a Lisy ou a Jennifer. Deus, a Jessica. A Dana! Com certeza, eu sou uma das últimas da lista de mais bonitas — começou a divagar, enquanto ainda arrumava meus fios loiros.

— Todas são lindas, não se deprecie — disse, afastando-me um pouco para observar seu trabalho pelo espelho.

Meus fios caíam sobre minha testa de uma maneira um tanto despojada, dando-me um ar mais descontraído do que antes. Sorrio, satisfeito, e giro meu corpo lentamente, para observar o resultado final.

Não era como se eu tivesse que estar incrível para o evento que teríamos naquele dia, eu apenas tinha que arrumar alguma maneira de representar a nossa querida universidade de Denver com minhas roupas e, obviamente, escolhi usar minha jaqueta que ainda carregava o símbolo do meu curso atrás: Medicina. Além desta, eu usava uma calça skinny preta e uma camisa branca simples. Nada demais, mas segundo Hayley, eu estava uma tentação.

A universidade tinha, todos os anos, um evento em que pelo menos cem alunos de mais três universidades vinham até nosso campus e fazíamos uma espécie de gincana. Parecia algo infantil quando explicavam dessa maneira, mas era um evento em que os adolescentes e jovens adultos se descontrolavam com sua competitividade. Além dos jogos, havia feiras de comidas diversas, a maioria preparada por alunos de Gastronomia, e grupos que eram formados para discussões sobre os cursos.

Eu não participaria de nada que envolvesse esportes. Assim como Hayley, eu estava indo apenas para comer as delícias que Liam, aluno de Gastronomia e um de meus melhores amigos, faria. Além disso, todos os meus amigos iam para participar das competições de esportes, e era divertido observá-los e dar apoio, como a Gabriela fazia com o Troy em High School Musical. Hayley estava na mesma situação que eu, estava indo principalmente para ver James jogar basquete, futebol e qualquer outro esporte que envolvesse uma bola.

Zach também havia me pedido para ir e dar-lhe apoio no basquete, pois era o único esporte que ele alegava ser bom. Idiota, pois tudo que ele fazia, fazia bem. Em qualquer esporte, aquele garoto estaria no time vencedor.

Além de esportes, ele tinha talento para outras atividades, como música, e, Deus, ele cursava Direito! E era um dos melhores alunos. Eu realmente invejava meu melhor amigo, ao mesmo tempo que me sentia orgulhoso dele e de suas conquistas.

— Vamos? Já deve ter começado — Hayley interrompeu meus devaneios e segurou meu braço para irmos juntos.

Deixamos a fraternidade e seguimos para a uni, que ficava a apenas cinco minutos dali. A fraternidade Delta K era a mais famosa da Universidade de Denver, pois foi a primeira a ser criada e uma das únicas que conseguiu se manter. A fraternidade é masculina, e eu e todos os meus melhores amigos participamos dela. Criamos projetos para conseguir nos manter ali e não termos que nos preocupar com aluguel de apartamento em uma cidade com preços destinados apenas às classes média e alta.

Hayley, normalmente, não poderia estar dentro da casa se não houvesse alguma festa, mas a chamei para me ajudar, aproveitando que todos os meninos sairiam mais cedo, pois todos participariam de algum jogo.

Quando chegamos, Hayley agarrou meu braço para entrarmos no campus juntos, enquanto tagarelava sobre algo que havia feito em sua aula de Economia. Eu ouvia tudo com uma careta discreta no rosto, pois se tinha um curso que eu nunca ponderei fazer em minha vida, foi Administração. Por cursar Medicina, eu era muitas vezes chamado de "careta", por ficar estudando enquanto os outros iam a festas.

Por falar neles, alguns correram até nós quando nos viram: Lisy, pendurada em Jennifer, Hirai, Sam — com latas de refrigerantes em mãos — e Wade. Os dois garotos faziam parte da Delta K, Sam também cursava Direito e Wade fazia Artes Cênicas. Ele era meu colega de quarto na fraternidade.

— Ei, sumidos! Por que demoraram tanto? — Lisy perguntou, descendo das costas de Jennifer, que exibiu uma careta de dor e começou a tentar massagear a própria lombar.

— Leon demorou pra se arrumar — Hayley me acusou, e eu encarei-a, fingindo indignação.

— Calúnia. Eu sou super-rápido — respondi, desconectando meu braço do dela quando avistei James correr até nós para se juntar ao grupo.

— Hayley! — exclamou, agarrando a morena pela cintura e girando-a no ar.

Sorri, assim como todos ali, enquanto observava aquela cena. Às vezes, eu sentia inveja do relacionamento de Hayley e James. Era visível o quanto eles se amavam, tanto nas trocas de olhares quanto nos atos.

Eu não era muito de namorar e sabia que era conhecido na universidade por ser um tanto mulherengo. Leon Brown, aquele que estava com uma diferente cada dia da semana. E eu tinha meus motivos. Não era obrigado a ter um relacionamento, e mesmo que quisesse, nenhuma garota nunca havia me cativado o suficiente, para visar algo maior que uns beijos ou uma transa. Fora que namoros costumavam desfocar os universitários dos estudos, e aquilo era a última coisa que eu desejava para mim.

— O jogo de basquete vai começar. Vamos jogar contra os alunos de Salt Lake City — James explicou, ainda agarrado à cintura de Hayley, enquanto esta, lhe beijava a bochecha repetidamente.

— Zach já está lá? — perguntei, curioso.

— Sim, ele e Ryan estavam se aquecendo.

Apenas assenti em resposta e fui em direção à quadra, deixando-os lá. O campus estava lotado com as tais barracas de comida e alguns ateliês para conversas sobre cursos. Assim que cheguei ao meu destino, não pude evitar que uma careta se apossasse de meu rosto. Por quê? Bem, porque a primeira coisa que vi foi Ryan e Zach gargalhando de algo que eu não tinha interesse em saber o que era.

Eu odiava aquela parte de mim que, simplesmente, não conseguia suportar a ideia de alguém ser tão próximo a Zach quanto eu. E eu não era alguém que costumava sentir ciúme, mas quando se tratava de Zach e da amizade que a gente cultivava desde os seis anos de idade, era outra coisa. Eu não gostava quando ele ficava rindo demais com algum dos outros meninos, principalmente Ryan, pois eu sabia que ele idolatrava Zach.

O ciúme aparecia até mesmo quando Zach deixava de passar algum momento do dia comigo, para se encontrar com alguma garota. Era ridículo, eu sabia disso, mas era inevitável.

Era coisa de melhor amigo.

— Leon! — Chad apareceu após sair do vestiário masculino, nos fundos da quadra, correndo até mim e, com isso, chamando a atenção de Zach e Ryan para a minha presença ali.

— Oi, Chad — respondi, correspondendo ao abraço desajeitado que o moreno me deu quando estava suficientemente próximo.

Chad também era membro da fraternidade e alguém que eu, particularmente, amava passar o tempo. Ele era extremamente divertido e descontraído. Lembro que, quando o conheci e perguntei seu curso, fiquei totalmente surpreso ao saber que ele cursava Astrofísica, pois era um curso em que havia somente nerds e pessoas que, diferente de Chad, não se davam o luxo de fazer algo que não fosse estudar.

— Vai assistir a todos os jogos? — ele me perguntou, afastando-se um pouco e pegando uma bandana de seu bolso para colocar em sua cabeça.

— Vou tentar. Só espero não me entediar. — Dei de ombros, sendo sincero. Como mencionei antes, eu não era muito fã de esportes.

— Entediar? Me assistindo? Impossível — este foi Zach, se pronunciando enquanto se aproximava com Ryan.

Chad riu e abraçou Ryan pelo ombro, e eu assisti à forma como o menor encostou a cabeça no ombro de Chad e fechou os olhos, como um pequeno bicho em busca de carinho.

— Não se ache tanto, Zach — respondi, desviando o olhar dos dois e focando nele, que estava de braços cruzados, me olhando, com um sorriso.

Dei um tapa em seu braço, sentindo apenas músculos. Bom em tudo e com um físico assustadoramente bem construído, Zach me revoltava às vezes. Seu rosto era revoltante, simetricamente revoltante. Sua mãe era sul-coreana, então ele havia herdado olhos que contrastavam com o resto das fisionomias de branco. Ele tinha cabelos super escuros e lisos, que enfeitavam a testa e o pescoço, graças ao tamanho dos fios, tudo aquilo sendo o combo para a perdição de todas as garotas daquela *Uni*. Competir com ele não era fácil.

— Estou sendo realista — disse, debochado, e eu revirei os olhos.

— Olha o respeito, criança. — Apontei o dedo em sua cara, arrancando uma risada dele.

— Vem cá, Leon. — E com isso, ele me puxou para um abraço, deixando evidente a nossa diferença de altura, que me fazia querer resmungar diversos palavrões. Eu era mais velho, por que tinha que ser mais baixo?

— O que acha de comermos comida chinesa e maratonarmos "Grey's Anatomy" quando chegarmos em casa? — perguntou quando terminamos o abraço, porém ainda nos mantivemos perto um do outro.

Eu sorri, pois todo dia me tocava do quanto amava ter Zach por perto. Ele era aquele tipo de pessoa que topava qualquer programação comigo, não importava a ausência de bebidas, drogas ou de outras pessoas.

— Você não me engana, sei que ama a série e não a assiste só por causa de mim, Zach — acusei, arqueando a sobrancelha e cutucando seu peitoral, que me ofendia por ser tão marcado.

— Admito que gosto de alguns capítulos e de alguns casais, mas... — começou, porém eu o interrompi, tapando sua boca com minhas mãos humilhantemente pequenas.

— Admitiu. Pronto.

Ele começou a sorrir sob minhas mãos, e eu acabei sorrindo junto, até ele resolver lamber minha palma.

— Nojento! — gritei enquanto ele corria, se afastando, com Ryan e Chad, para se juntar aos outros meninos que jogariam a partida de basquete.

— Você me ama! — gritou de volta, correndo de costas e com aquele sorriso debochado em seus lábios.

— Eu amo! — respondi, rindo e cruzando os braços, após limpar minha mão em minha calça.

— Torça por mim! — foi a última coisa que ele disse, antes de se virar para o resto de seu time para, provavelmente, resolver as posições no campo e as estratégias.

— Vocês parecem namoradinhos. — Chad surgiu de algum buraco sem fundo, bem atrás de mim, com um sorriso presunçoso nos lábios.

— Cala a boca — fui rindo enquanto me dirigia às arquibancadas.

Suspirei enquanto assistia à quadra se encher. O que eu não fazia pelos meus amigos?

O campus estava uma loucura. Os times da nossa universidade ganharam os jogos de basquete e de futebol, o que gerou uma euforia entre o resto dos estudantes. Eu estava feliz pelos meus amigos e assistia à alegria deles de longe, pois estava quase impossível chegar perto deles, enquanto eram cercados por admiradores.

Eu decidi ir, então, até a barraca de Medicina e comecei a conversar com uma garota, a qual me disse que queria trocar de curso e recomeçar na área de saúde. Ela falava enquanto enrolava alguns fios de cabelo em um dedo e tombava a cabeça para o lado, flertando comigo. Ela era bonita e educada, então eu correspondi ao flerte, com alguns sorrisos, e me aproximei um pouco mais dela, enquanto falava sobre meu curso. Nada como tirar uma casquinha.

— Galera! — alguém berrou. Era James, que havia subido em um banco no centro do enorme jardim, a alguns metros de onde eu estava, carregando um enorme sorriso em seu rosto e um enorme cachorro-quente em uma das mãos.

— Festa hoje à noite na fraternidade Delta K! Espero todos vocês!

Assim que as palavras deixaram sua boca, uma careta

surgiu em meu rosto, por saber que meus planos de uma noite calma e tranquila com Zach e minha série preferida, tinham ido por água abaixo. Suspirei, sentindo a preguiça me dominar somente por pensar em aguentar uma festa enorme, como costumavam ser as da Delta K, naquela noite.

— Você vai? — a menina me perguntou enquanto sorria.

Observei seus traços delicados com visível interesse. Ela era japonesa, aluna de intercâmbio e tinha sotaque fofo. Uma gracinha.

— Vou sim. Eu moro lá — respondi, com o mesmo sorriso sedutor de antes. Talvez, se eu pudesse aproveitar com ela a noite, ainda valesse a pena.

— Acha que podemos nos encontrar lá? — Deu mais um passo em minha direção.

— Claro. É só aparecer — flertei, levando minha mão até seu cabelo ondulado e colocando uma mecha deste atrás de sua orelha. Assisti às suas bochechas corarem e ri baixo, galanteador como eu sempre era.

Após trocar mais algumas poucas palavras com a garota, que descobri se chamar Yuka, ela se retirou para juntar-se aos alunos de sua universidade. Enquanto eu guardava o papel que ela havia me entregado com seu número, senti alguém se pendurar em meus ombros.

— Já arranjou alguém para a noite, Le? Pensei que ficaríamos juntos — Zach disse manhosamente, esfregando seu cabelo suado em meu pescoço.

Fiz uma careta e o empurrei, rindo da expressão de cachorro perdido que ele tentou fazer.

— Vai ter uma festa lá em casa hoje, Zach. Nosso programa foi por água abaixo.

— Eu soube — suspirou, passando a mão pelos fios molhados. — O jeito é modificar nosso programa. — E então, ele sorriu, como a criança que era, e eu arqueei uma sobrancelha. — Vamos beber muito e fumar um pouco, caso o Dean esteja com o estoque cheio. Pode não ser o nosso programa preferido, mas vai ser bom se estivermos juntos, *hum*?

Automaticamente, eu ri e assenti, chegando à conclusão de que passar o tempo com Zach seria bom de qualquer maneira, mesmo que em uma festa cheia de bebidas e cigarros de maconha.

Eu tentei chegar em casa mais cedo que os outros, para conseguir trocar de roupa e ajudar o pessoal que se encarregaria de arrumar o local, enquanto alguns outros comprariam bebidas e comidas. Vesti uma camisa cinza, fiquei com a mesma calça preta e coloquei uma jaqueta jeans vermelha. Após ficar alguns minutos checando meu cabelo no espelho novamente, desci as enormes escadas da casa, para ver se precisavam de ajuda no andar debaixo.

Os eventos em nossa fraternidade eram considerados os melhores do campus, por causa do tamanho da casa, do jardim do lado de fora e da quantidade de bebidas e drogas que sempre havia. Era uma típica festa universitária estadunidense, é claro. Quase todo mundo era muito "pra frente". Além disso, um dos membros da fraternidade era um DJ, o que melhorava a qualidade das festas.

Quando cheguei ao andar de baixo, James e Simas, aluno de Educação Física e uma espécie de subchefe da fraternidade, carregavam um barril enorme de cerveja, que vinha com uma pequena mangueira para colocar o líquido nos copos. E claro, para alguém se pendurar no barril e levar a mangueira direto para a boca. De cabeça para baixo, devia ressaltar.

Ri com as lembranças de alguns amigos fazendo aquilo e me dirigi até Chad, que chegou com milhares de sacolas em mãos. Ajudei-o e coloquei algumas das sacolas em cima do balcão que separava a enorme sala da cozinha. Peguei as garrafas de bebidas de dentro das sacolas, colocando-as na geladeira, e assim que vi o que havia em cada uma delas, eu ri baixo. Eram camisinhas. Milhares de camisinhas.

— Sexo seguro é sexo bom — Chad disse ao meu lado, após me ver encarar o conteúdo da sacola.

— De fato — assenti e peguei um pote de vidro grande e vazio da cozinha, colocando-o no centro do balcão e virando a sacola de camisinhas ali. Feito.

— Alguém me ajuda! — Dean apareceu na porta, gritando e carregando uma enorme assadeira com um brownie, o qual exalava um cheiro extremamente delicioso e que fez com que minha barriga roncasse. Eu precisava comer, não havia colocado nada na boca desde de manhã.

Assim que cheguei perto dele, para ajudá-lo com a assadeira, e senti o cheiro de mais perto, olhei-o, desacreditado, e ele riu.

— O que é uma festa sem um "brownie da felicidade"?

Como eu disse, em uma típica festa de fraternidade americana sempre vão ter certas coisinhas alucinógenas. E quem era eu para julgar?

No resto da tarde, tudo continuou no mesmo ritmo: os garotos apareciam com diversas coisas para colocar nos devidos lugares, e eu me revezava entre eles, ajudando-os com tudo que podia. Finn, o DJ, apareceu com seus equipamentos, os quais costumava deixar nas salas que usava na universidade, e depois de algumas horas, todos os meninos estavam ali. Menos Zach.

— Você viu o Zach? — perguntei para Chad, que arrumava os copos vermelhos em cima do balcão.

— Eu o vi com a Sarah antes de sair do campus — foi sua resposta distraída por estar fazendo uma pirâmide de copos.

Sarah era a prima de Zach, que cursava Medicina assim como eu. Ela era um anjo, tanto em sua personalidade como em seu físico. Ter tudo perfeitamente bem montado parecia ser uma maldição da família deles.

Assenti e resolvi mandar uma mensagem para Zach, sentindo falta de sua presença ali. Peguei meu celular e entrei em seu chat, perguntando onde ele estava. A resposta veio em menos de dois minutos:

Pirralho: *chegando*

Dei de ombros e não respondi, levando um susto quando ouvi alguém bater à porta, que, por coincidência, estava ao meu lado. Automaticamente, eu sorri e abri a tal, vendo Zach ainda ensopado de suor, com algumas sacolas em mãos.

— Arruma pra mim enquanto eu tomo banho? — E aí, ele fez a carinha de cachorro perdido.

— Vai logo, porque você tá nojento — murmurei, pegando as sacolas de suas mãos e recebendo um beijo na testa antes de vê-lo correr para o andar de cima.

Eu esperava que ele não sujasse nada meu com aquele suor.

Quando deu oito horas, as pessoas começaram a chegar e a música foi ligada. Zach desceu alguns minutos depois, extremamente bem-arrumado e me fazendo revirar os olhos, sabendo que ele, provavelmente, atacaria mais de uma presa naquela noite e me deixaria de lado. Eu sabia que havia combinado de encontrar Yuka, mas o que eu mais queria fazer era passar a noite ao lado do meu melhor amigo. Porém, pelos sorrisos que ele estava lançando a várias meninas, aquilo não seria possível.

— Zach! Já achou a presa da noite? — Ryan, que estava sentado comigo e Chad, perguntou a Zach quando ele se sentou ao meu lado e me abraçou pelo ombro, após me dar mais um beijo na testa. Ele tinha essa mania. Parecia que amava jogar nossa diferença de altura na minha cara.

Sorri de lado com esse pensamento e virei a cabeça, flagrando Chad com seus olhos fixos em nós dois, com uma sobrancelha arqueada e os lábios curvados em uma expressão duvidosa. Perguntei, silenciosamente, o que tinha acontecido, e ele apenas abanou a cabeça. Deixei pra lá.

— Com certeza — Zach respondeu, apontando para uma garota que estava gargalhando ao lado de Chad e Hirai. Realmente, a menina era linda. Mas…

— Tá vendo a loira do lado dela? Então, é a Hirai,

namorada dela — eu disse, risonho, arrancando alguns comentários dos meninos, enquanto Zach fazia um bico e voltava a olhar em volta.

Eu não queria que ele achasse uma presa aquela noite. Queria que ele se divertisse comigo, conversasse comigo e passasse o tempo comigo. Ele havia prometido, e se fosse preciso eu desistir de transar com Yuka naquela noite, não me importaria nem um pouco. Mas Zach parecia realmente decidido em achar alguma garota para foder.

— Aquela ali — murmurou, apontando para Pamela, uma conhecida minha que cursava Cinema.

— Tem um caso com o professor Jhonson — murmurei rapidamente, sem me dar conta.

Senti o olhar de Chad sobre mim novamente, mas ignorei, assim como fiz com o bufar de Zach.

— Aquela. — Apontou para Tina, amiga de Hirai.

— Ela sai com o Troy.

— Talvez aquela.

— Namora o Luke.

Zach me encarou, por alguns segundos, com as sobrancelhas franzidas, e eu dei de ombros. Apesar de não querer que ele arranjasse alguém, tudo que eu estava dizendo era verdade.

— Aquela. — Ele tentou novamente.

Olhei para onde ele apontava e avistei uma garota de pele preta, olhos grandes e cabelos crespos tingidos com reflexos dourados. Eu não a conhecia.

— Karen. Solteira. Vai na fé — Ryan respondeu por mim, e eu prensei meus lábios, suspirando.

Era errado querer a atenção do meu melhor amigo só para mim?

Então, Zach soltou meu ombro, levantou-se, após dar um gole na cerveja de Chad, e caminhou em direção à garota. Suspirei de novo e baguncei um pouco os meus fios loiros, tentando pensar em algo que pudesse fazer para me distrair enquanto não tinha meu melhor amigo para me ajudar naquilo. Quando decidi me levantar, Chad, que ainda me encarava, pronunciou-se:

— Aonde vai? — perguntou, curioso, e ainda com aquela expressão de desconfiado para cima de mim.

— Arranjar algo para fazer — disse e acenei para eles antes de me retirar dali.

Andei um pouco pela casa, vendo diversas pessoas dançando e aproveitando que era madrugada de sábado, quando não precisavam se preocupar em dormir cedo por causa das aulas no dia seguinte. Vi muitas pessoas mergulhando em bebidas e uma até plantando uma bananeira sobre o barril de cerveja, enquanto outra empurrava a mangueira em sua boca e os outros gritavam em volta. Ri baixo, abanando a cabeça, e continuei minha procura. Decidi ir para o jardim e, assim que pisei na área, senti aquele cheiro extremamente forte invadir minhas narinas e perturbar meus sentidos por alguns segundos.

— Leon! Junte-se a nós! — Era Dean, que segurava um cigarro de maconha em seus dedos e um pedaço do brownie na outra mão. Ele sorria para mim, enquanto as pessoas em volta dele riam como se tivessem escutado a coisa mais engraçada de suas vidas. Reconheci algumas, e a maioria eram estudantes de Psicologia e História.

Pensei um pouco: eu não costumava fumar nem beber muito. Quando o fazia, não tinha o mesmo objetivo que os outros, que era ficar bêbado ou chapado, eu bebia a bebida a qual o gosto me agradava e fumava quando o cheiro estava bom. Ficar bêbado ou chapado era consequência, e eu sabia me controlar.

Então, me sentei entre Dean e Uriah, que eram os mais próximos de mim naquele grupo, e aceitei o cigarro que Dean me ofereceu, dando uma tragada profunda antes de passá-lo para Uriah, sentindo minha garganta arder por causa do pouco costume que eu tinha de fazer aquilo. Eles pareciam bonitos naquela luz: Dean com a pele bronzeada e os olhos escuros, Uriah com a pele preta e o corpo forte.

— Posso provar? — perguntei para Dean, indicando o brownie em sua mão.

— Claro, gracinha. — Sorriu com a língua entre os dentes, me fazendo rir um pouco.

Dean tinha a mania de flertar com todo mundo. Se a aparência ou personalidade da pessoa o agradasse, ele estava lá, flertando. Ele vivia me chamando de "gracinha", e eu realmente não me importava, achava engraçado na verdade. Muitos garotos já haviam flertado comigo em festas e até mesmo na universidade, e eu sempre os dispensei educadamente. Aquilo nunca feriu minha masculinidade, como fazia com muitos garotos héteros naquele lugar, mas também nunca despertou meu interesse.

Dean estendeu o brownie até minha boca e eu mordi um pedaço, saboreando o gosto exótico que era estranhamente delicioso. Mordi mais um pedaço rapidamente, antes que ele pudesse afastar o doce de mim, e ele riu, passando o polegar na minha bochecha.

— Gracinha — murmurou mais uma vez. Ele já parecia chapado, seus olhos estavam extremamente vermelhos e seus movimentos estavam mais lentos.

Abanei a cabeça e procurei a pessoa que estava com o cigarro, acabando por avistar Zach se aproximando do grupo com os dedos entrelaçados nos de Karen. A tão bonita Karen. Sem que eu percebesse, uma careta surgiu em meu rosto, e eu bufei baixo. Teria que assistir a Zach dar atenção a outra pessoa quando deveria estar se divertindo comigo.

— Uriah, chega pra lá — ele disse quando já estava ao nosso lado, e Uriah lhe obedeceu, se afastando e dando espaço para Zach sentar-se ao meu lado e Karen ao seu. — Já está fumando?

— Não tem nada melhor pra fazer — resmunguei, sem o olhar, pegando o cigarro quando Dean o estendeu novamente para mim.

Zach não me respondeu. Não sei se ele percebeu que eu estava magoado por ele ter me trocado por uma transa aquela noite. Eu queria que ele percebesse. Queria que ele se tocasse e grudasse em mim como sempre fazia no dia a dia, me fazendo rir e me dando atenção. Eu parecia um desesperado.

— Vamos fazer *shot-guns*? — uma garota branca e loira, de físico tipicamente americano, que estava entre o grupo, perguntou alto o suficiente para todos na roda ouvirem.

— Seguindo a roda? — Dean perguntou e a menina confirmou. — Então, vai, Leon, você começa.

Franzi o cenho, lembrando-me de que era eu quem estava segurando o cigarro, olhei para o lado e vi Zach me encarando. Eu teria que passar a fumaça para ele? O quão estranho aquilo parecia ser? Digo, eu teria que ficar a centímetros do rosto dele para passar a fumaça para sua boca. Zach e eu éramos bem afetivos um com o outro, não nos importávamos com toques, abraços e beijos na testa e bochecha, mas aquilo era... estranho. Porém, não era como se eu fosse beijá-lo e não queria ser o garoto que estragaria a brincadeira da roda.

Então, assenti e, desviando do olhar de Zach para o chão, coloquei o cigarro entre os lábios e suguei, tragando a fumaça e fechando a boca para segurá-la ali. Abaixei o cigarro e ergui o rosto, vendo que Zach havia se aproximado e estava com o rosto bem próximo ao meu. Tentei não engolir em seco, para não engolir a fumaça, e me inclinei um pouco, assistindo ao outro entreabrir os lábios.

Sua boca era pequena, os lábios um tanto finos e bem rosados, semelhantes aos de uma boneca. Chegava a ser fofo. E não, eu não havia acabado de reparar na boca de meu melhor amigo.

A respiração lenta que saía de seu nariz bateu no meu, e eu senti um pouco de cócegas e uma sensação estranha em minha nuca. Decidindo acabar com aquilo logo, soltei a fumaça, e ele puxou-a ao mesmo tempo, não deixando que ela escapasse.

Afastei-me, vendo-o soltar a fumaça no ar, e estendi o cigarro para que ele fizesse o mesmo com Karen, que parecia ansiosa para fazê-lo. Abanei a cabeça negativamente e fiquei brincando com meus dedos, voltando meu olhar para a brincadeira quando a fumaça passava de uma garota qualquer para Dean.

O moreno virou-se para mim após tragar o cigarro, com um sorriso malicioso em seus lábios, e eu não contive o riso. Era engraçado vê-lo tentando tirar uma casquinha de mim em qualquer oportunidade que tivesse. Mas eu sabia que ele não tentaria nada a não ser que eu permitisse, o que não aconteceria.

E foi isso que ele fez: segurou minha nuca e seus dedos puxaram de leve o meu cabelo, enquanto ele se inclinava sobre mim, quase como se fosse me beijar, assoprando a fumaça para minha boca enquanto eu a puxava. Soltei-a assim que nos afastamos, suspirando ao saber que a teria que passar mais uma vez para Zach. Porém, não foi aquilo que aconteceu.

— Gente! Roda de jogos na sala! — o grito foi ouvido por todos que estavam no jardim, e automaticamente, a maioria se levantou.

— Você vai? — Ouvi Zach me perguntar.

Eu não o havia encarado desde que passara a fumaça para sua boca, porém senti seu olhar sobre mim mais de uma vez, o que me pressionava de certa forma. Eu nem sabia o motivo de não o encarar, nunca me sentia envergonhado daquele jeito quando o assunto era Zach.

Assenti e finalmente o fitei, mas ele já estava virado para Karen, e disse algo no ouvido dela que a fez sorrir e assentir. Suspirei e me levantei, acompanhando o resto do pessoal, que estava na roda, para dentro da casa.

Eu me sentia um pouco lento, e minhas pernas pareciam mais pesadas que o normal quando decidia dar um passo: os índices de que eu estava começando a ficar chapado. Suspirei e massageei minhas têmporas, me sentando na enorme rodinha que se formava no meio da sala de estar.

Eles decidiram jogar "Verdade ou Desafio", e desde o início, eu sabia que daria alguma merda. Um garoto foi desafiado a beber água da privada e acabou vomitando, pois tinha bebido muita cerveja. Uma menina, que parecia não beber muito, foi desafiada a plantar uma bananeira, com a ajuda da melhor amiga, e beber dez segundos da mangueira de cerveja. Senti pena dela. Um garoto teve que fazer um coquetel com todas as bebidas da geladeira e beber tudo em menos de dez segundos. Ele terminou no banheiro. Chad foi desafiado a narrar sua primeira vez e ele o fez como se apresentasse um programa. Eu ri muito.

— Ryan! Verdade ou Desafio? — perguntou Hirai, visivelmente bêbada, enquanto a namorada depositava beijos em seu pescoço.

— Desafio — Ryan, que parecia sóbrio, respondeu, sorrindo, animado.

— Deixa um chupão no pescoço do Chad.

Arqueei a sobrancelha quando ouvi. Bom, acho que eu tiraria minhas dúvidas sobre o relacionamento daqueles dois naquele momento. E pode apostar que elas foram retiradas: Ryan montou no colo de Chad, sem pestanejar, enquanto este sorria maliciosamente e levava suas mãos para as coxas dele. O mais velho riu e enterrou a cabeça no pescoço de Chad, começando seu trabalho ali, enquanto o outro suspirava baixo e o resto do pessoal gritava, animado.

— Agora beija! — alguém gritou.

E eles fizeram.

Foi quase como um pornô ao vivo, pois no meio do beijo, Ryan começou a se mexer no colo de Chad enquanto ele apertava sua bunda.

Tombei a cabeça para o lado, observando aquela cena e sentindo-me estranho com aquilo. Não era repulsa ou coisa assim. Eu não sabia o que era.

Sem que eu percebesse, meus olhos procuraram por Zach e percebi que ele era um dos que gritava animadamente, junto a Karen. Ele não parecia nem um pouco surpreso, o que me fez pensar que talvez já soubesse que Ryan e Chad tinham um caso.

Depois do desafio dos dois, uma menina ruiva foi desafiada a correr pelada até a casa do vizinho — coitado, morava ao lado de uma fraternidade — e pedir um pote de açúcar. Ela teve o azar de ter sido atendida por um casal, e a mulher quase a espancou. Outra de quem tive pena. Ninguém pedia "Verdade", o que não era nenhuma surpresa, e quando chegou a minha vez, não foi diferente.

— Desafio — respondi a Chad.

— Quero que dê um daqueles beijões em Zach. Durante dois minutos, e eu vou cronometrar.

Eu não sabia se era o efeito da maconha ou se foi meu choque, mas sei que meu cérebro pareceu parar de funcionar por alguns segundos. Aquilo era muito mais grave do que o *shot-gun*, muito mais sério e muito mais estranho. Beijar Zach nunca havia passado por minha mente em todos os nossos anos de amizade, até mesmo quando éramos dois adolescentes na puberdade, os quais conversavam sobre beijos babados e sexo selvagem. Ele era meu melhor amigo! Aquilo chegava a ser bizarro.

Levantei meu olhar até ele, ignorando todos os gritos animados que vinham até mesmo de Karen, e vi que ele me encarava seriamente, provavelmente com a mesma expressão que eu carregava. Ambas tinham um ar de dúvida nelas:

Ele faria aquilo?

Eu faria aquilo?

Se eu amarelasse, receberia xingamentos de todos ali e seria o primeiro e, provavelmente, único da noite a negar um desafio. Não queria ser chamado de covarde, então comecei a pensar melhor. A ideia parecia absurda, mas não... nojenta. Quer dizer, Zach era um garoto muito bonito, e eu nunca havia dito ou pensado o contrário. E no fim de tudo, era tudo boca, certo?

Com esse pensamento, a imagem que tive mais cedo, da boca de boneca de Zach, surgiu em minha mente, e eu me levantei do meu lugar, recebendo mais gritos eufóricos e uma sobrancelha arqueada dele. O que eu estava fazendo?

Tarde demais.

Quando vi, eu estava de joelhos, em frente a Zach, que estava sentado com as pernas cruzadas, enquanto todos gritavam um coro de "beija, beija, beija!". Eu suspirei e ergui minha sobrancelha para ele, em uma pergunta silenciosa. E, bem, ele não fez, nem disse nada. Eu deveria levar aquilo como um "sim" ou um "não"? Realmente não fazia ideia.

E parecia que eu havia demorado tempo demais para pensar, pois senti alguém empurrar as minhas costas e, antes que eu batesse de cara no chão, agarrei os ombros de Zach e senti as enormes mãos dele em minha cintura.

E pela segunda vez naquela noite, nossos rostos estavam a centímetros de distância.

Mas por que, naquele momento, eu sentia arrepios em minha espinha e minha testa começar a suar, como se eu tivesse corrido uma maratona?

Ah, talvez porque ali eu sabia que teria de beijá-lo.

— Beija logo! — exclamou Chad.

Zach me encarava com a mesma expressão séria e curiosa, sem dizer nada, e aquilo estava me perturbando de um jeito que ele nunca me perturbou antes.

Bufei baixo e desci, involuntariamente, meu olhar para sua boca de boneca. Eu já estava ali mesmo, não é?

Talvez tenha sido o outro empurrão que recebi de alguém, mas em um milésimo, meus lábios estavam contra os de Zach, grudados. Nenhum dos dois se moveu, e ficamos naquela espécie de selinho com caretas por alguns segundos, até o maldito Chad gritar novamente:

— Beijão! Só vou começar a cronometrar quando começar o beijo de verdade!

Tentei ignorar a gritaria, algumas vaias por nós não estarmos nos beijando *de verdade*, mas era difícil. Era meu melhor amigo ali!

Abri um pouco os olhos e franzi as sobrancelhas ao ver Zach me encarando, sem a careta que ele carregava assim que colamos nossos lábios. E, bem, ele fez algo que me deixou em transe por alguns segundos: aquela expressão debochada e desafiadora tomou conta de suas feições, e ele arqueou somente uma das sobrancelhas, como se dissesse silenciosamente que eu não era capaz de fazer aquele desafio.

E eu o mostrei o contrário.

Agarrei sua nuca como não costumava fazer com as meninas, inclinando a cabeça para o lado e roçando a minha língua em seu lábio inferior, me surpreendendo com a textura macia. *Ele usava batom hidratante?*

Senti um tremor estranho em meu corpo quando os dedos dele se prenderam com mais força em minha cintura e ele inclinou a cabeça para o lado oposto à minha, entreabrindo a boca e permitindo que minha língua fizesse seu trabalho. Então, eu comecei a mover lentamente a minha dentro de sua boca, sentindo um gosto de maconha misturado com cerveja e menta, e era estranhamente bom.

Sem que eu percebesse, meus olhos se fecharam sozinhos e minha língua explorou todos os cantos da boca dele, enquanto a dele fazia o mesmo comigo, e aquela sensação estranha em minha nuca voltou. Sentindo um incômodo bom com aquilo, cravei minhas unhas curtas em sua nuca e arranhei-a de leve, lembrando que gostava quando as garotas faziam aquilo em mim, e pareceu agradar Zach, pois o senti suspirar contra meus lábios.

De novo, senti sua respiração batendo no meu nariz, só que daquela vez muito mais acelerada e entrecortada. Aquilo causou arrepios em meus braços.

Senti os dedos de Zach afastarem-se um pouco e descerem até encostarem em meu quadril, enquanto ele se colocava de joelhos e voltava a ficar mais alto que eu, fazendo com que eu tivesse que levantar a cabeça, sem quebrar o beijo em nenhum momento. Beijar alguém mais alto era algo novo e frustrante para mim.

Ele agarrou a área que seus dedos agora encostavam, puxando-me um pouco para mais perto, e sua língua começou a fazer movimentos mais brutos, como se ele quisesse dominar o beijo. Nem naqueles momentos aquele garoto abaixava a bola.

Mas eu gostei.

Gostei da forma como a língua dele se enrolou na minha, como suas mãos apertavam meu quadril de vez em quando e como a respiração ofegante dele se misturava com a minha, acelerada. Estava me sentindo bem, e aquilo não parecia mais tão estranho.

Meus dedos pareceram agir por conta própria quando subiram por entre os fios de cabelo na nuca de Zach e os puxaram, de maneira que eu pudesse me inclinar um pouco mais para a frente e usar mais força nos movimentos de minha língua. Aquilo causou uma reação nele: Zach puxou-me, de repente, contra si, colando nossos corpos e inclinando-se de volta sobre meu corpo, fazendo com que minhas costas fossem um pouco para trás.

E, Deus, aquilo foi bom.

Nossas cabeças trocavam de lado, e eu conseguia ouvir perfeitamente o som de nossas salivas sendo trocadas. Continuei a puxar os fios de cabelo dele até me cansar daquilo e descer as mãos até seus ombros, arranhando a pele por onde elas passavam, causando outro suspiro da parte de Zach.

Por que eu estava gostando tanto de ouvir aquilo sair de sua boca?

Senti seus dedos escorregarem um pouco mais, chegando à base de minhas costas e ao início de minha bunda. *Ele pegaria nela? Por que aquele pensamento não me parecia nem um pouco estranho naquele momento?* Eu me peguei querendo que ele o fizesse. E acho que o teria feito, se mais um berro de Chad não nos tivesse interrompido:

— Já foram três minutos, seus pervertidos!

Afastei-me subitamente de Zach.

Três minutos?

Foi quando senti meu pulmão reclamar, por ter respirado de mau jeito nos minutos anteriores. Senti as mãos dele voltarem para minha cintura e olhei-o, vendo que estava bem bagunçado e parecia estar em uma espécie de transe.

Foi aí que eu entrei em um também: havia acabado de beijar meu melhor amigo?

O pensamento de como aquilo era bizarro voltou à minha mente e demorei a processá-lo. Eu realmente havia acabado de ficar com meu melhor amigo. Se me dissessem isso há algumas horas, eu teria rido e perguntado se a pessoa estava louca, mas, meu Deus, *eu havia acabado de ficar com meu melhor amigo.*

Eu precisava de uma bebida.

GAROTOS NA FRATERNIDADE

GAROTOS NA FRATERNIDADE

02

GAROTOS N

— CALA A BOCA.

Joguei uma batata frita em Chad, que ainda ria, sentindo que um bico se formava em meus lábios sem a minha permissão. Estávamos ele e eu em uma lanchonete perto do campus, que muitos dos alunos frequentavam quando não estavam em aula, principalmente os meninos da fraternidade. E eu havia pedido para que Chad se encontrasse comigo naquela tarde, para que pudesse despejar nele minhas frustrações baseadas somente em uma frase: eu havia beijado o meu melhor amigo.

O quão clichê aquilo soava? Cheguei a rir mais cedo quando aquela frase surgiu em minha mente e me toquei que aquilo poderia ser o tema daqueles típicos filmes americanos que todo adolescente bobo gosta.

Mas minha vida não era um filme. E eu estava frustrado.

Chamei Chad pois ele foi, tecnicamente, o culpado de tudo aquilo. Ele quem fez o desafio e me empurrou mais de uma vez quando a ideia de me afastar surgiu em minha mente. E a única coisa que ele fazia era rir. Quando parava, me olhava por alguns segundos, até voltar a rir. Ele havia começado com aquilo depois que eu disse aquela frase de antes.

— Chad! Para com isso! — murmurei, frustrado, pegando outra batata e mastigando-a sem realmente ter vontade.

— Desculpe. Deixe eu me recompor — disse, finalmente cessando as risadas e respirando fundo antes de me olhar com uma expressão séria. — Me diz, o que lhe incomoda?

— Eu beijei o Zach. Eu beijei a porra do meu melhor amigo.

— E você gostou?

A pergunta foi como um piano caindo na minha cabeça, igual aqueles desenhos animados. Não havia pensado naquilo após o acontecimento, não havia nem mesmo falado com Zach após o beijo. Depois do jogo, ele sumiu com Karen, e eu fiquei sozinho, sentado no jardim. Não queria companhia e agradeci mentalmente que Yuka não havia aparecido na festa. Eu não saberia como flertar enquanto o beijo com meu melhor amigo perturbava a minha mente.

Então, me perguntei: eu gostei? E a resposta era óbvia, mas perturbadora demais para a minha pequena cabecinha. Era Zach! Zach! O garoto que me ouviu falando do meu medo de ter fimose aos quinze anos, o garoto que ouviu sobre como meu primeiro beijo tinha sido uma merda e o garoto que me ouvia desabafar no colegial, sobre as garotas que eu ficava a fim. Zach, praticamente, cresceu comigo, pois pegou a parte mais importante de minha vida: a adolescência. E era estranho pensar que eu havia gostado de ter trocado saliva com ele.

— Leon? — Chad chamou minha atenção, e percebi que fiquei em silêncio por mais de um minuto, pensando na pergunta.

— Desculpe — respondi rapidamente, abanando a cabeça em seguida. — E-eu gostei, mas você não entende que eu não posso gostar?

— Por quê? Por ele ser um garoto?

Abanei a cabeça negativamente, porque, de fato, o que me incomodava não era nem ele ser um garoto. Óbvio, estranhei, no início, ter gostado de beijar um menino depois de uma vida inteira só beijando meninas. Mas aquilo não me preocupava, sinceramente. Era novo, mas não preocupante.

— Não, por ele ser o Zach — fui sincero.

— Mas o que tem? Melhor ser o Zach do que algum desconhecido, não? — Chad revirou os olhos, parecendo cansado do meu drama adolescente.

— Mas ele é meu melhor amigo, Chad! — exclamei, passando as mãos pelo rosto em seguida.

— E daí? Ryan é o meu também, e você já viu o que fazemos. — Deu de ombros, e eu bufei.

— Mas eu e o Zach nos conhecemos desde que nos entendemos por gente, Chad. Nunca mostramos interesse um pelo outro, nunca. E do nada, nos beijamos. Vai ficar estranho entre a gente! — Comecei a me desesperar, gesticulando com as mãos enquanto falava em um tom mais alto. — Nós nem nos falamos depois de ontem, tem noção? Nós *sempre* nos falamos. Nem uma mensagem ele mandou! E ele saiu mais cedo que eu, sendo que nem temos aula! E sempre que ele sai mais cedo, me manda uma mensagem de "Bom dia"! Você tem noção do quanto isso é ruim?

Quando eu vi, já estava de pé. Peguei meu pote de batata frita e joguei uma última em Chad, que me olhava com uma expressão de "Jura?".

— Obrigado pela ajuda — disse, irônico, revirando os olhos ao ouvir mais uma risada dele, enquanto eu saía daquela lanchonete.

Eu não o culpava, ninguém era obrigado a ouvir meus problemas. Só Zach, porque era eu quem sempre ouvia os dele e porque ele era meu melhor amigo. Aí, sim, ele teria a obrigação. Mas eu não podia falar sobre aquilo com ele, afinal estaria falando dele para ele mesmo.

Por que a vida era tão complicada?

Com aquilo em mente, acabei saindo da lanchonete de cabeça baixa e com uma careta no rosto, o que me fez esbarrar em alguém e derrubar todas as minhas preciosas batatas no chão. Arregalei os olhos e, antes de me desculpar com a pessoa, resmunguei um palavrão e fiquei olhando, triste, para as minhas bebês no chão.

— Desculpe, Le. Mas sabia que batatas fritas fazem mal pra saúde?

Ergui minha cabeça ao escutar a voz de Zach e permaneci com os olhos arregalados, sentindo as minhas bochechas esquentarem assim que notei que ele me encarava com um sorriso de lado. Claro que todas as malditas imagens e sensações de nosso beijo me voltaram à mente naquele momento.

— O que foi? Tem algo no meu rosto? — Ele franziu o cenho, passando aquela mão enorme, que quase apertou minha bunda, no rosto.

Que pensamentos eram aqueles, porra?

— Não, não. — Forcei um sorriso, coçando minha nuca e respirando fundo antes de continuar a falar. — É que, poxa, eram as minhas batatas. — Tentei disfarçar meu nervosismo, olhando novamente para o chão.

— Eu compro alguma outra coisa pra você. O que acha? — Ele deu aquele sorriso.

Como ele podia estar agindo tão normalmente com tudo aquilo? Parecia que, na mente dele, nós não havíamos trocado saliva no dia anterior. Parecia que as mãos dele não haviam me puxado contra seu corpo, parecia que elas não tinham tentado descer até a minha bunda. Ele sorria da mesma maneira de sempre e não havia nenhum sinal de nervosismo ou estranhamento em sua expressão. Ele apenas sorria. Como um maldito.

Pensando no sorriso dele, meus olhos acabaram escorregando para sua boca, e ela nunca me pareceu tão atraente. Bom, talvez na noite anterior ela tenha me parecido extremamente atraente, mas naquele momento era diferente. Era um momento no meio do dia, não havia um jogo me obrigando a olhar para ela. Ela só estava... ali. E eu estava encarando-a. Encarando-a demais.

— Leon?

Deus, que vergonha. Esperava que ele não tivesse reparado em meu olhar. Esperava mesmo.

Voltei rapidamente meus olhos até os seus e dei um sorriso forçado, tentando me lembrar da pergunta que ele me havia feito. E antes que pudesse me controlar, eu já havia negado.

— N-não posso. Tenho trabalho da aula de Anatomia. — E não era mentira, mas não o planejava fazer naquela hora. Eu apenas não aguentaria a vergonha que estava me consumindo cada vez que meus olhos pousavam em Zach.

Quase me arrependi quando vi sua expressão cair e ele assentir, prensando os lábios e desviando o olhar, meio sem jeito. Eu batuquei meus dedos em minhas calças e tentei focar em qualquer outra coisa que não fosse ele ali.

Ter um momento constrangedor desse com seu melhor amigo, era a pior coisa que poderia acontecer. Aquilo indicava que havíamos chegado a um nível precário.

— Tudo bem. Mais tarde, então? Podemos fazer o programa que íamos fazer ontem? — Ele animou-se novamente, abrindo aquele sorriso e voltando a me olhar.

Eu não consegui negar. Não podia negar, ele estranharia e acabaria perguntando o que havia de errado. Então, assenti e sorri, sem jeito.

Ele aproximou-se, e meu corpo quase foi para trás, mas a mão dele em minha nuca me impediu. Senti uma espécie de choque no local que ele estava tocando e fechei meus olhos, perguntando ao meu próprio corpo que diabos de reações eram aquelas. Desde quando eu era tão sensível? E desde quando era tão sensível ao meu melhor amigo?

Senti os lábios de boneca encostarem em minha testa e contive o suspiro, arregalando os olhos quando meu subconsciente me fez desejar aqueles lábios contra os meus novamente.

— E-eu preciso ir — balbuciei e saí correndo.

Quando cheguei à fraternidade, não havia muita gente. Provavelmente estavam todos aproveitando o fim de semana em algum outro lugar que não fosse aquele que passávamos a semana toda dentro. Apenas Jay, Mark, Brian e Dylan estavam lá, jogando videogame na sala de estar. Talvez houvesse mais algum dos meninos no andar de cima. Talvez Wade estivesse ali.

Wade!

Pensando no garoto ruivo, eu subi correndo para o quarto que dividia com ele e Zach, ignorando os chamados de Jay e o convite de Dylan para me juntar a eles. Quando cheguei em frente ao quarto, entrei sem bater mesmo e não me surpreendi ao ver Wade apenas de cueca enquanto, dançava em frente ao espelho que ocupava a parede ao lado de minha cama.

Aquele espelho me dava calafrios às vezes, pois

quando eu resolvia dormir virado para aquele lado, tinha que ficar me encarando, assistindo à cama de Zach e de Wade se revirar conforme eles se mexiam. Wade era todo espalhafatoso, então algumas vezes ele chegava a ficar com metade do corpo para fora da cama, enquanto Zach revezava entre ficar de barriga para cima ou para baixo.

Sentei-me em minha cama, enquanto Wade usava a escova de cabelo para fingir ser uma vocalista de algum grupo feminino que ele, provavelmente, gostava.

— Wade? Pode me dar atenção? — perguntei, meio envergonhado por ter que desabafar com mais alguém, na tentativa de resolver meus problemas.

— Diga-me que estou ouvindo. — E aí, ele começou a dançar.

Não me importei e comecei meu falatório:

— Você viu ontem o jogo de Verdade ou Desafio, não?

Precisei confirmar antes. Franzi o cenho quando ele negou com a cabeça.

— Eu estava... hum, ocupado. — Deu um sorriso sem graça, e eu logo entendi. Então, ri baixo e assenti, continuando.

— Eu... Eu estava jogando, e sabe como é né? Tem aqueles desafios que... — tentei explicar, mas ele me interrompeu.

— Quem você beijou?

Arregalei os olhos com a pergunta direta. Wade me encarava, através do espelho, com um sorriso gentil, porém suas sobrancelhas estavam arqueadas, como se já soubesse do que se tratava meu problema. Suspirei e passei meus dedos pelo meu cabelo, puxando-o para trás.

— Zach.

Eu estava olhando para baixo, então não pude ver sua expressão, mas agradeci mentalmente por não ter ouvido a mesma gargalhada que ouvi de Chad, quando lhe disse que estava frustrado.

— Eu sabia que isso ia acontecer algum dia.

Oi?

Levantei imediatamente a cabeça e encarei o ruivo,

com minhas sobrancelhas franzidas em confusão. Como assim ele sabia que isso ia acontecer? Nunca, nem eu nem Zach, demos indícios de que queríamos nos beijar. Não fazia sentido.

— Como assim? — perguntei, realmente curioso com o motivo de Wade ter dito aquilo.

— Vocês sempre foram muito grudados, e todos nós sempre desconfiamos que houvesse algum tipo de tensão entre os dois. Principalmente o Chad — explicou, passando a escova pelos seus fios vermelhos e tentando arrumá-los, enquanto eu encarava-o, espantado, através do espelho — Agora quero saber o motivo desse filho da mãe não ter me chamado na hora.

Eu estava completamente perdido. Como assim "tensão"? Não, nunca teve tensão entre nós dois. Óbvio, eu sempre reparava no quanto Zach era bonito, mas era porque sempre tive um pouco de... inveja? Não porque eu tinha vontade dele… né? E eu havia reparado em seus lábios porque pareciam com os de uma boneca, não?

Eu já não sabia mais de nada.

— Consigo ver a fumaça saindo pelas suas orelhas — Wade disse, risonho, enquanto se afastava do espelho e pegava uma camisa e uma calça em sua parte do armário, vestindo as peças rapidamente. — Bom, eu vou sair. Não me esperem cedo. Se quiserem repetir o beijo aqui no quarto, não se esqueçam de gravar e me mandar.

— Wade, cala a boca. — Peguei uma almofada e joguei nele, assistindo ao garoto desviar e rir alto.

— É sério — disse antes de abrir a porta.

E, bem, foi no mesmo momento em que Zach apareceu com duas caixas de pizza em suas mãos, equilibrando-as perfeitamente. Ele sorriu para Wade e tirou uma mão do apoio para bater em seu ombro amigavelmente.

— Ótimo, estávamos falando de você, Zach — Wade lançou a bomba para cima de mim, antes de sair pela porta e sumir escada abaixo.

Zach entrou no quarto e sorriu para mim, colocando as pizzas ao lado de meu corpo na cama, enquanto eu tentava corresponder àquele sorriso, sem deixar que uma careta tomasse conta de meu rosto.

— Estavam falando de mim? O quê? — E lá estava a pergunta.

— Ah... ahm, nada demais. Falando apenas de você e... de você e a Karen, isso. Karen. É que... os dois sumiram ontem à noite e... É... — Tentei arranjar uma desculpa qualquer, me ajeitando sobre a cama e pegando meu computador, enquanto Zach removia seu casaco.

— Só nos beijamos. Não estava com vontade de transar com ela. — Deu de ombros, pegando a calça de moletom que estava na ponta de sua cama. — Vá colocando a Netflix que vou trocar de roupa.

Eu apenas assenti, sem saber o que responder, e foquei em logar minha conta no site. A jaqueta que eu vestia começou a me incomodar naquela posição, então decidi removê-la, e enquanto eu o fazia, Zach saiu do banheiro... apenas com a calça de moletom.

Meu olhar caiu, involuntariamente, em seu tronco completamente marcado pelas constantes atividades físicas que ele praticava, e suspirei baixo, sem perceber. Eu nunca havia realmente reparado, da forma como estava fazendo naquele momento, em seu corpo. Era... bonito. Extremamente bonito. Seus braços possuíam algumas veias que saltavam conforme ele os mexia. Não era nada exagerado, era tudo na medida certa. Mas, meu Deus, desde quando eu sabia a medida certa que meu melhor amigo tinha que ter de músculos? Que tipo de pensamento era aquele?

Eu não estava me reconhecendo.

— Vamos ver qual temporada? — perguntou-me enquanto sentava-se ao meu lado, permitindo que eu sentisse o calor que seu corpo exposto estava emitindo. Engoli em seco e coloquei o computador em nossa frente, para pegar uma das caixas de pizza e poder me distrair com alguma coisa.

— Segunda. Tenho uma queda por essa temporada — murmurei, clicando no teclado e iniciando a reprodução da segunda temporada de Grey's Anatomy.

— Ei, vem aqui que eu também quero pizza.

Antes que eu pudesse prestar atenção em como a relação de Cristina e Burke era cômica de assistir, meus pensamentos foram quebrados pela sensação do braço de Zach pousando em meu ombro e ele me puxando para mais perto.

Eu conseguia sentir a pele do tronco forte dele encostada em meu braço exposto pela regata, fazendo com que minha pele formigasse por algum motivo desconhecido por mim. Com a outra mão, ele pegou uma fatia da pizza, e eu fiz o mesmo, tentando ignorar a sensação estranha na minha nuca e como meu corpo parecia estar mais quente que antes.

Depois de um tempo, consegui me distrair com a série, sentindo-me frustrado com a relação de Derek e Meredith, que me dava nervoso no início. E eu estava realmente entretido, até sentir algo em minha cabeça. Mais especificamente em meu cabelo.

Zach havia encostado o nariz ali e respirava calmamente. Não seria um problema, se a respiração dele não estivesse batendo em minha testa e a sua mão — que estava perto de meu braço, por ele ainda estar abraçado a mim — não começasse a acariciar discretamente meu antebraço. Mas eu senti. Senti as pontas dos dedos dele roçarem calmamente a minha pele, enquanto ele esfregava o nariz em meus fios, descendo devagar até chegar em minha testa. Eu esperava que ele não sentisse os meus pelos eriçados.

Fingi que não estava me sentindo afetado, por mais que meu cérebro tivesse entrado em pane completamente naquele momento, e continuei a encarar a tela, como se fosse a coisa mais interessante do mundo.

— Você gostou? — Ouvi um sussurro deixar seus lábios.

Eu senti meu coração acelerar, como o da garota que estava tendo um ataque cardíaco na série. Que pergunta era aquela? Do que ele estava falando?

Eu não era idiota, sabia do que ele estava falando, mas foi algo inusitado, que me pegou totalmente de surpresa. Não sabia se queria falar sobre aquilo, pois, novamente, tinha plena certeza de que ficaria um clima completamente estranho entre nós dois. Mais do que já estava. E eu não queria aquilo.

— Do quê? — Eu me fiz de desentendido, remexendo-me discretamente, tentando me afastar do toque, por mais que não fosse aquilo que eu realmente quisesse fazer.

Senti Zach suspirar contra minha pele, e seus dedos começaram a traçar um caminho para cima até pararem em minha nuca. Ele começou a pressionar aquela área como se a massageasse, e eu me contive para não fechar os olhos, sentindo meu corpo relaxar automaticamente e meus pelos se arrepiarem ainda mais.

O que ele estava fazendo?

— De ontem — sussurrou novamente, e eu fiz um esforço para não o empurrar para longe, porque, Deus, eu estava gostando daquilo. Ele não podia saber que eu estava gostando, podia?

— Da festa? Ah, sim, foi boa — continuei a desviar de onde ele queria chegar, sentindo o corpo dele tensionar ao lado do meu. Porém, aquilo não serviu para ele cessar os toques. Na verdade, o toque dele em minha nuca se intensificou. Prensei um lábio no outro, tentando conter as reações de meu corpo.

— Não, Le.

Eu nunca achei que o meu apelido pudesse soar tão sexy quanto soou naquele momento, saindo da boca de meu melhor amigo em um sussurro.

O que eu estava fazendo da minha vida?

— Eu quero saber se gostou do beijo?

E ali estava a pergunta que eu queria evitar. Se eu respondesse sinceramente, ficaria mais estranho entre nós do que já estava, e se mentisse, ficaria mais estranho entre nós do que já estava também.

Coopere comigo, balança.

Mas a pergunta que rondava minha mente era: por que ele queria saber aquilo? Por que não podíamos voltar ao normal e apenas assistir à série, sem mencionar fatos passados perturbadores?

Então, eu fiquei calado. Minha boca parou, entreaberta, e a sentia secar conforme os segundos passavam. Zach também ficou em silêncio, e seus toques pararam, porém ele não se afastou. Eu conseguia ouvir a sua respiração junto às falas dos personagens da série, e aquilo estava me enlouquecendo. O que eu faria? Como eu sairia daquela situação?

— Le? — chamou-me novamente, com a voz mais firme e me causando arrepios.

Em um impulso, virei meu rosto para ele. Grande erro. Zach estava me encarando, e sua boca, que antes estava na altura de minha testa, estava, agora, na altura da minha boca, pois ele havia abaixado a cabeça para me olhar. Ele e eu estávamos parando muito naquela distância ultimamente, e em todas as vezes, eu sentia minha respiração travar e uma sensação estranha ocupar minha nuca, como um formigamento.

— O quê? — consegui sussurrar, agradecendo mentalmente por não ter gaguejado. Eu não sabia se olhava para seus olhos ou para sua boca de boneca. Ambos me causavam problemas. Seu olhar me deixava envergonhado, e sua boca... Sua boca me atiçava. Foi ali que me peguei realmente desejando que o que havia acontecido na noite anterior se repetisse.

Zach umedeceu os lábios antes de sussurrar as palavras que mudaram meu dia:

— Você quer tentar de novo?

Eu realmente não sabia o que estava acontecendo, mas estava gostando. Então, assenti, sem controle algum sobre meus atos.

Observei conforme um sorriso surgia no canto dos lábios de Zach e ele se inclinava, roçando nossos narizes. Fechei meus olhos e tentei controlar minha respiração, largando a caixa de pizza para poder segurar em algum canto de seu corpo. Seus braços foram os escolhidos, pois estávamos um ao lado do outro. Engoli em seco quando ele aproximou sua boca da minha, e antes que eu pudesse reagir, ele já as havia colado.

Cravei as minhas unhas em seus bíceps quando o senti enfiar a língua em minha boca, explorando todos os cantos de maneira afobada, como se estivesse querendo fazer aquilo há um tempo. Eu sentia o desespero de seus toques, que se intensificaram quando ele colocou as mãos em minha cintura, apertando-a, assim como fez na noite anterior. Suspirei contra seus lábios e inclinei minha cabeça para o lado, enrolando minha língua na dele e sentindo-o me puxar contra si. Subi as mãos até sua nuca e, quando decidi puxar seu cabelo, Zach fez algo que me surpreendeu: me puxou para seu colo. Um ato totalmente inesperado, que me fez quebrar o ósculo para fitá-lo com um olhar questionador. Não que eu não tivesse gostado daquela reação, mas me pegou de surpresa.

— Não pergunte — disse antes de voltar a juntar nossas bocas.

E eu não questionei, pois estava extremamente gostoso sentir a língua dele massagear a minha, enquanto aquelas mãos grandes apertavam meus quadris. Acabei me lembrando de como elas me tocaram no dia anterior, ameaçando descer até a minha bunda, e com esse pensamento, o lado curioso de minha mente foi ativado. E a curiosidade me guiou a soltar sua nuca, pegar em suas mãos e colocá-las sobre minha bunda.

Foi a melhor decisão que eu já tomei.

Os dedos de Zach se afastaram, cobrindo minhas nádegas por completo, e ele as apertou de maneira possessiva e um tanto bruta, fazendo-me arfar contra seus lábios. Afastei nossas bocas e rocei-as, enquanto minhas mãos subiam novamente por seus braços, arranhando-os até chegar em seus ombros.

— Coloque a língua para fora. — Ouvi-o sussurrar.

Estranhei o pedido, porém obedeci sem abrir os olhos, com medo da realidade me atingir, assim que o fizesse, e eu acabasse quebrando aquele momento delicioso. Assim que minha língua esteve para fora, os lábios de boneca de Zach envolveram-na, e ele a sugou lentamente, fazendo com que meu corpo esquentasse e eu arfasse novamente.

Descontrolado e sentindo meu baixo abdômen formigar levemente, cravei minhas unhas curtas em seus ombros e mordi seu lábio inferior, sugando-o assim como ele havia feito com minha língua. Zach pareceu gostar, pois apertou minha bunda novamente, usando mais força que antes.

Eu voltei a beijá-lo, dessa vez com mais intensidade, sentindo que deveria aproveitar aquilo ao máximo. Eu não queria pensar, queria apenas o toque dele. O toque de meu melhor amigo.

Senti suas mãos escorregarem até minhas coxas cobertas pela calça, e eu estava me frustrando com aquele tecido me impedindo de senti-lo por completo. Seus dedos começaram a fazer mais pressão naquela área, e senti o formigamento em meu baixo abdômen se intensificar.

Eu estava ficando excitado. Estava ficando excitado por causa do meu melhor amigo.

A que nível eu tinha chegado? Mais cedo, estava completamente frustrado por causa disso, e ali estava eu, repetindo o ato, de uma maneira bem mais grave.

— Posso tentar algo? — perguntou contra minha boca, abrindo os olhos quando eu o fiz também, sentindo nossas respirações se misturarem.

Eu não tinha ideia do que ele queria tentar, mas pelo seu olhar pesado e a forma como mordia os lábios, com as mãos ainda apertando minhas coxas, sabia que era algo indecente.

E eu queria deixar.

Eu ia deixar.

Se não tivessem nos interrompido.

— Jogo de basquete! — algum dos meninos gritou atrás da porta, socando-a com força, anunciando o jogo que, provavelmente, estaria começando na televisão e que todos os meninos assistiriam no andar de baixo. Era tradição da fraternidade os meninos assistirem juntos a algum jogo de basquete quando passava na televisão. Até eu, que não era muito fã, sempre ia.

Com o barulho alto, saí do colo de Zach em um pulo, completamente ofegante. Ele estava no mesmo estado, tentando recompor sua respiração e arrumar seu cabelo escuro, que foi bagunçado pelos meus dedos.

— Vamos descer? — murmurou, pausando a série, que ainda rolava no computador, e levantando-se da cama.

Eu não queria descer. Queria continuar o que quer que fosse aquilo que estávamos fazendo, sem me importar se ele era a droga do meu melhor amigo ou não, porque, aparentemente, ele também queria. Mas eu sabia que, se não descêssemos, alguém voltaria e bateria na porta novamente. Então, eu assenti, e sem dizer nada sobre o que havíamos feito, nós descemos.

Dentre os vinte meninos da fraternidade, havia apenas dez ali, o que me fez agradecer mentalmente, pois não estava com cabeça para a bagunça que eles sempre faziam. Tudo que se passava em minha mente era: o que Zach faria se não tivéssemos sido interrompidos?

Enquanto os garotos pegavam todas as besteiras possíveis, para assistir ao jogo, e se espalhavam pelo carpete com cobertores e travesseiros, eu estava sentado em uma poltrona um pouco grande demais para mim, roendo a pele de meu dedão e pensando naquela pequena pergunta. Eu era curioso, e Zach me deixou extremamente curioso com aquele pedido de tentar algo.

— Chega pra lá, Le. — Ouvi sua voz.

Zach segurava um cobertor e carregava aquele típico sorriso sapeca. Eu, sem me conter, retribuí o sorriso e me encostei um pouco mais no canto da poltrona, dando espaço para ele se sentar ao meu lado. Ele nos cobriu e puxou minhas pernas para seu colo, deixando-me mais confortável em meu lugar.

Eu não sabia como agir novamente, pois, naquele momento, ou quando nos esbarramos na lanchonete, Zach parecia fingir que o que aconteceu não tinha acontecido. Ele agia normalmente e não comentava sobre o que fizemos, o que me confundia. E quando comentou, acabamos por fazer a mesma coisa, e teríamos feito mais provavelmente.

Com aquilo em mente, não me contive e, no meio do jogo, quando estavam todos distraídos com os lances dos jogadores, eu me virei para Zach e sussurrei:

— O que você queria tentar?

Quase me arrependi, de verdade, mas isso não aconteceu quando vi um sorriso surgir, aos poucos, no canto dos lábios de Zach. Aquele sorriso de criança que aprontaria algo. Mas ele não me respondeu verbalmente, como eu achava que me responderia. Ele não fez nada por alguns segundos, até eu sentir seus dedos subirem pela minha perna. Era um toque sutil, quase superficial, até chegar em minha coxa, quando ele afastou os dedos e apertou com mais força, fazendo-me morder os lábios para conter um suspiro. Eu não estava entendendo aonde ele queria chegar, até sentir seus dedos roçarem na minha virilha.

Meus olhos se arregalaram, e eu encarei seu rosto, esperando vê-lo me olhando, mas ele estava com os olhos fixos na televisão, aparentemente assistindo ao jogo. Ele realmente me tocaria ali? Ele queria fazer aquilo? *Ele sabia fazer aquilo?*

Minha mente carregava um turbilhão de perguntas,

a ponto de me fazer esquecer, por alguns segundos, que eu havia, praticamente, pedido por aquilo. Ainda não sabia exatamente o que era, mas imaginava que seria algo indecente. Porém, quando ele realmente ousou me tocar daquele jeito, pareceu irreal.

Todos aqueles pensamentos sumiram quando senti sua mão pressionar meu membro com força. Sobressaltei-me no lugar, fechando meus olhos e tapando a boca para que nenhum som denunciador escapasse. A sorte era que tinha um cobertor escondendo-nos do torço para baixo, e todos os garotos estavam no chão, só nos veriam se se virassem para nós, e eles, com certeza, não o fariam.

Zach movimentava a mão lentamente sobre minha semiereção, que estava acordada desde que saímos daquele quarto. Ele parecia saber o que fazer, pois seus movimentos eram precisos, lentos e estavam me fazendo tremer da cabeça aos pés. Minhas mãos continuavam sobre minha boca, mas foi impossível não as mover quando seus dedos roçaram na área perto de minha glande. Elas voaram até seu pulso, e eu segurei-o com firmeza, o impedindo de continuar e, finalmente, recebendo seu olhar sobre mim.

— O que foi? — perguntou, sem som e apenas gesticulando com os lábios.

— Você vai fazer isso aqui? — consegui sussurrar, já sentindo falta da pressão em meu membro.

Ele não me respondeu, apenas sorriu e tirou minhas mãos de seu pulso, usando a sua outra livre para agarrar minha cintura e me puxar mais para ele, deixando-nos mais próximos do que já estávamos. Com aquele movimento, eu acabei afastando um pouco minhas pernas, dando-lhe mais espaço e acabando por deixar minha panturrilha bem sobre seu membro. Senti sua protuberância ali, e a sensação que me dominou foi algo que eu nunca havia sentido: estava me sentindo extremamente bem por saber que havia deixado meu melhor amigo duro.

De novo: quão estranho aquilo era?

Meus pensamentos foram novamente interrompidos pela inundação de prazer em meu corpo, quando ele começou a mexer seus dedos sobre minha extensão para cima e para baixo. Era torturante, pois não tinha como ele realmente segurar meu membro e tocá-lo devidamente com aquela calça atrapalhando, e eu sentia todos os meus poros gritarem para que ele o fizesse.

Enterrei a cabeça em seu pescoço, mordendo meu lábio inferior para conter o gemido que quis rasgar minha garganta quando seu indicador pressionou minha glande por cima do tecido.

Zach continuou a massagear aquela área, o que resultou na movimentação de meu corpo e me levou a mexer a panturrilha contra o seu. E ele gostou, pois tirou a mão de minha cintura para agarrar minha perna e empurrá-la para baixo, fazendo-me sentir o contorno de seu membro sobre aquela calça de moletom, e, Deus, ele não estava usando cueca.

O pensamento de masturbar outro garoto nunca passou pela minha mente, mas naquele momento, parecia ser uma ideia totalmente atraente. Eu queria senti-lo em minha mão e causar as mesmas reações gostosas nele que ele estava causando em mim. Pensando naquilo, minha mão se enfiou por baixo de minha panturrilha e eu agarrei seu membro sobre a calça de moletom, sentindo perfeitamente a sua extensão nada modesta. Não era estranho, a sensação era até mesmo boa, pois eu sentia o quanto ele estava quente e o quanto estava pulsando... por mim.

Por que era tão bom?

Senti a mão de Zach me apertar com mais força, quando o toquei, e assisti ao garoto tombar a cabeça para trás e sua boca se abrir, ao mesmo tempo que seus olhos se fechavam. Ele ergueu o quadril para cima discretamente quando comecei a movimentar minha mão para cima e para baixo, segurando seu membro com firmeza, pois minha mão não se fechava totalmente em sua extensão. Ele era realmente grosso. E grande.

O toque de Zach não cessou, na verdade ele melhorou. No primeiro momento, eu travei e até mesmo parei de movimentar minha mão, quando senti os dedos dele se mexerem para puxar minha calça, mas o olhar que ele me lançou, quente e necessitado, me incentivou a continuar, e eu apenas assenti, encostando meus lábios em seu pescoço quando voltei a enterrar minha cabeça ali. Observei sua pele se arrepiar e sorri, convencido, com isso.

E se...

Coloquei a língua para fora e lambi um caminho da base de seu pescoço até embaixo de sua orelha. Aquilo arrancou um suspiro longo de Zach, que estremeceu levemente, e eu senti sua ereção pulsar em minha mão. Mordi meu lábio inferior, por sentir minha própria pele arrepiar-se com aquele som baixinho.

Comecei a pensar em como arrancar mais daqueles sons dele, quando eu mesmo soltei um involuntário e um pouco mais alto, ao sentir seus dedos tocarem a base de meu membro, sem nenhum tecido atrapalhando. Eles roçaram por toda a minha extensão lentamente, quase que em um toque superficial, dedilhando. Aquilo fez meu pau pulsar e meu toque se intensificar no seu.

Voltei a segurar com firmeza a base de seu membro e iniciei movimentos mais rápidos para cima e para baixo. Ouvi Zach arfar, e ele mesmo resolveu me provocar de volta, pressionando o polegar em minha glande e fazendo movimentos circulares sobre esta. Eu mordi seu pescoço, como reflexo, para não gemer alto, e acabei por soltar seu pau, não conseguindo me concentrar em fazer o mesmo, pelo menos não enquanto ele fazia em mim.

Aquilo não pareceu desmotivá-lo, pois ele puxou minha calça um pouco mais para baixo com a mão livre, deixando que meu membro saltasse e ficasse exposto embaixo daquela coberta. Então, ele fechou sua mão em volta da base e começou a ir e vir para cima, mexendo o pulso de maneira que sua mão torcesse um pouco em volta de meu pau, dando-me mais prazer. Eu tive que agarrar algo com minhas mãos, e seu tronco foi o escolhido. Minhas unhas cravaram em sua barriga, como se eu estivesse tentando me segurar ali, e soltei um gemido baixo perto de sua orelha, com o medo de alguém acabar nos vendo me corroendo junto ao prazer. E aquela mistura era sensacional.

Seus dedos voltaram a pressionar a cabeça do meu pau, enquanto os movimentos aceleravam e eu já movia meu quadril para cima, em busca de mais contato, sentindo o formigamento em minha barriga aumentar cada vez mais.

Eu tinha que conter meus gemidos e aquilo era frustrante, então me permiti soltar alguns baixinhos em seu ouvido, vendo que os poucos pelos em sua nuca se arrepiavam com aquilo.

Arranhei sua barriga com mais força, fechando meus olhos, e quase me engasguei com minha própria respiração quando ele prensou com força o polegar em minha glande, enquanto os outros dedos escorregavam para tocar em minhas bolas.

Eu ia gozar.

Era humilhante o pouco tempo que eu duraria, mas aquilo estava bom demais, eu não aguentaria. E ele pareceu perceber, pois envolveu os dedos em minhas bolas, massageando-as, enquanto o indicador pressionava a base de minha extensão. Acabei por soltar um gemido um pouco mais alto, mas não me importei e apenas me deixei levar pela onda de prazer que me consumiu quando ele voltou com os movimentos de ir e vir.

O pré-gozo já havia começado a escorrer, e ele se aproveitou daquilo, usando como uma espécie de lubrificante e espalhando por todo o comprimento. Aquilo arrepiou até o último fio de cabelo em meu corpo.

Minhas unhas cravaram-se novamente em sua barriga, e eu quase subi em cima dele, sentindo minhas coxas tremerem e meu pau pulsar como nunca, soltando jatos de gozo em minha própria barriga, calça e por toda a mão dele. Mordi seu ombro com um pouco de força, contendo o grito de prazer que quase rasgou minha garganta, e ele pareceu gostar de tudo aquilo, pois usou a outra mão para agarrar minha coxa com firmeza e me puxar contra si, enquanto a mão que envolvia meu pau não cessava os movimentos, prolongando meu prazer.

Eu tentava controlar minha respiração, com meus olhos fechados e o som da gritaria dos meninos, por causa do jogo, soando como um zumbido em meus ouvidos. Ainda sentia os espasmos de prazer por todo meu corpo, e Zach fazia questão de intensificá-los com os movimentos de seu polegar na cabeça do meu pau. Suspirei e desci uma mão por seu braço, agarrando seu pulso e fazendo com que ele parasse, antes que eu ficasse duro novamente.

Zach me olhou, e eu consegui ver sua testa toda suada e seus lábios rosados marcados pela maneira como ele os mordia constantemente. Conseguia ver a frustração misturada com o prazer em seu rosto e me lembrei do motivo: ele ainda estava duro.

Então, eu sorri de lado, com a vontade de fazer com que ele sentisse tudo que eu senti voltando com tudo. Subi minha calça e cueca, sem me importar com o fato delas estarem bem pegajosas, e desci a calça de moletom dele, sabendo que ele não vestia nada por baixo, porém não consegui ver seu membro por causa da sala com a luz apagada e a coberta que tapava a visão.

Porém, eu o senti.

Toquei sua extensão com calma no começo, sentindo

cada centímetro seu e ignorando o fato de ser completamente estranho eu estar amando aquela sensação de sentir o pau do meu melhor amigo na minha mão. Era quente, duro e pulsava deliciosamente.

Levado pelo prazer, que já me tomava novamente, comecei os movimentos de vai-e-vem rapidamente, assistindo a Zach fechar os olhos e mexer os quadris em círculos, parecendo desesperado por mais contato. Sorri maliciosamente e continuei, usando meu indicador para pressionar a veia que saltava em seu sexo e usando o polegar pra brincar com sua glande. Assim como ele havia feito, usei o pré-gozo como uma espécie de lubrificante em sua extensão, para depois descer minha mão e massagear suas bolas.

Mordi meu lábio inferior com força, captando cada reação sua e me sentindo extremamente bem ao vê-lo respirar pesadamente e com dificuldade pelos meus movimentos. Assisti a Zach apertar os próprios punhos com força, parecendo não saber onde colocar as mãos, então peguei uma delas e coloquei sobre minha coxa, lembrando-me de como eu gostava quando ele apertava ali. E ele o fez. Ele apertou com força, gostoso. Eu suspirei, e ele arfou quando acelerei os movimentos, cada vez mais rápido e com mais vontade de vê-lo se derramar em minhas mãos.

A outra mão dele, que antes estava em meu pau, agarrou o cobertor e puxou o tecido com força, ao mesmo tempo que o abdômen forte dele se contraiu e o seu membro pulsou em minha mão. Vi seu peitoral subir, como se ele fosse gritar, e sem me controlar, inclinei-me e colei nossos lábios, enfiando minha língua em sua boca e sentindo a dele vibrar conforme o gemido que ele havia segurado escapava. Não foi alto, graças a Deus. Mordi seu lábio inferior e o chupei, sentindo minha mão completamente pegajosa. Porém, não me importei e apenas a limpei na coberta, como ele havia feito sem perceber.

Afastei-me, ofegante assim como ele, e olhei em volta, agradecendo mentalmente por não ter nenhum par de olhos curiosos sobre nós. Estavam todos entretidos no jogo.

Voltei a olhar para Zach, e ele ainda tinha os olhos fechados e a boca entreaberta, respirando pesadamente. Ele se moveu lentamente, vestindo sua calça, e virou, em seguida, a cabeça para mim.

Foi quando eu me senti completamente envergonhado, com a ficha finalmente caindo e eu percebendo que havia acabado de ser masturbado, além de ter feito o mesmo com ele. Mas Zach não disse nada, apenas sorriu daquela maneira que sempre fazia e voltou a me abraçar de lado, depositando um beijo em minha testa. Como sempre fazia. Como se nada tivesse acontecido.

GAROTOS NA FRATERNIDADE

GAROTOS NA FRATERNIDADE
03
GAROTOS N

EU ACHAVA QUE IA EXPLODIR.

Explodir não, enlouquecer. Talvez aquele fosse o termo correto. Talvez meu cérebro fosse explodir de tanto pensar, quem sabe.

Fazia dias que não conseguia me concentrar em minhas aulas, e eu tinha sorte de não ter nenhuma prova em alguma data próxima. Não sabia mais o que era estudar, não conseguia mais pegar em nenhum livro e entender o que lia. E tudo aquilo ainda pelo mesmo motivo.

Tentei conversar com Wade novamente, mas ele estava sempre ocupado. Tentei o Chad, mas ele estava em período de provas e não podia me dar atenção. Pensei em ir atrás de Ryan, mas quando fui, ele estava dormindo, e depois não tive mais coragem, afinal eu não era tão íntimo dele. Ainda não havia tentado Hayley por medo dela comentar com James e aquilo acabar se espalhando pela universidade. Não que eu tivesse vergonha de estar ficando com um menino, eu apenas não gostava que minha vida íntima estivesse na boca de todos, e aquilo costumava acontecer muito por eu ser mulherengo. E ninguém deveria saber o que estava acontecendo quando nem eu mesmo sabia exatamente o que estava acontecendo.

Eu não sabia o que fazer.

Queria ter a coragem de chegar em Zach e perguntar: o que foi tudo aquilo? Como consegue agir como se nada tivesse acontecido? Mas eu não tinha aquela coragem, tinha medo de falar algo errado ou de escutar algo que eu não queria escutar e aquilo acabar, de certa forma, com nossa amizade. Eu e Zach nunca tivemos problemas com nossa amizade, nunca discutimos ou ficamos sem nos falar. Aquele era o primeiro que surgia.

Eu queria chorar.

Naquele momento, eu estava na biblioteca da ala de Medicina da universidade, e o silêncio absoluto do lugar parecia fazer com que meus pensamentos ficassem mais perturbadores e gritantes. Aquilo estava me tirando do sério. Antes que eu pudesse começar a ter um surto e jogar todo o meu material no chão, alguém se sentou em minha frente. Ergui minha cabeça e fitei o garoto loiro que eu conhecia bem: Dylan. Sorri de lado, tentando disfarçar que por dentro eu estava a mil por segundo. Ele sorriu de volta, e notei um certo divertimento em seu olhar, então franzi o cenho.

— Eu vi — sussurrou.

— Viu o quê? — sussurrei de volta, não querendo ser chamado pela bibliotecária.

— Ontem. Você e Zach na sala.

Congelei.

Meus olhos se arregalaram e comecei a tossir, desesperado, recebendo um "sh" da bibliotecária que passou por ali. Ignorei-a e continuei a tossir, sem saber como parar. Quando finalmente consegui recuperar a respiração normalmente, percebi que Dylan ainda me encarava, com o sorriso brincalhão e os braços cruzados, em uma pose relaxada.

— Mas eu fui o único, relaxa. Vocês foram discretos, eu apenas percebi porque não gosto de jogos de basquete, você sabe.

Assenti para a sua explicação, porém ainda completamente atrapalhado. O que ele queria com aquilo? Por que ele estava fazendo questão de falar comigo sobre aquilo?

Dylan não era alguém muito extrovertido como a maioria dos garotos da fraternidade. Ele era discreto, mas todos gostavam dele. Era impossível não gostar. Ele ajudava todos e era sempre gentil e generoso, mesmo que não se comunicasse muito com os outros. Eu chegava a me questionar se ele já havia sentido raiva ou discutido com alguém naquele lugar. Chad uma vez havia me dito que ele namorava um garoto que foi expulso da universidade, um tal de Samuel. Ninguém nunca soube o motivo, e Dylan nunca comentou sobre. Nada que eu me importasse muito.

— Por que veio falar comigo sobre isso? — perguntei

extremamente baixo, por causa da vergonha de ter sido visto fazendo algo íntimo.

— Fiquei curioso. Eu sempre achei que você e Zach tivessem algo, e depois que vi o beijo na festa e aquilo ontem, eu quis perguntar. — Deu de ombros, colocando os cotovelos sobre a mesa e apoiando o queixo nas mãos, me encarando com um sorriso sapeca. — Vocês foderam?

Automaticamente, eu me engasguei. Quase coloquei a água, que havia bebido alguns minutos antes, para fora com as tosses. A bibliotecária, que passava ali novamente, fez mais um "sh", que foi solenemente ignorado pelo meu corpo teimoso.

Foder com o Zach? Deus, não. Aquela ideia nunca havia nem sequer piscado em minha mente e parecia absurda. Estranha. Bizarra. *Interessante.*

— Deixa eu adivinhar — disse, sem nunca tirar aquele sorriso do rosto.

Eu apenas assenti, completamente envergonhado pela sua pergunta de antes e pelos meus pensamentos. Por que eu estava considerando aquela ideia? Era Zach, por Deus!

— Você nunca tinha ficado com algum menino e naquele desafio foi a primeira vez, então vocês dois ficaram curiosos, porque gostaram, e avançaram mais? — deduziu.

Desviei o olhar, sem saber como encarar aquela situação um tanto vergonhosa, porém assenti, confirmando sua hipótese.

— E por que está assim? Não tá aceitando a ideia de poder ser bissexual? — Dylan perguntou, curioso, com sua cabeça tombando um pouco para o lado.

— Não, não, não é esse o problema — respondi rapidamente.

Quando eu vi, já estava falando. Por que não aproveitar que alguém estava disponível e interessado no assunto? Sem falar que era alguém confiável, pois Dylan não era do tipo que espalhava boatos por aí.

— É que... — suspirei. — Ele é meu melhor amigo. É

estranho, entende? A vida toda, nós falamos sobre garotas um para o outro e nunca houve sinal de interesse entre nós.

— Como você sabe? Pode ser que ele já tenha sentido algo por você, nem que tenha sido uma mísera atração, e apenas nunca comentou — sugeriu, arqueando uma sobrancelha.

Franzi o cenho, pensando naquela possibilidade. Não achava que Zach já havia mostrado interesse por mim. Assim como eu, ele sempre foi bem mulherengo. Mas... ele nunca poupava toques comigo. Ele sempre me beijava no rosto, sempre tocava em meu corpo, para me abraçar, e sempre dizia que gostava de ficar próximo, fisicamente, de mim. Eu nunca estranhei, porque sempre gostei também, mas não era algo comum entre melhores amigos homens, e eu sabia daquilo.

— Não acho que... Não, acho que não. — Engoli em seco, começando a roer a pele de meu dedão.

— Achar não é ter certeza, Leon. — Ele colocou a mão sobre a minha, que ainda estava sobre o livro, como se me consolasse por estar com a mente toda bagunçada. — E, sabe... amigos fodem de vez em quando. Dizem que melhora a amizade.

— Ou estraga — retruquei automaticamente.

— Ele mudou com você?

Respirei fundo e abanei a cabeça negativamente. Era uma verdade, Zach não havia mudado comigo. No dia anterior, ele não me mandou a mensagem de "bom dia" após ter saído mais cedo, mas descobri que foi encontrar sua irmã e não levou o celular pois estava sem bateria. Ele me pediu desculpas por isso, sem eu, ao menos, ter perguntado. Ele não havia mudado.

— Você mudou com ele?

A pergunta me pegou de surpresa, igual a de Chad, e mordi o interior de minha bochecha, pensando. No dia anterior, eu agi totalmente estranho com ele. Fiquei nervoso e não soube como agir com aquilo, mas não era como se eu o estivesse afastando de mim.

— E-eu não mudei — disse baixo, um tanto duvidoso.

— Agiu estranho, não foi? — Dylan riu.

— Argh! É que eu não sei como agir! Ele age como se nada tivesse acontecido, e eu não consigo ser assim! — choraminguei, fechando meu livro de Anatomia e deitando minha cabeça sobre ele.

— Sabe o que eu acho? Que você não deve se importar tanto com isso. Tente fazer como ele, agir como se nada tivesse acontecido, porque uma hora o assunto vai vir à tona e vocês vão se resolver. Mas enquanto isso não acontece... por que não aproveita? Por que não mata as suas curiosidades com ele?

As palavras de Dylan rondaram pela minha mente o dia inteiro. Durante as aulas, o que eu lia no quadro era "curiosidades" e "Zach". Conforme o dia passava, novas perguntas, que eu nunca imaginei que fosse me perguntar, apareceram: como deve ser chupar um pau? Foder um garoto? Ser fodido por um? *Foder Zach e ser fodido por Zach*? E cada vez que eu pensava naquilo, ficava menos estranho. Nós nos tocamos e foi realmente bom, então... as outras coisas deviam ser também, não?

Mas o que me incomodava era como eu poderia seguir aquele conselho de Dylan. Como chegaria em Zach e falaria: *estou extremamente curioso em saber como deve ser chupar seu pau, posso?* Eu não tinha aquela coragem. Além do quê, o pequeno medo de dar tudo errado e a minha amizade com Zach morrer aos poucos ainda estava ali.

Já eram seis horas quando eu estava jogado em minha cama, ouvindo a gritaria e a animação dos garotos no andar de baixo, pensando no que faria dali em diante, até que alguém abriu a porta e se jogou ao meu lado.

Zach.

Respirei fundo e virei o rosto, dando um sorriso pequeno para ele. Ele sorriu de volta e se inclinou para dar um beijo em minha testa. Suspirei. Por que aquilo tinha que ser tão complicado?

— Como foram as aulas? — perguntou, ajeitando-se em meus edredons.

Ótimas. *Pensei em você em todas elas.*

— Normais — respondi, dando de ombros e erguendo minhas mãos para brincar com os anéis. — E as suas?

— Um saco — resmungou, começando a se esticar na cama, fingindo querer me empurrar. Ri e agarrei seu braço, prendendo-me nele. — Só quero dormir e relaxar.

Assenti e coloquei a mão em seu rosto, forçando seus olhos a se fecharem, enquanto ele ria e se remexia, tentando fazer com que eu o soltasse.

— Então dorme, peste! — exclamei, lutando para conseguir continuar preso a ele e mexer em seu rosto, mas ele era mais forte, então conseguiu segurar meus pulsos e me impedir de continuar implicando com ele.

— Não posso. Preciso ir ao shopping, e você vai comigo — disse, sorrindo para mim, antes de se levantar e pegar algumas coisas em sua cômoda.

Franzi o cenho.

— Como assim? Quem disse? — Levantei-me também, falando aquilo, mas já pegando meu celular e minha carteira.

Zach riu.

— Eu. Você sempre me obedece. — Sorriu de maneira sapeca, piscando para mim.

Abri a boca, um tanto ofendido.

— Óbvio que não, eu posso muito bem te dominar, pirralho — contrapus, apontando um dedo para ele, enquanto Zach gargalhava.

— Você sabe que não, Le. Vamos. — E ele saiu do quarto.

Eu o segui, ofendido, mas segui, afinal precisava agir normalmente com ele, assim como ele estava fazendo comigo. Eu precisava seguir o conselho de Dylan.

No caminho, mesmo em meio a conversas bobas com Zach, eu não conseguia parar de pensar em fazer o que Dylan me havia aconselhado. Eu queria fazer, queria agir, mas não sabia como, não podia ser do nada. Além de eu precisar de coragem, precisava da situação perfeita para chegar e despejar minhas vontades. O bom era que já estávamos sozinhos, no entanto em um lugar público.

Já dentro do shopping, eu seguia Zach, enquanto ele parecia procurar por algo entre as milhares de lojas. Até que ele me olhou, com um enorme sorriso no rosto, e apontou para uma delas: *Calvin Klein*. Dei de ombros e o acompanhei para dentro do local. Um homem muito simpático se aproximou e ofereceu ajuda. Eu apenas indiquei Zach com a cabeça, murmurando que era ele quem precisava. O garoto riu e assentiu, logo dizendo:

— Preciso de boxers. E jeans.

Engoli em seco quando ouvi a palavra "boxers", pois a imagem de Zach vestindo apenas uma, em minha frente, surgiu em minha mente, que andava extremamente poluída naqueles últimos dias. Suspirei e abanei a cabeça, tentando descartar aquelas imagens e não voltar a me sentir extremamente desconfortável ao lado de meu melhor amigo.

— Leon? Acha que eu ficaria melhor com as pretas, vermelhas ou brancas? — perguntou-me, parado ao lado da enorme prateleira com as milhares de cuecas nela. O vendedor estava ao lado dele e me olhava, com um sorrisinho em seu rosto.

Dei de ombros e, quando ia responder que podia ser qualquer uma, para fugir daquela situação, uma ideia me veio à mente e, quando vi, já havia dito as exatas palavras:

— Acho melhor você experimentar.

A oportunidade perfeita para matar minhas curiosidades havia surgido. Zach me olhou com uma sobrancelha arqueada, como se estranhasse a minha frase. E de fato, meu tom soou um tanto tremido, e eu disse aquela frase rápido demais, mas depois de alguns segundos, ele apenas deu um sorriso de lado e assentiu.

— Vem comigo?

Ótimo. Ali estava.

Assenti e segui-o de cabeça baixa e mãos no bolso, dando a impressão aos vendedores que estava apenas acompanhando meu melhor amigo para dentro dos provadores, para dar-lhe a opinião sobre as cuecas que ele havia escolhido. Se fosse alguns dias atrás, seria apenas aquilo, mas eu tinha outras ideias em mente. Ainda não tinha certeza de como as colocaria em prática, mas eu as tinha.

O provador era bem luxuoso, tinha alguns sofás no centro para quem estava esperando, e eles estavam cercados pelas cabines com cortinas de camurça vermelha.

Zach entrou em uma das cabines e fechou a cortina, após sorrir de lado para mim. Eu correspondi enquanto me sentava em um dos sofás. Tamborilei meus dedos no estofado, enquanto meus olhos estavam fixos na parte de baixo da cabine, a qual a cortina não tapava. Eu conseguia ver os pés de Zach cobertos pela bota marrom Timberland que ele sempre usava. Via-os moverem-se para lá e para cá, até as mãos de Zach surgirem e começarem a remover o calçado.

Umedeci os lábios e deixei meus olhos ali, tentando pensar em algo coerente para abordá-lo e conseguir o que queria. Vi-o jogar os sapatos para um canto da cabine e, em seguida, ouvi o som de seu cinto sendo aberto.

Senti minha nuca arrepiar-se de leve com aquele barulho da fivela e engoli em seco, conforme assistia às calças de Zach caírem em seus pés e, logo em seguida, sua cueca.

Sentia minhas mãos e pernas coçarem para eu me levantar, abrir aquela cortina com tudo e, simplesmente, cair de joelhos em frente a ele e implorar para que repetíssemos o que havíamos feito. Fosse aquilo ou qualquer outra coisa nova. Eu apenas precisava do toque dele novamente.

— Le? — Ouvi sua voz suave.

Ergui automaticamente a cabeça e rezei para que ele não percebesse que eu estava encarando aquela parte da cabine. Mas qualquer tipo de reza sumiu de minha mente quando meus olhos capturaram a imagem dele vestindo apenas uma boxer vermelha.

Tudo bem que eu sempre soube que Zach tinha um corpo maravilhoso e que eu já o havia enxergado com outros olhos, nos dias anteriores, mas ali... parecia mais chamativo. Seus músculos do abdômen pareciam gritar para que eu os tocasse, seu peitoral para que os arranhasse e, Deus, suas coxas... para que eu as marcasse.

— O que achou? — perguntou, nem um pouco tímido por estar daquela maneira em minha frente.

Meus olhos continuavam presos em suas coxas torneadas, até subir mais um pouco e fitar a sua área pélvica: seu membro, mesmo flácido, marcava todo o tecido avermelhado, e eu tive que morder meu lábio para não o xingar naquele momento. Eu nunca havia parado para reparar em outros pênis que não fossem o meu, tirando a vez em que toquei no de Zach e naquele momento. Naquele momento, eu conseguia apenas pensar em tocá-lo novamente. E eu tinha que fazer isso.

— Vira de costas — disse, sem pensar.

Zach não esboçou nenhuma reação e apenas assentiu, virando-se de costas e ficando em frente ao espelho da cabine, encarando-me através dele. Sua sobrancelha ergueu-se quando me levantei e me aproximei por trás dele. Eu não sabia o que estava fazendo, estava apenas seguindo meus instintos.

— Não acha que está marcando muito? — perguntei, tentando entrar no assunto e chegar aonde eu queria.

Parei atrás dele, bem próximo, porém sem encostar em seu corpo. Minhas mãos voltaram para dentro de meus bolsos, e eu não desviei meu olhar do seu, mesmo que através do espelho.

Ele tombou a cabeça um pouco para o lado e franziu o cenho, negando em seguida. Suas mãos estavam caídas ao lado de seu corpo, e eu notei como os músculos de seus braços tensionaram. No entanto, sua expressão nunca vacilava.

— Não acho — respondeu calmamente.

— Não? — insisti, tirando as mãos de meu bolso e tocando os dedos em sua cintura.

Zach possuía uma cintura extremamente marcada, e não era a primeira vez que eu notava. Toquei-a devagar, escorregando meus dedos até chegar em seus quadris, sentindo sua pele se arrepiar sobre meu toque. Ele umedeceu os lábios e respirou fundo, com seus olhos colados nos meus.

— Não acha que está marcando muito aqui? — sugeri, colocando o meu indicador por dentro da barra da boxer, pressionando sua pele ali e arrastando-o até estar na reta de seu membro. Vi como o peito de Zach começou a subir e descer mais rapidamente e sorri de lado, satisfeito com aquela reação que estava causando nele. — Ou aqui — continuei, tirando meu dedo dali e escorregando minhas mãos até suas coxas fartas, espalhando meus dedos ali e apertando com uma certa força aquela área extremamente gostosa de seu corpo.

Zach arfou.

— Talvez aqui — disse, subindo minhas mãos até roçar meus dedos em sua bunda, brincando com o tecido da cueca que cobria aquela área. — Ou será que... aqui? — finalizei, escorregando rapidamente minhas palmas até a parte da frente de sua pélvis, pegando na base de seu membro por cima do tecido e apertando-o com pouca força, ouvindo um gemido surpreso atravessar a garganta de Zach.

— Leon… — lamuriou, segurando minha mão com a sua e forçando-me a apertar seu pau com mais força, com seus olhos nunca deixando os meus. Aquele olhar estava me deixando petrificado em certos lugares, e eu acabaria sem saber como lidar com aquele efeito que descobri que Zach tinha em mim.

— O que foi, Zach? Quer que eu ajeite para você? — perguntei baixo, após recuperar o fôlego que aquele gemido manhoso me havia tirado.

Zach não disse nada, mas vi a sombra de um sorriso

malicioso em seus lábios e suspirei com aquilo. Meu cérebro já não funcionava direito, tudo que eu fazia era sob as ordens de meu corpo, e aquilo piorou com aquele sorriso.

Em um impulso, subi uma de minhas mãos até seu maxilar, roçando meus dedos lentamente em sua pele ao lembrar-me de suas palavras mais cedo: "Você sempre me obedece". Ele achava que eu era sempre o submisso, e de repente, a vontade de provar o contrário dominou todos os meus sentidos e fui cegado por ela.

Meu indicador, que se arrastava pelo seu maxilar forte, escorregou até seu lábio inferior, e eu puxei lentamente a carne para baixo, infiltrando meu dedo em sua boca em seguida, sentindo a língua molhada e quente de Zach envolvê-lo automaticamente. E logo, ele o estava chupando.

Todos os pelos do meu corpo se arrepiaram com aquilo, e eu me vi apertando seu membro com mais força, colando-me em suas costas e sentindo-o gemer contra meu dedo, chupando-o com mais intensidade. E, Deus, como eu queria que ele fizesse aquilo com meu pau.

— Agora… — sussurrei contra sua orelha, lambendo lentamente o lóbulo desta e assoprando em seguida, vendo todos os pelinhos de sua nuca se arrepiarem. — Você vai fazer exatamente isso que está fazendo com meu dedo… — Deixei a frase no ar novamente, pressionando meu dedo em sua língua. — Com meu pau.

Sabe aquele momento que, após as palavras deixarem sua boca, você trava e fica pensando: *mas que merda?* Foi como eu fiquei. O medo de Zach começar a rir da minha cara, dizer que estava zoando aquele tempo todo e me empurrar, me dominou, e senti uma pontada de arrependimento em meu peito, desejando, por alguns milésimos, poder voltar no tempo.

Mas foram apenas alguns milésimos, pois, logo em seguida que aquelas palavras saíram da minha boca, Zach afastou-se de mim, e quando pensei que me empurraria, ele me puxou para dentro do provador, fechou a cortina e ajoelhou-se em minha frente.

Tudo bem, ele ia fazer aquilo. Zach ia me chupar. Zach queria me chupar.

Eu não tive reação, toda aquela coragem que eu tive para atacá-lo, alguns minutos antes, pareceu se esvair junto à minha sanidade. Fiquei ali, parado, encarando-o e olhando conforme ele abria minha calça e abaixava-a até meus tornozelos, para, em seguida, fazer o mesmo com minha cueca e ficar cara a cara com meu membro.

Aquilo me deixou um tanto tímido, levando embora a pose dominante que adquiri por alguns segundos. Claro, afinal meu melhor amigo estava cara a cara com meu pau e...

Deus, ele lambeu a cabeça do meu pau.

Eu arfei alto e fixei meu olhar em seu rosto, vendo seus olhos colados nos meus e um sorriso malandro no canto de seus lábios. Ele segurou a base, como havia feito no dia anterior, e surpreendendo-me, assoprou a glande, deixando-me mais duro do que eu já estava apenas com a visão daquele garoto de boxer. Respirei fundo e apoiei minhas mãos nas paredes daquela cabine, não quebrando o contato visual com ele.

Zach colocou a língua novamente para fora e pressionou a minha glande nela, soltando uma baforada de ar quente naquela área, enquanto sua mão fez um único movimento de vai e vem na minha extensão. Deixei um gemido baixo escapar e apertei minhas mãos em punhos, querendo sentir sua boca por completo. Ele, no entanto, parecia estar disposto a me torturar.

— Viu? Mesmo comigo de joelhos para você, continuo dominando. Você está louco para implorar que eu te chupe... — provocou, acumulando um pouco de saliva em sua própria boca para, em seguida, despejar sobre meu pênis, espalhando com sua mão e deixando-me mais duro e molhado que antes.

Senti meu sangue ferver e não era somente por causa da incontrolável excitação que aquele garoto me causava. Era, também, a vontade enorme que eu tinha de mostrar-lhe que também podia dominá-lo.

Deixei uma risada escapar e, sem que ele esperasse, agarrei seu cabelo com uma mão e, com a outra, tirei sua mão de meu membro. Segurei-o, eu mesmo, pela base e conduzi-o até a boca de Zach, enfiando-o de uma vez, até sentir a cabeça de meu pau roçar no fundo de sua garganta.

Zach engasgou-se e foi uma delícia.

Ele não me empurrou, no entanto: apenas agarrou minhas coxas, cravando as pontas de suas unhas não tão curtas, fechando os olhos por alguns segundos, antes de abri-los novamente e voltar a me olhar fixamente, enquanto relaxava sua garganta e fechava com mais firmeza os lábios em volta de minha extensão.

— Isso. Caladinho — murmurei, com a voz meio rouca e rasgada pelo prazer que me tomava cada vez mais.

Zach, como resposta, sugou com mais força, criando um vinco em suas bochechas. Gemi um pouco mais alto, esquecendo-me da presença de outras pessoas naquela loja, e tombei a cabeça para trás, quebrando o contato visual pela primeira vez.

Senti-o pressionar a língua em uma veia saltada minha e, sem me conter, comecei a puxar seu cabelo, obrigando-o a fazer um vai e vem com sua boca de boneca deliciosa. Ele o fez sem reclamar, apertando minhas coxas durante o processo. Eu sentia meu estômago revirar e meus pelos completamente eriçados. Minhas pernas estavam bambas, e acho que, se não fosse pela firmeza de suas mãos em minhas coxas, eu poderia muito bem cair no chão. A sensação era incrível, estava me levando às nuvens e não permitindo que eu pensasse em mais nada.

Gemi novamente e quase me engasguei quando o senti encostar a língua no céu da boca e abrigar todo meu membro dentro dela. Voltei a encará-lo, vendo aqueles olhinhos grandes parecerem querer captar minhas reações. Observei, com a visão um tanto embaçada, um sorriso surgir no canto de seus lábios, enquanto ele me puxava pelas coxas em direção ao seu rosto, realmente me engolindo por inteiro.

Aquilo era incrível, e eu ia gozar. Em pouco tempo, assim como no outro dia que senti sua mão ali. Era o efeito que descobri que Zach tinha sobre mim.

Sem perceber, acabei deixando escapar o cabelo de Zach e, quando vi, ele já havia agarrado a base de meu membro novamente e o lambia por conta própria. Lambeu a lateral, subindo lentamente até chegar no topo, o qual selou calmamente, antes de criar uma pressão deliciosa com a ponta de sua língua.

Onde ele havia aprendido a fazer aquilo?

Sua mão escorregou para minhas bolas, enquanto ele voltava a sugar apenas a cabeça e deixar que todo o meu pré-gozo vazasse em sua boca. Ele não pareceu se importar, pois continuou o que estava fazendo com muita vontade. Pareceu sentir que eu começava a pulsar mais, pois, com a outra mão, passou a me masturbar rapidamente enquanto dava lambidas curtas na glande de meu pau.

Senti meus músculos tensionarem e, logo em seguida, serem preenchidos pelos espasmos de prazer. Mordi as costas de minha mão com força, contendo o gemido alto, não pensei onde meu gozo seria derramado e apenas o deixei sair em jatos grossos.

Quando ousei descer meu olhar, ainda imerso no prazer e sentindo o líquido escorrer, vi Zach com a boca aberta em frente ao meu caralho. O líquido viscoso e branco cobria sua língua e escorria um pouco pelo seu queixo, e ele estava de olhos fechados, como se esperasse, de bom grado, por aquilo.

Aquela visão me levou ao paraíso novamente e fez com que mais um jato grosso vazasse de meu membro, juntando-se ao resto da porra em sua boca.

Levei meu polegar até seu queixo e limpei lentamente o que escorria, sentindo seu olhar em mim. Levei o dedo até sua boca, e ele a fechou em volta deste, sugando o gozo que continha ali para, em seguida, engolir tudo que havia em sua boca.

Aquela foi a coisa mais excitante que eu já havia visto em toda minha vida.

Zach não tinha um traço de estranhamento em sua expressão, pelo contrário: ele parecia extremamente satisfeito.

— Com licença? — Ouvimos a voz do vendedor que havia ajudado Zach.

Arregalei os olhos, assim como Zach, que se levantou, automaticamente, e trocou de roupa o mais rápido possível, enquanto eu guardava meu membro em minha cueca e me vestia novamente. Respirei fundo e arrumei meu cabelo, preparando-me para a vergonha que sentiria assim que abrisse aquela cortina.

Afastei o tecido vermelho e engoli em seco, dando um sorriso sem graça para o homem, que nos encarava com uma sobrancelha arqueada.

— As cuecas ficaram boas? — perguntou, e eu senti o tom de deboche em sua voz.

— Ótimas! Vou levar todas — Zach respondeu antes que eu pudesse me pronunciar. Ele já estava completamente vestido.

O vendedor soltou uma risada e assentiu, fazendo um sinal para que nós o acompanhássemos. Assenti e o segui, sentindo a presença de Zach atrás de mim e não contendo um sorriso satisfeito assim que minha ficha caiu: Zach havia me chupado.

No caminho de volta para casa, conversei com Zach sobre coisas aleatórias, como sempre fazíamos. E mesmo assim, era estranho e torturante não comentar sobre o que havia acontecido. Eu agi normalmente com ele e foi bom, por mais que estivesse me corroendo por dentro para saber se ele tinha realmente gostado do que havia acontecido e se, por algum obséquio, ele gostaria que eu fizesse nele também.

Eu queria fazer. Queria saber se era bom como Zach fez parecer ser. Estava curioso e queria matar aquela curiosidade com meu melhor amigo. Se dissesse isso para o meu eu do mês anterior, ele choraria de rir.

Chegamos à fraternidade, e todos os garotos estavam por lá, muitos estudando, enquanto outros comiam ou assistiam a algo na televisão da sala, além de haver alguns em seus quartos. Estava tudo bem calmo, o que era comum para o fim de um domingo.

Zach juntou-se a James na cozinha, e eu subi para meu quarto, com a vontade de chupar Zach, ainda rondando minha mente. Ele não havia me pedido como eu o fiz, nem demonstrado vontade, o que me fez duvidar que ele desejava que eu fizesse tal coisa. Mas será que, se eu apenas chegasse me ajoelhando em algum momento, ele me rejeitaria? Depois de tudo que havíamos feito?

Além disso, havia um outro problema: eu não sabia chupar um pau. Tudo bem que tinha sentido Zach fazer em mim e muitas outras garotas também, mas não era o mesmo que fazer em alguém. Até mesmo pensei em pesquisar na internet algum manual ou dicas, mas aquele não é um lugar muito confiável. Pensei em pornôs, mas não queria que Wade, que estava no quarto, me visse assistindo àquilo.

Foi quando a solução me veio em mente: Chad. Ele já havia ficado com Ryan e, provavelmente, já o havia chupado. Ele, com certeza, me zoaria se eu perguntasse aquilo, mas já não estava me importando com mais nada àquela altura do campeonato. Então, mandei uma mensagem para Chad vir até meu quarto, rezando para que ele não estivesse estudando. Ele apareceu, cinco minutos depois, no mesmo momento em que Wade saiu para ir assistir à televisão com os meninos no andar de baixo.

— Fala — disse assim que pisou no cômodo, fechando a porta e se jogando ao meu lado na cama.

— Posso fazer uma pergunta bem estranha? — Apoiei-me sobre um cotovelo e virei-me de lado para ele.

— Pode, bebê. Nada que eu não esteja acostumado. Tudo na minha vida é estranho. — Deu de ombros, colocando os braços atrás da cabeça e fitando o teto.

— Como se paga um boquete?

Então, o silêncio pairou. Chad ficou encarando o teto durante segundos que pareceram horas, até se virar lentamente e me olhar, com as sobrancelhas franzidas, enquanto eu o encarava, esperançoso. Não tinha nem como a vergonha me atacar naquele momento, por causa da ansiedade que me dominava.

— Você nunca foi chupado, não? — perguntou, irônico, e eu revirei os olhos, bufando baixo.

— Sim, eu já fui, Chad. — Umedeci os lábios quando a imagem de Zach, de joelhos em minha frente, projetou-se em minha mente. — Mas não é essa questão. Receber um boquete e fazer um não são a mesma coisa.

— Tem razão — cedeu, mas quando a expressão neutra sumiu de seu rosto, ela deu lugar a uma extremamente maliciosa. — Você quer pagar um boquete para o Zach?

Eu corei, porém assenti, com a minha dignidade lá no lixão enquanto admitia os meus pensamentos mais podres para Chad.

— E ele concordou com isso? — perguntou, curioso, e eu apenas dei de ombros, mas o olhar dele insistiu em uma explicação, e acabei cedendo novamente.

— Ele me chupou. No provador de uma loja. Mas os detalhes não vêm ao caso! — exclamei a última parte, vendo os olhos de Chad arregalados e ele sorrir animadamente, pronto para perguntar mais. — O que vem ao caso é... eu quero retribuir o favor, mas não sei como. Não sei nem se ele quer! — bufei, frustrado, quando terminei.

— Oh, meu querido Leon... acredite, ele quer. — Chad tocou em meu rosto, e seu dedo passou a brincar com meu lábio inferior. — Com uma boquinha dessas até eu queria.

Fiz uma careta e empurrei sua mão.

— Sai pra lá! — Ele riu, e eu acabei rindo junto. — Vai me ajudar?

— Mas é claro. — Sentou-se com as pernas cruzadas na cama, e eu fiz o mesmo, em frente a ele. — Primeiro de tudo, você tem que o atiçar. Tem que fazer o Zach se lembrar de que, com toda a certeza do mundo, ele quer aquilo.

— Como vou fazer isso? — Comecei a brincar com meus dedos, encarando-o, curioso.

— Olhe-o nos olhos, fique brincando com a própria boca enquanto fala com ele, ou use o velho truque do pirulito. — Chad sorriu maliciosamente no fim, e eu franzi o cenho. — O truque do pirulito, Leon! Chupe o pirulito, como se estivesse chupando um pau, na frente dele.

Soltei um "aaaah", de quem havia entendido, mas logo em seguida, fiz uma careta.

— O problema é... eu não sei chupar um pau — choraminguei, passando as mãos pelo meu rosto.

— É fácil. Olhe, regra número um. — Ergueu a mão e fez um "1" com o dedo. — Sem dentes. Cubra os dentes com a boca. Regra número dois. — Levantou o segundo dedo. — Sempre segure o pau dele enquanto o faz, para poder masturbar o que não couber na sua boca. Isso se ele for grande.

— Ele é. Enorme — murmurei, e Chad deixou o queixo cair. — História pra outra hora.

— Tudo bem... Não tire a mão se não for fazer garganta profunda.

— Como faz garganta profunda? — perguntei, curioso, balançando-me para a frente e para trás na cama, sem perceber.

— Não é uma coisa pra iniciantes, mas vou te explicar. O segredo é pressionar a língua no céu da boca e prender a respiração... — Enquanto ele explicava, acabei fazendo o gesto sem perceber, treinando mentalmente. — Terceira regra. — Ergueu o terceiro dedo. — Arranje uma maneira de sempre brincar com as bolas. Você sabe como os homens amam isso, principalmente se você decidir lamber e chupá-las.

Concordei. Era verdade.

— Quarta regra, Leon: brinque muito com a língua no topo e nas veias saltadas. Muito. É enlouquecedor.

— Tem mais algum ponto sensível? — perguntei, tentando me lembrar de algo que Zach ou alguma garota tenha feito que tivesse realmente me enlouquecido.

— Sabe aquela pequena linha que separa o pau das bolas?

Assenti.

— Mordisque ela assim, bem de leve. Eu juro, foi a melhor sensação que já senti na minha vida.

Eu ri baixo por causa da expressão de prazer que ele havia feito.

— Última regra: o contato visual.

A imagem de Zach me encarando, enquanto tinha meu pau em sua boca, voltou em minha mente, e eu suspirei, assentindo. O contato visual era algo que não deveria ser quebrado em nenhum momento, pois era o que mostrava o quanto a pessoa estava apreciando te dar aquele prazer, o quanto ela queria te ver jorrando para ela. No caso de Zach, era o que parecia. E, Deus, foi maravilhoso.

— Ah, outra coisa. Geme quando estiver chupando ele. As vibrações excitam — finalizou, pegando seu celular após o aparelho tocar em seu bolso. — Ryan me chama. Vai colocar seu plano em ação pra pegar seu homem, porque eu vou pegar o meu.

E, dito aquilo, ele saiu do quarto após mandar um beijo no ar para mim. E eu suspirei, pensando se realmente faria aquilo somente para agradar Zach e matar aquela minha curiosidade.

É claro que eu faria.

Já era noite quando resolvi descer para colocar o plano em ação. Eu havia até mesmo trocado de roupa e colocado uma camisa que batia um pouco acima do meio de minhas coxas. Claro, eu usava um short por baixo. O mesmo que eu usava para quando resolvia fazer algum exercício — coisa que não acontecia regularmente. Não desceria sem nada me cobrindo por baixo com aquela quantidade de gente lá embaixo, por mais que fossem todos meus amigos.

Quando cheguei à sala, encontrei Zach jogando videogame com Jay, enquanto Mark conversava com Dylan e alguns outros meninos bebiam umas cervejas e riam alto na área livre atrás do sofá. Sorri com o clima familiar e me aproximei de Mark, passando em frente a Zach e Jay propositalmente, querendo arrancar alguma reação do meu melhor amigo.

— Não sabia que tinha coxas tão grossas, Leon — Jay comentou e eu me virei para ele, rindo e abanando a cabeça negativamente.

— Impressão sua — murmurei em resposta, olhando de relance para Zach e vendo o que eu queria: ele deixando de focar em seu controle e com os olhos fixos em minhas pernas. Assisti à forma como ele umedeceu os lábios e respirou fundo, antes de subir os olhos até os meus e pegar-me no flagra olhando-o também.

Ele sorriu de lado, e eu senti a malícia naquele sorriso.

— Quem dera fosse — Mark intrometeu-se. — Jay, para de olhar para as coxas dele! — Jogou uma almofada no loiro ao lado de Zach, que riu e mandou um beijo no ar para Mark.

Olhei novamente para Zach e me senti levemente frustrado ao ver que ele já havia voltado sua atenção para o jogo na enorme tela da televisão. Eu sempre fui um tanto desesperado pela atenção dele, e aquilo estava aumentando gradativamente.

— O James trouxe doces do mercado? — Mark perguntou aleatoriamente, para ninguém específico.

— Sim, as sacolas estão lá na mesa da cozinha ainda — Dylan respondeu enquanto olhava algo em seu celular.

Automaticamente, levantei-me, lembrando-me das

palavras de Chad, do truque do pirulito. Eu só esperava que James tivesse comprado os pirulitos, o que era provável, já que o estoque de balas e doces naquela casa nunca acabava.

— Eu guardo — disse rapidamente, me encaminhando para a cozinha em passos rápidos, sentindo os olhares queimando em minhas costas.

Conferi todas as sacolas, xingando mentalmente quando não encontrava o que eu queria dentro de alguma, até que avistei uma mais colorida que o normal. Corri até aquela sacola do outro lado da mesa e abri a maldita, mexendo em tudo até avistar três míseros pirulitos, e sorri como uma criança que havia acabado de ganhar doce.

Irônico.

Peguei o pirulito e caminhei de volta para a sala, recebendo olhares curiosos dos quatro garotos.

— Guardou tudo? — Mark perguntou, e eu neguei com a cabeça, erguendo o pirulito.

— Não, foi uma desculpa pra pegar um desses. — Sorri em falsa inocência, me jogando na poltrona ao lado da televisão, em frente a Zach e Jay, enquanto ouvia a risada leve do último.

Enquanto abria o pirulito, olhei para o sofá de relance e vi Dylan me encarar com uma sobrancelha erguida. Ele, assim que me viu olhando-o, pegou o celular, e segundos depois, senti o meu vibrar. Peguei o aparelho, antes de colocar o doce na boca, e li sua mensagem:

Dylan: *truque do pirulito?*

Eu apenas assenti, sentindo seu olhar em mim. Aquele garoto era extremamente observador e, pelo visto, conhecia o maldito truque.

Coloquei, finalmente, o doce na boca e segurei o palito branco de suporte, olhando novamente para Zach e tentando capturar sua atenção. Mexi-me um pouco na poltrona e, finalmente, tive seu olhar sobre mim. Abri um sorriso de lado e puxei o pirulito para fora de meus lábios lentamente, no momento em que seus olhos pararam em mim, deixando minha boca mais saltada do que já era. Eu sabia que meus lábios eram salientes e que aquilo chamava a atenção de muitos, mas nunca os havia usado tanto a meu favor como usaria naquele momento.

Respirei fundo e passei a língua em volta do doce, chupando apenas uma parte, em seguida, e sentindo o gosto delicioso do açúcar se alastrar. Fechei os olhos, como se sentisse prazer com aquilo, e coloquei toda a pequena bola na boca, deixando minhas bochechas ocas quando passei a chupar. Eu só esperava que ninguém, além de Zach, estivesse vendo aquilo.

Abri novamente meus olhos e fitei o meu melhor amigo, vendo-o com o olhar petrificado em meus lábios e a cabeça um tanto caída para o lado. Assisti à forma como ele engoliu em seco quando eu arrastei meus lábios lentamente pelo pirulito rosa, passando a língua novamente por toda a bola. Ele suspirou baixo.

Sorri discretamente e encarei-o no fundo de seus olhos, colocando o doce em minha boca novamente e puxando o palito para cima e para baixo, simulando os movimentos de um boquete. Zach deixou a boca abrir-se lentamente, parecendo estar com dificuldade para respirar.

— Zach! Preste atenção, senão a gente perde! — Jay exclamou, tirando a atenção dele de mim.

Seus olhos voltaram para a tela da televisão após ele sacudir a cabeça, e eu bufei, frustrado, mesmo que o sentisse me encarar de relance muitas vezes.

Terminei o pirulito e levantei-me para jogar o palito fora, me sentindo frustrado quando voltei para a sala e Zach continuava focado em seu jogo, divertindo-se com Jay. Bufei baixo e abanei a cabeça, resolvendo voltar para o quarto.

Quando cheguei lá em cima, encontrei Wade apagado em sua cama e senti inveja. Eu já não tinha um sono decente, porque tudo que me vinha em mente era Zach e o fato de eu estar extremamente atraído por ele.

Suspirei, retirei minha roupa, colocando uma calça de moletom que usava como pijama, e deitei-me em minha cama, me enrolando no edredom e passando a encarar o espelho que tinha ali, analisando meu próprio rosto.

Não sei quanto tempo se passou, mas permaneci pensando em tudo que vinha acontecendo e no meu plano falho de atrair a atenção de Zach, para que ele me pedisse um boquete, e quando olhei para o relógio em minha cômoda, vi que já eram duas horas da manhã.

Ouvi os meninos despedindo-se do lado de fora do quarto e várias portas batendo, o que indicava, surpreendentemente, que estavam todos indo dormir, pois nem quando tinha aula eles dormiam cedo.

Quando ouvi a porta do quarto se abrir devagar e notei um fio de luz passar por ela, junto a Zach, fechei meus olhos, decidindo fingir que estava dormindo. Eu não sabia o motivo, mas fiquei com uma leve vergonha de encará-lo depois do falho truque.

Ouvi sua movimentação pelo quarto e, quando pensei que ela cessaria, senti o espaço que restava em minha cama de solteiro afundar, fazendo-me engolir em seco.

Zach tocou minha nuca com seus dedos longos, e aquele mísero toque fez todos os pelos de meu braço se arrepiarem. Engoli em seco devagar, não querendo que ele notasse que eu ainda estava acordado. Porém, ele continuou a movimentar seus dedos, até que eles mergulharam em meu cabelo, acariciando meu couro cabeludo de uma maneira deliciosa. Não sabia o que ele estava fazendo, mas eu estava gostando.

— Eu sei que não está dormindo. Você dorme de bruços, nunca dorme de lado. — Ouvi sua voz soar rouca e extremamente baixa perto de meu ouvido.

Não contive o suspiro lento que escapou quando ouvi sua voz tão perto de mim, junto ao seu toque que não cessava.

Maldito! Ele me conhecia muito bem.

Abri os olhos lentamente e encarei-o através o espelho.

— O que houve? — sussurrei, sentindo meu rosto esquentar quando ele me olhou pelo espelho também.

Ele ficou alguns segundos em silêncio, com seus dedos ainda tocando meu cabelo, puxando-o de uma forma delicada, enquanto seus olhos estavam fixos nos meus. Seu olhar parecia mil vezes mais penetrante no escuro. Até que ele sorriu de lado e soltou sua respiração, abanando a cabeça, como se pensasse em algo.

— O que estava querendo? — perguntou, com sua mão saindo de meu cabelo para tocar meu maxilar e seu indicador escorregando e tocando de um jeito extremamente leve o meu lábio inferior. — Com o pirulito. O que estava querendo? — insistiu quando não respondi e permaneci apenas o encarando através do espelho, sentindo minhas bochechas quentes e minha pele completamente arrepiada.

Em um ato impulsivo, quando seu indicador puxou meu lábio inferior para baixo, eu capturei a ponta de seu dedo com os dentes e puxei-o para dentro de minha boca, chupando-o lentamente, enquanto minha língua pressionava a lateral.

Senti o corpo de Zach tensionar atrás de mim e, para reforçar aquela sua reação e ver se era algo bom, enrolei minha língua em seu dígito, fazendo movimentos circulares sobre este. A respiração dele pesou cada vez mais, e seus olhos ameaçaram se fechar. Mordisquei a ponta, apertando a coberta que ainda estava em volta de meu torso, soltando-o, em seguida, em um estalo alto.

— Isso responde à sua pergunta? — sussurrei corajosamente, umedecendo meus próprios lábios.

Zach deixou uma risada rouca escapar, antes de remover a coberta de meu corpo e puxar-me para que eu ficasse em frente a ele. Tocou minha cintura e me puxou contra seu corpo, enquanto eu levava uma mão para sua nuca, cravando minhas unhas ali. Zach aproximou nossos rostos e roçou sua boca na minha, permitindo que eu sentisse sua respiração extremamente pesada bater em meu nariz.

— Você quer me chupar? — perguntou, fingindo surpresa e abrindo um sorriso quase debochado e extremamente malicioso.

Eu, achando aquilo extremamente sexy e começando a sentir-me excitado pela forma que as palavras sujas deixaram sua boca, assenti, arranhando sua nuca e mordendo o seu lábio inferior, sugando-o e sentindo sua pele sob meus dedos arrepiar-se.

— Então, você vai se enfiar embaixo dessa coberta, tirar minha calça e me chupar até eu gozar em toda sua boquinha, hum?

Fechei os olhos conforme as palavras soavam em meus ouvidos. Eu amava palavras sujas. Não sabia que Zach também gostava delas e descobrir aquilo foi maravilhoso.

Assenti, sentindo-me completamente sob o comando dele, e preparei-me para descer pelo seu corpo, porém, antes, colei minha boca na sua e beijei-lhe rapidamente, chupando sua língua antes de falar:

— Não geme muito alto, hum? Não queremos que Wade me veja com a boquinha nesse seu pau enorme. — Alimentei seu ego, com a voz rasgada por causa do meu tom baixo, e assisti à forma como ele arfou e apenas assentiu, começando a desafivelar seu cinto, enquanto eu me abaixava em seu corpo e puxava a coberta até que ela me cobrisse por completo e cobrisse até a metade do torso dele.

Não sabia de onde havia retirado tanta confiança, mas me senti bem com a forma como ele havia gostado de minhas palavras e ações.

Fiquei entre suas pernas e tirei seu cinto por completo, sentindo sua protuberância quando minhas mãos roçaram em seu membro. Sorri, satisfeito por ele já ter uma semiereção, e deixei o cinto ao lado de seu corpo, começando a desabotoar sua calça para, enfim, puxá-la para baixo, saindo de minha posição para conseguir removê-las.

Meus olhos caíram em suas coxas, e eu suspirei. Elas eram extremamente deliciosas. Sem conseguir me conter, eu me inclinei e espalhei beijos por elas, mordiscando a pele lentamente e sugando pontos mais perto de sua virilha, deixando chupões naqueles lugares mais sensíveis, enquanto minha mão se aproximava de sua ereção coberta apenas por uma boxer.

Toquei sua extensão com as pontas de meus dedos, provocando-o, antes de envolver minha mão na base e movimentá-la devagar, aproximando meus lábios dali e passando a língua sobre sua glande. Deus, ele já estava úmido. Seus quadris se arquearam com o contato surpresa, e vi suas mãos entrarem debaixo da coberta. Soltei uma risada fraca pelo nariz, me sentindo mais confiante, e comecei a puxar sua cueca para baixo, finalmente liberando sua extensão e sentindo-me mais excitado quando a vi novamente.

Eu realmente amava ver aquele pau enorme duro para mim.

Segurei novamente a base, admirando seu falo antes de assoprar o topo e deixar um selar delicado ali, vendo Zach agarrar os lençóis da cama. Sorri de lado e passei minha língua lentamente pela lateral de seu pau, pressionando-a na glande antes de colocar metade de seu membro em minha boca, cobrindo os dentes e começando a sugar, enquanto minha mão se movimentava no que não cabia. Ouvi sua arfada soar um tanto alta e senti medo de Wade acordar, mas resolvi não me importar e focar no que Chad havia me dito.

Enquanto eu sugava o que podia de sua extensão, deixando que minha saliva escorresse por ela e ficasse mais fácil de movimentar-me, deixei que minha outra mão descesse até suas bolas e passei a massageá-las, brincando com meu dedo em uma. Zach mexeu-se novamente, e sua respiração acelerou-se, com as mãos aproximando-se de mim, até que ele agarrou meu cabelo e forçou-me mais para baixo.

Automaticamente, eu prensei minha língua no céu da boca e prendi a respiração, ouvindo-o gemer baixo e conseguindo colocar mais de seu falo para dentro, agarrando suas bolas com um pouco mais de força. Engasguei-me algumas poucas vezes, mas nada que me atrapalhasse.

Suas mãos permaneceram em meu cabelo, porém continuei a me movimentar por conta própria, pressionando a língua no topo, de vez em quando, e soltando gemidos baixos conforme sentia a fricção de meu membro nos lençóis. Eu era capaz de gozar só com aquilo.

Tirei seu membro de minha boca e fiquei masturbando-o, enquanto descia até a pequena linha de separação entre suas bolas e seu pau. Levantei um pouco sua extensão e mordisquei aquela tal linha, ouvindo um gemido alto de prazer sair da boca de Zach. Sorri, satisfeito, e chupei aquela área, arrancando mais um gemido alto dele, esquecendo-me de que havia outra pessoa no quarto. Até Zach travar e eu ouvir uma terceira voz:

— Zach? — era Wade, falando baixo e sonolento, provavelmente ainda meio adormecido. — Onde está o Leon?

— Ahm... — Em um ato impensado, coloquei uma das bolas de Zach na boca, sugando-a com força e ouvindo-o arfar em meio a suas palavras gaguejadas. — E-ele d-desceu pra bu-buscar água — conseguiu dizer, e eu prendi o riso, não deixando de chupar sua bola esquerda.

— E por que você tá na cama dele? — Wade perguntou, e eu o ouvi se movimentar em sua cama.

— E-estava conver-versando com ele — Zach respondeu, com seu corpo saltando levemente quando voltei a colocá-lo em minha boca.

— Ah, sim. — Depois disso, não ouvi mais a voz de Wade, presumindo que ele havia adormecido.

Tive a confirmação quando Zach apertou meus fios de cabelo e forçou-me para baixo, enquanto seu quadril movimentava-se para cima. Fechei os olhos e agarrei suas coxas, cravando minhas unhas ali e sentindo a coberta descer por causa dos seus movimentos bruscos. Foi quando me lembrei das palavras de Chad: contato visual.

Puxei o que faltava para a coberta descer até meu pescoço e olhei nos olhos de Zach, em meio à semipenumbra, vendo-o com os lábios entreabertos, contendo os gemidos enquanto fodia minha boca. Eu arranhava suas coxas e roçava-me com mais força contra os cobertores, sentindo um prazer enorme com aquela ação dele.

Seus movimentos aumentaram, e eu sentia a dor em minha garganta crescer junto. Suas coxas tremeram embaixo de meus dedos e puxei-as contra meu rosto, sentindo-o apertá-las ali, apesar do tecido da cueca abaixo delas. Zach tombou a cabeça para trás e deu uma última estocada para cima, deixando todo seu gozo forrar minha garganta, enquanto eu gemia contra seu membro por sentir o meu ápice chegar.

Tremi e apertei suas coxas com mais força, gozando em minha calça, com a ajuda da fricção, e tirando seu membro de minha boca, fazendo um esforço para engolir o líquido espesso e salgado. Não era bom, mas esqueci-me daquilo após ver como Zach parecia satisfeito com o que eu havia feito.

Voltei a deitar-me ao seu lado, respirando de maneira ofegante e sentindo minha garganta arder, coloquei as mãos sobre meu membro e ajeitei-o dentro da calça, sentindo-a melecada, porém pouco me importando com aquilo naquele momento.

Zach nem ao menos se moveu, porém proferiu as seguintes palavras que fizeram meu dia:

— Sua boca é incrível.

GAROTOS NA FRATERNIDADE

GAROTOS NA FRATERNIDADE
04
GAROTOS

UMA SEMANA.

Uma semana que eu chupei o meu melhor amigo.

Uma semana que chupei Zach.

Parecia que tudo tinha voltado ao normal, nós não havíamos nos tocado mais. Não houve mais beijos ou coisas do gênero. Porém, só parecia mesmo, porque os olhares ainda aconteciam, minha mente ainda me turbinava com perguntas e curiosidades, e Zach e eu estávamos mais próximos do que jamais havíamos sido. Os toques eram mais suspeitos, e eu percebi isso pela forma que nossos amigos nos encaravam, principalmente Wade. Sabia que ele não tinha visto Zach e eu naquela noite, pois quando conferi sua cama, ele estava completamente adormecido. Se tivesse visto, teria feito um escândalo, o que era típico dele.

Como o esperado, Zach não havia comentado sobre nada que acontecera entre nós e não havia me puxado para... outras coisas. Eu também não havia tentado nada, porque simplesmente não sabia como o abordar. Eu tentava, ao máximo, não pensar em consequências futuras, mas aquilo ficava impossível quando eu estava perto de Zach. Ou seja, sempre.

Deixando aquilo um pouco de lado, Uriah havia convidado seus amigos mais próximos para ir em sua casa do lago no fim de semana. A casa era de seu tio, e Uriah era muito apegado a ele. O homem permitiu que o sobrinho utilizasse a casa para um fim de semana apenas com os amigos mais íntimos. Chad, que era um dos convidados, deu a ideia de fazer uma festa, mas Uriah não queria, de forma alguma, desrespeitar seu parente.

Então, na sexta à noite estávamos eu, Zach, Chad, Wade, Ryan e Liam nos preparando para três dias na casa de Uriah. Seria bom passar um tempo afastado da universidade, tirar um pouco os estudos da cabeça, já que eu não estava em época de provas. Além do quê, aquele tempo eu também passaria afastado da bagunça da fraternidade, o que, com certeza, me traria muita paz. Mas ainda tinha Zach.

— Eu levo camisinhas? — Chad perguntou na minha frente, tirando duas cartelas de preservativos da sacola que trouxera da farmácia.

Eu ri baixo e dei de ombros:

— Pretende transar? — Arqueei uma sobrancelha, finalmente fechando a minha mochila.

— Quem sabe. Mas você pretende. — Pegou uma das cartelas e me jogou, e eu franzi o cenho.

— Quê?

— Isso mesmo. É óbvio que você e Zach vão foder — disse, fechando sua mochila.

Abanei a cabeça negativamente, como se aquela fosse uma ideia absurda, mesmo sabendo que não era, até porque eu já havia cogitado milhões de vezes aquela hipótese. Tocar e ser tocado por Zach não era mais estranho em minha mente. Eu havia superado aquela fase e estava sempre em busca de tocá-lo mais, mesmo que não explicitamente. A única coisa que andava me incomodando era a falta de comunicação. Era algo que me incomodava desde o início e continuava ali.

— Nah. Não vamos. Ele...

Chad tapou minha boca antes que eu continuasse.

— Leon. Cala a boca. Vocês vão. — E dito aquilo, ele piscou para mim, pegou sua mochila e saiu do meu quarto, que ele havia invadido para que eu o ajudasse com sua arrumação.

Suspirei e puxei meu cabelo para trás, sentindo aquele incômodo de sempre e me xingando por não ter a simples coragem de chegar em Zach e perguntar um simples "O que estamos fazendo?". Eu não conseguia.

— Leon? — Pensando no diabo, ele apareceu.

— Sim? — perguntei sem me virar, fingindo arrumar minha mochila novamente.

— Só falta você — murmurou, e eu ouvi seus passos aproximando-se de mim. Ergui um pouco o olhar para o espelho ao lado de minha cama e o vi se posicionar atrás de meu corpo, permitindo que eu sentisse o calor do seu. Conti o suspiro e comecei a mexer em minhas coisas dentro da mochila.

— Eu já vou, Zach — respondi baixo, mordendo meu lábio inferior, ergui a cabeça e encarei-o através do espelho, vendo-o fazer o mesmo.

Com aquele simples olhar, todas as lembranças da noite que eu tive seu pau em minha boca, me invadiram e não consegui não suspirar baixo. Ele percebeu, e acho que imaginou o que se passava em minha mente, pois um sorriso surgiu no canto de seus lábios, e com certeza, não era um sorriso inocente.

— Sabe… — começou, com a voz baixa, suas mãos se levantando e tocando minha cintura. Minha respiração travou. — Você me chamando pelo nome é extremamente sexy.

— É, Zach? — provoquei, não me contendo e sorrindo de lado, assim como ele. — E por quê?

Ele não respondeu, e eu senti suas mãos apertarem com mais força minha cintura, me puxando um pouco para trás e permitindo que sua boca ficasse perigosamente perto de minha orelha. Ele soltou o ar ali, e todos os meus pelos se eriçaram. Meus olhos fecharam-se quase que automaticamente, e eu coloquei minhas mãos sobre as suas, sem saber muito bem o que fazer com elas.

— Você sabe muito bem o porquê — disse com a voz décimos mais rouca, depositando um beijo no lóbulo de minha orelha antes de se afastar totalmente.

Soltei a respiração, que nem percebi que havia prendido, e engoli em seco, observando-o caminhar até a porta.

— Estamos te esperando.

Filho da mãe.

— Gente, o carro do meu pai, de sete lugares, está quebrado. Então, vamos ter que ir com o jipe que meu tio emprestou. Dois de vocês se incomodariam de ir no colo de alguém? — Uriah perguntou quando todos estávamos do lado de fora do campus, caminhando na frente até um estacionamento, no qual seu carro estava estacionado.

Eu estava completamente avoado, não havia nem mesmo prestado atenção nas palavras de Uriah, até Wade pronunciar meu nome:

— Vai o Ryan no colo do Chad e o Leon no do Zach.

Ninguém disse nada, pois todos pareciam estar de acordo. Então, eu também não me pronunciei. Afinal, do que eu reclamaria? Não me incomodava a ideia de me sentar no colo de Zach por alguns minutos ou horas — não sabia quanto tempo duraria a viagem.

Uriah entrou no banco de motorista, Liam no de passageiro, enquanto no de trás entravam Wade, Chad e Zach, naquela exata ordem. Acenei para Ryan, para que ele entrasse primeiro, e assim ele fez. Quando estava se acomodando sobre Chad, eu lancei um olhar para Zach, como uma espécie de pedido, e ele apenas sorriu. Retribuí o sorriso e tomei impulso para entrar no carro, deixando minha mochila nos pés de Zach e sentando-me no colo dele.

— Acho que vai durar uma hora e pouco, portanto arranjem algo para fazer — Uriah murmurou enquanto ligava o motor do carro.

— Coloca música — Wade pediu.

— Pro Zach ficar cantando? Não, não — brinquei, como se a voz do meu melhor amigo não fosse a oitava maravilha do mundo.

— Ei! — ele exclamou, e eu quase travei quando senti seus braços envolverem minha cintura e seu queixo apoiar-se em meu ombro.

— Mas ele canta muito bem. E eu também quero música — Liam pronunciou-se, aproveitando que estava no banco da frente e ligando o rádio.

Algum hit pop começou a tocar e, como previsto, Zach começou a cantar. Aquilo me fez rir e eu coloquei a mão em frente à boca, mas dessa vez, acabei sendo impedido por Zach, que, sem deixar de cantar, pegou meu pulso e impediu que eu tapasse minha boca. Não deixei de continuar a sorrir, mesmo que tivesse estranhado aquela atitude dele.

— Podia tocar rap — Ryan murmurou, deitando a cabeça no ombro de Chad e se aconchegando em seu colo. — É disso que eu tô falando — proferiu quando uma batida mais bruta soou dentro do carro.

— Nem parece que é o passivo — disse Wade, arrancando risadas de Uriah, Liam e Zach.

Sem que eu permitisse, uma careta se apossou de meu rosto e eu cruzei os braços, encarando Wade com uma sobrancelha arqueada.

— Não é porque ele é menor ou mais baixo que ele é o passivo, Wade — me intrometi, sentindo todos os olhares sobre mim.

— Leon tem razão. Eu já fodi o Chad mais de uma vez — Ryan disse, dando de ombros. — E é verdade, Wade. Não se deixe levar por essa ideia errônea. Não é porque no casal tem um que é mais forte ou mais alto que ele é, necessariamente, o ativo.

Concordei com a cabeça e descruzei os braços, sentindo os dedos de Zach cutucarem minha cintura, como se me chamasse. Virei o rosto para ele, tentando não me importar com a proximidade que nossas bocas estavam uma da outra, e arqueei uma sobrancelha, perguntando, silenciosamente, o que ele queria dizer.

— Isso é algum tipo de indireta? — sussurrou extremamente baixo, para que somente eu ouvisse.

Os meninos entraram em uma discussão sobre estereótipos, então, com certeza, não ouviram.

Senti minhas bochechas corarem com aquilo e fingi confusão, franzindo o cenho. Nem eu sabia se era uma espécie de indireta. Como mencionado antes, eu já havia cogitado, mais de uma vez, a ideia de transar com Zach e, sim, pensei nas duas opções: ele por cima e eu por cima. Eu gostei, realmente, da ideia das duas e, sim, estaria disposto a tentar caso ele quisesse também. Mas não era como se eu conseguisse dizer aquilo abertamente para ele no meio de nossos amigos.

Então, com vergonha, virei-me para a janela e tentei me distrair com a paisagem. Isso funcionou durante meia hora, quando quase todos os meninos já haviam dormido e o único som no carro era a música que saía do rádio.

Eu achava que Zach estava dormindo, porém mudei de ideia quando me ajeitei em seu colo e senti suas mãos, que estavam enlaçadas por ele abraçar minha cintura, voarem para meus quadris e pressionarem aquela área de meu corpo. Senti um arrepio percorrer minha coluna e respirei fundo, virando um pouco a cabeça e vendo seus olhos fixos em mim.

— Não faz isso — pediu baixo para não acordar os outros, umedecendo os lábios secos e fazendo com que meus olhos caíssem naquela área de seu corpo.

— Isso o quê? — brinquei, me ajeitando novamente em seu colo, porém lentamente, mexendo minha bunda contra sua virilha.

Deus, o que eu estava fazendo?

Eu chegava a rir mentalmente de minhas ações. Havia momentos em que eu tinha impulsos de coragem, mas alguns segundos depois, sempre me perguntava que diabos estava fazendo. Eu era impulsivo demais. Queria ter o impulso de coragem para conversar com Zach, mas era o único que eu não tinha.

Seus dedos cravaram em minha cintura com mais força, e eu suspirei, abrindo um sorriso de lado por estar satisfeito com o efeito que meus toques tinham em seu corpo. Ele mordeu o lábio inferior e soltou o ar, com seu pomo de adão mexendo-se quando ele engoliu em seco.

— Isso, Leon — foi firme, com a voz extremamente rouca causando mais arrepios por todos os cantos de meu corpo.

Eu apenas dei de ombros, como se não soubesse do que ele estava falando, e parei de me movimentar, não querendo que algum dos outros meninos notasse nossa indecência.

Voltei minha atenção para a paisagem do lado de fora e permaneci com os olhos ali, me esquecendo por um momento da posição em que eu estava. Até que, quando o carro andava em uma estrada sem fim, as mãos de Zach apertaram meu quadril novamente e ele aproximou os lábios de minha orelha, sussurrando ali:

— Faz de novo.

Eu sabia o que ele queria, por mais que ele tivesse negado alguns momentos antes. Sabia que era completamente indecente e que eu não deveria fazer aquilo ali, mas quando vi que todos estavam dormindo e que Uriah estava completamente concentrado na estrada, decidi que faria.

Assenti, tombando um pouco a cabeça para o lado, como se pedisse para que Zach fizesse algo ali, enquanto começava a mover meus quadris lentamente, em círculos, fazendo uma pressão para baixo e sentindo a forma da extensão de Zach.

Senti os lábios dele rasparem em meu pescoço e ouvi quando ele ofegou. Suas mãos subiram até minha cintura, e ele apertou ali, incentivando-me a continuar os movimentos. Ele colocou a língua para fora e fez um caminho do começo de meu pescoço até a minha orelha, mordiscando o lóbulo e sugando-o em seguida. Aquilo me excitou e fez com que eu arfasse baixo, me levando a movimentar-me com mais força sobre seu colo.

Senti suas mãos descerem novamente e afastarem um pouco minha camisa, entrando e tocando minha barriga. Encolhi-me, por causa do contato de seus dedos gelados em minha pele, e sorri conforme eles subiram até minha cintura e me apertaram, sem nada para atrapalhar.

Zach parou de mexer as mãos, enquanto eu segurei em seus joelhos para me mover com mais facilidade, me empinando um pouco em seu colo e começando a fazer movimentos para cima e para baixo, já sentindo como ele estava ficando duro. E eu não estava diferente.

Ouvia seus suspiros cada vez mais fortes e sentia as

suas mãos me apertarem mais, então, em um ato impulsivo, peguei uma delas e arrastei-a até meu mamilo, sentindo Zach sorrir contra meu pescoço e começar a brincar com os dedos. A outra mão viajou até minha coxa e apertou-a com força, me puxando mais contra ele, e eu contive o gemido pela forma como consegui sentir todo o pau dele.

Tombei a cabeça para trás, sentindo a música penetrar meus tímpanos e mexer com meus sentidos, assim como a forma como ele estava duro para mim, e tive uma ideia. Sorri maliciosamente e levei uma das mãos para trás, até seu pescoço, começando a quebrar meu quadril, acompanhando o ritmo das batidas, para, em seguida, rebolar lentamente para a frente e para trás, ouvindo um gemido baixo deixar seus lábios.

Fechei os olhos e, com a outra mão, peguei a sua que estava em meu mamilo e o fiz arrastá-la pelo meu corpo, roçando-a em meu membro e sentindo-o pressioná-lo quando passava por ali.

Eu sentia todo o meu corpo pegar fogo com a adrenalina e a sensação nova de senti-lo duro contra minha bunda.

Voltei a quebrar os quadris e, quando o carro deu um solavanco, pegando ambos de surpresa, eu acabei quicando em seu colo, o que causou um gemido um pouco mais alto seu e um arfar meu. Abri os olhos, voltando a me apoiar em seus joelhos, empinando-me para ele e começando a quicar em seu colo, desejando mais daquilo.

Zach agarrou minha cintura novamente, e quando senti sua boca aproximando-se de meu pescoço outra vez, permitindo que eu ouvisse seus gemidos baixos, o carro parou e a voz de Uriah soou:

— Acordem! Chegamos.

Merda. Eu precisava me livrar daquela ereção.

— Vamos ter que dividir quartos? — Ryan perguntou assim que entramos na enorme casa do lago do tio de Uriah. Era quase uma mansão, com um enorme lago do lado de fora e uma piscina no jardim. Era completamente rústica, a maioria dos objetos eram feitos de madeira e não deixavam de ser luxuosos. Era incrível.

— Não, tem quartos suficientes para todos. — Uriah deu de ombros, acenando em direção à escada em forma de espiral. — Cinco lá em cima e dois aqui embaixo.

Antes que Uriah pudesse terminar de falar, eu, Ryan, Zach, Wade e Chad corremos em direção à escada, ansiosos para conhecermos o andar de cima e desejando poder ficar lá. Quartos em cima eram sempre os melhores.

— Crianças. — Ouvi Liam falar antes de se dirigir para algum dos quartos no andar debaixo.

Entrei no primeiro quarto da direita e vi Zach entrar no segundo, depois de me lançar um sorriso e uma piscadela. Abanei a cabeça, sorrindo e sentindo-me completamente satisfeito quando tive a visão do quarto que seria meu.

Era uma suíte e a porta do banheiro estava aberta, permitindo que eu visse a enorme banheira dentro daquele cômodo. Não me contive e dei uns pulinhos animados, antes de me virar para o outro lado, vendo uma cama de casal com edredons que pareciam extremamente confortáveis. Havia móveis simples organizados pelo quarto, como uma cômoda, uma escrivaninha, um armário e por aí vai. Havia, também, uma porta ao lado da cama, a qual eu achava ser um *closet*, mas quando fui conferir o que era, ela se abriu.

— Parece que tem uma passagem do meu quarto para o seu — Zach disse, divertido, se apoiando no batente da porta e sorrindo de um jeito sacana para mim. Eu revirei os olhos e cruzei os braços. — Não faça essa pose de marrento pra mim, Le.

Quando eu ia responder algo, ele arregalou os olhos, ao ver algo atrás de mim, e correu.

— Você tem uma banheira! Por que eu não tenho? — exclamou, adentrando o banheiro e passando as mãos na lateral enorme dela.

— Sai fora, Zach. Esse é meu quarto.

Fui atrás dele e peguei sua camisa, tentando puxá-lo

para fora do banheiro, mas ele não mexeu um músculo. Zach virou-se para mim com uma expressão de cachorro perdido, e eu já pude imaginar o que viria pela frente.

— Posso tomar banho aqui? Hum? Por favor! — continuou repetindo milhares de "por favor", enquanto eu tentava ignorá-lo e arrumar as coisas da minha mochila, mas nada adiantou, então eu desisti.

— Tudo bem, tudo bem. Eu deixo.

E ele saiu saltitando do meu quarto, depois de dar um beijo babado em minha bochecha, e fechou a porta que dava para seu quarto. Eu ri sozinho.

Quando estava tirando alguns objetos de banho de minha mochila, para deixar perto da banheira, ouvi a voz de Liam gritar por mim e os meninos e me animei assim que ouvi suas palavras:

— Gente! Uriah vai levar a grelha para a piscina, com bebidas! Vamos!

Peguei minha sunga vermelha na mochila e me troquei rapidamente, deixando minha roupa jogada de qualquer maneira sobre a cama e voltando para o primeiro andar.

A cozinha tinha uma enorme porta de vidro que dava para o jardim, no qual a piscina se encontrava. Perto da piscina tinha um bar feito de madeira também, acompanhado de um balcão e de cadeiras altas. Sem falar nas diversas espreguiçadeiras espalhadas.

Meu Deus, o tio de Uriah era o quê?

Sorri, animado, e fui diretamente para a água, assistindo a Chad e Ryan fazerem o mesmo quando apareceram. Liam, Uriah e Wade trouxeram a grelha e uma caixa de som, logo colocando música. Zach ainda não havia aparecido.

— Cadê o Zach? — perguntei para ninguém específico.

— Ali, oh. — Ryan, que estava apoiado ao meu lado na parede da piscina, apontou para a porta de vidro.

Vi Zach desligar o celular, com um sorriso no rosto, e me senti curioso em saber com quem ele estava falando.

Será que era alguma garota da faculdade? Será que ele andava se encontrando com alguém enquanto a gente também tinha nossos encontros?

Aqueles pensamentos perturbadores ficaram socando o meu cérebro, e eu só fui deixá-los de lado quando ouvi um gemido vindo de Ryan. Franzi o cenho e olhei para o lado, vendo-o atracado com Chad contra a parede da piscina.

Fiz uma careta e me afastei. Péssimo momento para fazê-lo, pois acabei quase sendo o ponto de encontro entre Zach e a piscina.

Xinguei alto, quando a água espirrou toda em meu rosto, e puxei meu cabelo para trás, pronto para dar um soco em Zach. Porém, desisti daquilo quando senti suas mãos agarrarem meus tornozelos e subirem lentamente pelas minhas pernas, até pararem em minhas coxas e apertá-las. Seu rosto submergiu naquele momento, e ele pôde ver a forma como eu mordi o lábio.

Os toques dele me enlouqueciam.

Um sorriso de canto apareceu em sua boca, e ele se aproximou, depositando um selar em meu nariz da forma mais fofa possível. Eu queria bater nele.

— Gente! Alguém sabe essa coreografia? — Wade gritou, e eu parei um momento para ouvir a música.

Eu conhecia, era de algum grupo feminino sul-coreano. A música, se eu não me enganava, se chamava *Miniskirt*. Não conhecia a coreografia, não tinha ideia, mas, aparentemente, Zach e Wade tinham.

— Eu! Eu! — Zach gritou, saindo da piscina rapidamente e se juntando a Wade para fazerem a coreografia da forma mais perfeita e sincronizada. Diria que até que melhor que as garotas, porque, Deus, eu nunca havia babado tanto por uma garota quanto estava babando pelas coxas e bunda contraídas de Zach quando ele descia rebolando.

Apoiei-me no muro mais perto deles e fiquei olhando fixamente, ao invés de gargalhar como os outros. Comecei a lembrar-me de quando tive a oportunidade de beijar aquelas coxas e marcá-las e, apertando meus olhos, tentei achar as marcas. Estavam fracas, pelo tempo que se havia passado, mas ainda estavam visíveis. E eu fiquei satisfeito ao ver que não havia marcas feitas por outras pessoas. Eu lembrava de cada uma das que havia feito e não havia outras além delas.

— Leon, não baba. — Ouvi alguém dizer baixo, ao meu lado, virei a cabeça e vi Chad me lançar uma piscadela, antes de sair da piscina e dizer em alto e bom som:
— Gente! Vamos jogar algo?

Até Uriah, que fritava carnes na grelha, assentiu, animado. Wade abaixou o som, rindo junto a Zach e aproximando-se de Chad com ele. Este se sentou em uma das cadeiras do bar, e Ryan fez o mesmo, assim como Liam. Como não havia mais cadeiras, me apoiei na lateral do balcão e esperei alguém iniciar o jogo, enquanto assistia a Zach se posicionar ao meu lado.

— Que tal... Eu nunca? — Chad sugeriu, batucando os dedos na mesa.

— Por mim, está ótimo — Uriah opinou, pegando sete copos de shots e servindo alguma bebida, que havia embaixo do balcão, neles, entregando para cada um de nós, em seguida, e deixando a garrafa sobre o balcão.

Eu só esperava que fosse vodca e não algo mais forte.

— Eu nunca mijei na piscina. Pra começar fácil — Liam disse e franziu o cenho quando todos bebemos. — Seus nojentos.

— É natural — Uriah rebateu, dando de ombros, enchendo os copos. — Eu nunca mijei fora da privada porque mirei errado. — E ele arregalou os olhos quando todos bebemos novamente. — Seus nojentos — imitou a fala de Liam.

— É natural — Liam zombou, enquanto Uriah enchia novamente os copos.

— Eu nunca fiz um *ménage* — Wade se pronunciou, e eu, Zach, Uriah e Chad bebemos. — Impuros.

— Experiências da vida — murmurou Chad, dando

de ombros. — Eu nunca gozei dentro — disse após Uriah encher os copos, e todos riram, encarando-o.

— Nem no Ryan? — perguntei, curioso, recebendo olhares dos dois.

— Nah. Gosto mais de gozar no rostinho dele — proferiu, virando-se para Ryan e depositando um selar em seus lábios.

— Safado — Ryan murmurou baixo antes de dar seu shot, assim como eu, Uriah e Zach.

— Vocês são nojentos — Wade disse para os dois, rindo.

— Eu nunca... beijei embaixo d'água — Ryan disse, e todos, menos eu, Zach e ele, beberam. — Vocês também não? — Virou para nós dois ao perceber que não havíamos bebido.

Neguei com a cabeça e arqueei a sobrancelha ao ver um sorriso malandro crescer nos lábios de Ryan.

— Por que não vão agora?

Abri a boca, em choque, e comecei a abanar a cabeça negativamente, como se aquilo fosse um absurdo.

— O quê? Por que nos beijaríamos? — forcei-me a dizer aquilo, agindo sem pensar e completamente alheio aos conhecimentos de meus melhores amigos.

— Leon, você acha que somos idiotas? Todo mundo aqui sabe que vocês se pegam escondidos. — Para a minha surpresa, foi Wade quem proferiu aquelas palavras.

Vi Uriah assentir e Liam fazer o mesmo, enquanto Chad me olhava com uma expressão risonha. Fiz uma careta para ele, pensando que foi ele quem espalhou para nossos amigos que eu ficava com Zach escondido.

— Para com isso, Leon. Não é uma grande coisa, todos desconfiávamos, e para de agir como se fosse ruim nós sabermos — Ryan reclamou, pegando a garrafa de bebida e enchendo os shots novamente.

Eu ia responder, mas não consegui. Ele tinha razão, afinal. Qual era o problema de eles saberem aquilo? Eu não tinha vergonha. Tinha, mas não por ser Zach — um garoto

— e sim por ser algo íntimo. Assim como não gostava de comentar sobre qualquer momento íntimo que tinha com garotas antigamente.

Então, apenas dei de ombros e fuzilei Zach com o olhar, vendo o seu sobre mim. Eu não consegui ler o seu, pois ele apenas me encarava. Ele só... olhava. Não havia julgamento, curiosidade, nada. Ele apenas olhava. Até que sorriu, e eu sorri junto.

— Quero ver o beijo de vocês. Vai, embaixo da água, e depois subam! — Chad exclamou, batendo palmas.

Eu ia protestar, dizendo que não faria aquilo na frente deles, mas senti Zach pegar meu pulso e me puxar para dentro da piscina. Tentei me debater enquanto ouvia os gritos animados dos meninos, mas deixei de fazê-lo quando vi que era inútil, pois Zach era bem mais forte que eu.

Entrei na piscina pela escada, logo após ele, e cruzei os braços, olhando-o e esperando seu próximo passo. Zach sorriu de lado e se aproximou, tocando minha cintura com suas duas mãos, que pareciam quentes até sob a água. Umedeci meus lábios e encarei os seus quando ele fez o mesmo, segurando em sua nuca assim que ele roçou nossos narizes. Suspirei baixinho e travei o maxilar quando ele apertou minha cintura, querendo senti-lo logo. Eu me esqueci que havia pessoas ali e não me toquei que aquela seria a primeira vez que Zach faria algo na frente dos outros — além do desafio do beijo.

Ouvi um berro de Chad na hora em que Zach me puxou para baixo, colando nossos lábios, quando mergulhamos, e entreabrindo os olhos, assim que inclinou a cabeça para o lado. Inclinei para o lado oposto e adentrei minha língua em sua boca, encontrando a sua e enrolando-as automaticamente, sentindo o quente de sua boca misturado ao molhado da água e fazendo um esforço enorme para não a engolir enquanto o beijava. Puxei-o pela nuca, mexendo os pés e forçando meu peso para baixo, para que não voltássemos à superfície ainda, sentindo-o pressionar sua língua no céu de minha boca, enquanto seus braços abraçavam minha cintura com força, puxando-me também.

Quando senti meus pulmões começarem a protestar, eu o puxei para cima e nadei, sentindo-o me apertar mais quando estávamos fora da água. O beijo era completamente bagunçado e molhado, e dava para ouvir perfeitamente o som estalado e de nossas respirações ofegantes.

Zach mordeu meu lábio inferior e me deu um selinho lento, finalizando o beijo e me deixando, literalmente, sem fôlego. Encarei-o nos olhos e soltei o ar, inspirando em seguida e deixando claro que aquilo era efeito dele e não somente da água. Ele sorriu novamente e saiu da piscina comigo em seu encalço.

— Posso tentar um beijo triplo com vocês? — Ryan perguntou, arrancando risadas minhas e dos meninos, menos de Chad.

— Que história é essa? — Wade cruzou os braços.

— É que eles são muito gostosos e o beijo deles parece ser delicioso. — Ryan deu de ombros, e eu gargalhei.

Realmente, era delicioso.

Resolvemos continuar o jogo, e eu estava descobrindo coisas que nunca havia imaginado dos meninos — menos de Zach, que eu sabia todas. Eu estava rindo de algo que Liam havia falado para Wade quando senti as mãos de Zach em minha cintura e ele apoiando o queixo em meu ombro, dando uma fungada em minha orelha e me arrepiando dos pés à cabeça. Encolhi-me um pouco, mas coloquei minhas mãos por cima da sua, mostrando que estava tudo bem com aquela posição.

Continuei entretido no jogo até sentir algo em mim. Mais especificamente, em minha bunda. Eu estava de sunga e Zach também, o que deixou ainda mais explícito. Zach não estava duro, mas eu senti perfeitamente o contorno de seu membro em meu traseiro, e aquilo me atiçou. Mordi meu lábio, parando de prestar atenção no que Uriah dizia, e me lembrei do carro e em como Zach havia ficado quando sentiu minha bunda contra ele.

Mordi meu lábio com mais força e empinei-me, chocando minha bunda contra o membro flácido de Zach. Ouvi um som de surpresa deixar seus lábios e contive o riso, sentindo suas mãos descerem até meu quadril e me apertarem ali. Ele não se afastou, era um bom sinal.

— Leon? — sussurrou em meu ouvido, questionando meus atos. Eu era, realmente, impulsivo. E indecente. Muito indecente por não me importar de fazer aquilo na frente de nossos amigos em certos momentos.

Coloquei minha mão por cima da dele, empurrando-a contra meu corpo e pressionando-me contra sua pélvis, mostrando o que eu estava querendo para ele. E ele entendeu, pois seus dedos afundaram-se em minha pele, permitindo que eu sentisse por completo o seu toque quente. Puxou-me para trás, ao mesmo tempo que forçava seu quadril para a frente, simulando uma perfeita estocada que me arrepiou todo.

Prendi a respiração, me apoiando casualmente na mesa e tentando disfarçar o que estava acontecendo ali, agradecendo mentalmente pelos meninos estarem perfeitamente submersos no assunto sobre a primeira vez de Liam.

Tombei a cabeça para o lado quando senti os lábios de Zach escorregarem de meu pescoço até meu ombro, estremecendo por sentir sua respiração ofegante contra minha pele, ao mesmo tempo que ele se movia mais uma vez para a frente.

Segurei a madeira do balcão com os dedos, para me impedir de bater contra o objeto, e mordi meu lábio inferior com força, contendo a vontade que tive de gemer quando ele começou a se movimentar em círculos.

— O que estava pensando quando quis fazer isso? — Sua voz soou extremamente baixa, porém o suficiente para que eu o ouvisse perfeitamente e engolisse em seco com suas palavras.

Será que seria muito ruim se eu lhe dissesse? Se eu lhe dissesse, com todas as letras, que queria foder com ele? Seria ruim?

Eu não me importava mais.

Virei um pouco meu rosto, entreabrindo os lábios e arfando baixo quando ele simulou uma estocada de um jeito mais bruto, com sua mão viajando até minha coxa direita e apertando-a com força. Empinei-me automaticamente com aquele toque e rocei meus lábios nos seus, com as juntas de meus dedos esbranquiçando com a força que usei para apertar o balcão. Olhei nos olhos de Zach, sentindo-me completamente afetado por aquela proximidade que estávamos.

— Em foder com você — sussurrei, descendo meu olhar até sua boca de boneca e sentindo-me completamente tentado. Capturei seu lábio inferior e suguei-o lentamente, movendo meu traseiro contra seu membro, sentindo-o maior que antes.

Eu também já estava ficando duro, e, meu Deus, quando ele me lançou um olhar necessitado, após ouvir minhas palavras, eu senti que poderia gozar.

As mãos de Zach apertaram minha cintura com mais força, e as pontas de seus dois indicadores puxaram a barra de minha sunga, adentrando um pouco e tocando minha pele ali, fazendo com que eu estremecesse.

Virei o rosto novamente e senti sua boca morder o lóbulo de minha orelha, sugando-o devagar, ao mesmo tempo que ele me apertava mais para intensificar as estocadas.

Meu membro já estava perfeitamente marcado na sunga, e eu sentia que o de Zach também, pois ele cutucava incansavelmente a minha entrada, e aquilo era maravilhoso.

Eu queria senti-lo sem os tecidos atrapalhando, e tive a confirmação de que ele também desejava aquilo após revelar meu desejo em voz alta. Saber aquilo havia feito meu dia, e eu senti um sorriso de lado crescer em meus lábios quando Zach me apertou mais ainda contra si e se movimentou em círculos novamente.

Eu queria gemer, queria que Zach ouvisse o efeito que ele causava em mim, mas ainda havia cinco meninos ali, na nossa frente. E por mais que eles estivessem completamente alheios, eu não arriscaria.

As unhas de Zach cravaram em meus quadris, e senti minhas pernas bambearem. Mexi minha bunda lentamente para cima e para baixo, massageando sua extensão com a pressão que eu estava fazendo, e ouvi Zach arfar baixo perto de meu ouvido, o que me arrepiou totalmente.

Quando as mãos dele agarraram minhas coxas e ele me forçou a me empinar mais, eu comecei a sentir minha sunga molhar mais do que já estava molhada pela água da piscina. A boca de Zach grudou em minha orelha, e ele soltou a respiração ali antes de sussurrar:

— Estava pensando em mim dentro de você, Le? — gemeu baixinho, em seguida, quando eu rebolei lentamente.

Sorri de uma maneira zombeteira e não respondi, decidindo dar aquela resposta para ele depois.

— Piscina! — Chad gritou do nada, correndo para a água com Ryan em seus braços, e logo sumiu dentro dela.

Afastei-me de Zach mesmo sem querer, sentindo meu membro pulsar em protesto, desejando mais daquele contato que estávamos tendo. Zach me lançou um olhar que eu não soube decifrar e logo correu para a piscina, provavelmente para se livrar da ereção entre suas pernas. E eu corri para o banheiro antes que os meninos notassem o volume entre as minhas.

Quando começou a escurecer e a comida já havia acabado, voltamos para o lado de dentro da casa e ficamos conversando na sala. Uriah disse que não havia problema se ficássemos apenas com as sungas nos sofás, que secaria depois, então eu me joguei em um e me deitei ali.

— Vocês estão pegando alguém no momento? — Chad perguntou para ninguém específico.

— Eu não. — Uriah deu de ombros.

— Nem eu — Liam continuou.

— Eu estou. Uma menina que conheci semana retrasada — Wade finalizou.

— Leon — respondeu Zach, surpreendendo-me. E apenas a mim, pois todos os outros assentiram.

Eu entendi, mais cedo, que eles sabiam que estávamos em uma espécie de amizade colorida, mas ouvir daquela maneira da boca de Zach era completamente novo e estranho, principalmente porque ele nunca havia conversado comigo sobre aquilo propriamente. Eu não disse nada, nem Ryan, pois era mais que óbvio para Chad.

— Como vocês se descobriram gays ou bissexuais? — Wade lançou do nada, virando-se para Ryan.

— Por quê? Está sentindo algo? — Ryan se insinuou, passando a mão pelo peitoral de Wade de uma forma engraçada.

— Não, Ryan. Só quero saber. — Ele riu e tirou a mão do menino dali. Chad apenas riu.

— Eu gosto de meninas também. Apenas tenho uma preferência por garotos. Mas eu não me importo muito com isso, sabe? Se eu me sentir atraído pela pessoa, não vou me importar com um detalhe, como o que ela tem entre as pernas ou com que gênero ela se identifica — Ryan começou. — Eu nunca me importei com isso e sempre me senti curioso em saber como seria experimentar de tudo.

— Entendi — Wade murmurou, pensativo.

— Dói dar? — indagou Uriah, arrancando gargalhadas de todos.

Mesmo que eu estivesse rindo, prestei extrema atenção às palavras de Ryan:

— Óbvio! No começo, assim como para uma mulher. Mas depois... Meu Deus, depois é sensacional. Principalmente se o cara souber achar sua próstata. Se ele achar... aí, você verá estrelas.

Mordi a boca, sentindo a curiosidade consumir-me,

como sempre fazia quando eu pensava em tentar coisas novas. Olhei discretamente para Zach e vi seus olhos presos no nada e a boca entreaberta, como se ele pensasse.

Em um certo ponto, eu adormeci no meio da conversa e, quando acordei, eram onze horas da noite e todos os meninos estavam apagados pela sala. Uriah e Liam estavam em duas poltronas, Chad, Ryan e Wade no sofá em formato de "L" e Zach deitado no chão, com a bunda para cima.

Eu sabia que a bunda de Zach não era grande, mas naquela posição ela estava perfeitamente empinada, e suas coxas destacavam-se, me fazendo umedecer os lábios enquanto me sentava no sofá para observar melhor. Ele estava completamente adormecido, com os lábios entreabertos e a cabeça apoiada nos braços.

Sorri e engatinhei até ele, não me importando se o que eu tinha em mente era completamente inapropriado e sujo. Coloquei uma perna de cada lado de seu quadril e me sentei sobre sua bunda, vendo-o se remexer, porém permanecer adormecido. Apoiei as mãos em suas costas e me inclinei, encostando meus lábios em sua orelha e mordendo de leve ali, ouvindo um resmungo de sua parte.

— Zach... — sussurrei, tamborilando meus dedos em suas costas lentamente.

— Hum — murmurou, franzindo o cenho antes de piscar devagar.

— Zach...? — repeti, cravando as unhas onde minhas mãos estavam e sugando o lóbulo de sua orelha, vendo seus olhos abrirem-se rapidamente e ele me encarar, assustado, porém relaxando quando viu que era apenas eu.

— Le? — sussurrou, e eu assenti.

— Queria apenas te dizer algo — disse baixo, forçando minhas coxas em torno de seu quadril e começando a me mover para a frente e para trás lentamente, roçando minha extensão, que começava a endurecer pela adrenalina e o contato com aquele corpo delicioso.

Zach ofegou e apoiou as mãos no chão para se erguer, porém eu o impedi. Empurrei-o, utilizando as mãos que estavam em suas costas, e permaneci inclinado sobre ele, respirando pesado em seu ouvido enquanto me movimentava.

— O-o quê? — gaguejou, e eu me senti em completo controle quando vi seu rosto enrubescer e ele se mexer embaixo de mim, fechando os olhos, apreciando o contato.

Fiquei alguns segundos em silêncio, descendo meus lábios pelo seu pescoço e espalhando beijos ali, enquanto minhas mãos viajaram até sua cintura e apreciavam a finura dela, massageando lentamente, ao mesmo tempo que eu forçava o quadril mais intensamente para a frente, simulando uma estocada funda. Zach arfou, mordendo o lábio inferior, em seguida, para conter o gemido.

— Eu também posso te foder, Zach. E tenho certeza de que você vai adorar — após sussurrar aquelas palavras em um tom extremamente baixo, agarrei a barra de sua sunga e puxei-a para baixo, revelando sua bunda perfeitamente empinada para mim.

Ele emitiu um som surpreso e eu soltei uma risada baixa, apreciando silenciosamente aquela bunda embaixo de meu membro. Umedeci os lábios e levei as mãos até ela, apertando os lados e afastando-os, tendo a perfeita visão de sua entrada rosada. E não foi nem um pouco estranho, foi delicioso.

— Leon... — gemeu baixinho, virando a cabeça para me olhar com as sobrancelhas franzidas. Era visível o quanto ele havia ficado afetado com minhas palavras e meus toques. Sua respiração estava completamente acelerada, assim como a minha, e aquilo me deixou extremamente satisfeito.

Eu não lhe respondi e voltei a ficar sobre ele, roçando meu pau — ainda coberto — totalmente ereto em suas nádegas, pressionando-o nas laterais para, em seguida, prensá-lo no vão entre elas. Comecei a fazer movimentos lentos de vai e vem apoiando as mãos na base de suas costas novamente, olhando em volta rapidamente, para ter certeza de que ninguém havia acordado, para, em seguida, focar na expressão de prazer que Zach exibiu.

Sorri maliciosamente, mordendo meu lábio inferior, em seguida, para controlar o gemido que quis rasgar minha garganta quando a cabeça de meu membro roçou o tecido e a entrada de Zach exposta. Vi Zach tapar a própria boca com uma de suas mãos, enquanto a outra corria até minha coxa, apertando-a com força e me incentivando a ir mais rápido.

Foi o que eu fiz.

Acelerei o ritmo de meus quadris, sentindo-me pingar com a visão de Zach se entregando daquela forma para mim. Gemi baixo, sem controle de meu corpo, e respirei fundo, prensando meus lábios para me impedir de emitir sons mais altos. Seria vergonhoso se nos pegassem naquele momento extremamente íntimo.

Quando Zach se empinou mais, eu já não sabia como reagir, apenas sentia minha boca salivar e meus quadris moverem-se mais rápido conforme minha excitação crescia. Eu não conseguia pensar direito.

Minhas unhas cravaram nas costas dele quando senti seus dedos tocarem a barra de minha sunga. Ele virou o rosto para mim e entreabriu os lábios, soltando um longo arfar antes de sussurrar:

— T-tira... — pediu, gaguejando e voltando a colocar a mão na boca em seguida.

Senti todos os meus pelos eriçarem e fiz o que ele pediu. Levantei-me rapidamente apenas para remover minha sunga, expondo o meu membro completamente duro e pingando para ele. Voltei a me sentar sobre a parte posterior de suas enormes coxas e afastei suas nádegas para roçar meu membro entre elas. Tive que morder meu lábio inferior novamente com uma força indescritível, pois a sensação fora totalmente nova e excitante, a ponto de me fazer revirar os olhos em prazer e estremecer.

Voltei com os movimentos de vai e vem assistindo à deliciosa forma, como o pré-gozo que vazava de mim molhava a entrada de Zach, e eu me sentia tentado a ir além, porém algo me disse que aquele não era o momento certo. Não ali e não com os meninos em volta, podendo acordar a qualquer momento.

Quando percebi, Zach havia virado de barriga para cima e segurava meus quadris. Ele me lançou um sorriso extremamente sapeca, e eu soube o que faria quando ele pegou em seu próprio membro e roçou-o no vão entre minhas nádegas.

Estremeci e sorri de lado, tombando a cabeça para trás, em prazer, quando ele iniciou os movimentos repetitivos, roçando o topo em minha entrada repetidamente.

Então, aquela seria a nossa coisa: revezar.

Eu poderia lidar com aquilo. Definitivamente. Daquele jeito, ninguém passaria fome mais tarde.

Deus, o que eu estava pensando?

Passei as mãos em meu próprio corpo, beliscando meus mamilos em busca de mais prazer, enquanto as mãos de Zach firmavam-se em minha bunda e apertava-a com aquela força deliciosamente absurda que ele possuía.

Abri os olhos e mirei os seus, vendo-o com os lábios abertos e os olhos fixos nos movimentos de nossos quadris. Eu rebolava, agora, sobre ele, para a frente e para trás, porém parei subitamente quando senti os topos de nossos membros se esbarrarem.

Puta que pariu.

Abri a boca, mas nenhum som saiu, assim como Zach, que cravou as unhas em minha pele, enquanto eu fazia o mesmo em seu peitoral. Suspirei pesado, antes de levar uma de minhas mãos até meu membro, e tentei envolvê-lo junto ao seu, mas minha mão não fechava. Então, sem me deixar ser consumido pela vergonha, peguei sua mão e coloquei-a ali, incentivando-o a fazê-lo. Zach sorriu, e eu sabia que, se não estivéssemos excitados, ele me zoaria.

Zach envolveu os dois membros juntos e começou a fazer movimentos, permitindo que ambos sentíssemos o quanto estávamos duros um pelo outro, um contra o outro.

Arfei e contorci meus dedos dos pés quando ele pressionou minha glande e fez movimentos circulares. Arqueei a coluna e comecei a me mexer novamente, fodendo a sua mão, assim como ele começou a fazer alguns segundos depois.

Nossos pré-gozos se misturavam, e eu sentia minha veia saltada pressionar a sua, que, coincidentemente, estava no mesmo lugar. Puxei meus próprios fios de cabelo e deixei meu queixo cair quando os tremores familiares me dominaram e os espasmos começaram a percorrer meu corpo, arrepiando cada fio deste. Travei a respiração, para não gemer, e senti a saliva se acumular em minha boca, me permitindo, finalmente, chegar a um orgasmo delicioso ao mesmo tempo que Zach.

Quando olhei para baixo novamente, pude ver a porra misturada sobre seu tronco e seu rosto, e ele parecia extremamente satisfeito com aquilo. Sorri, umedecendo os lábios, e me inclinei sobre ele, passando minha língua lentamente pelo gozo em seu queixo para, em seguida capturar o que estava em seus lábios, mas Zach me impediu, me beijando antes que eu o fizesse.

Eu ia aprofundar o beijo e, quem sabe, iniciar algo mais, mas um som impediu-me, e quando olhei para o lado, Ryan coçava os olhos e bocejava.

Arregalei os olhos e me levantei rapidamente, pegando minha sunga e correndo em direção às escadas, enquanto Zach fazia o mesmo, todo atrapalhado por estar completamente sujo e não poder fazer muito barulho.

Entrei em meu quarto e fechei a porta, respirando de maneira ofegante e encostando-me nesta.

O que eu acabei de fazer, meu Deus?

GAROTOS NA FRATERNIDADE

GAROTOS NA FRATERNIDADE

05

GAROTOS N

NAQUELA MANHÃ EU ACORDEI DECIDIDO.

Falaria com Zach.

Eu conversaria com ele e tiraria a limpo tudo aquilo que estávamos fazendo. Eu deixaria claro que meu desejo não era parar com tudo aquilo, mas sim entender. Queria saber se ele continuaria me puxando para fazer coisas indecentes e depois disso fingiria que nada tinha acontecido e agiria normalmente, comentaria até mesmo com os outros que tinha me beijado e feito outras coisas, mas nunca chegaria em mim para conversar sobre.

Talvez ele tivesse medo, como eu, de acabar entrando em um terreno perigoso, que pudesse fazer com que nos estranhássemos. Talvez ele não quisesse, assim como eu, acabar com a incrível amizade que sempre tivemos.

Mas eu precisava saber. Precisava, principalmente, saber até quando continuaríamos com aquilo e se continuaríamos.

Quando acordei no dia seguinte, foi por causa dos barulhos que vinham do andar debaixo e que me fizeram ter certeza de que estava para acontecer uma guerra naquela casa. Suspirei, bagunçando meus cabelos com a mão, e me levantei, vestindo uma blusa e uma calça qualquer, descendo, em seguida, e parando na porta da cozinha após ter uma visão um tanto cômica: Chad e Uriah brigavam por um saco de farinha, Liam batia com a colher de pau nas costas de Wade e Ryan observava tudo bebendo um copo de café. Zach não estava ali.

— O que está acontecendo? — perguntei, bocejando após proferir as palavras.

— Não tem comida. Uriah disse que sabe fazer pão, mas Chad disse que ele vai explodir o fogão se tentar. Wade queria fazer leite com achocolatado, mas Liam diz que é horrível porque faz muito mal pra saúde e a empresa usa trabalho escravo. E eu estou bebendo meu café — Ryan disse tudo em um fôlego só, dando um longo gole em sua bebida em seguida.

— Vocês são um bando de crianças. — Eu ri baixo, me aproximando e pegando o saco de farinha das mãos dos dois garotos, que cruzaram os braços, emburrados. — Nem parece que são universitários. — Abanei a cabeça negativamente, pegando a colher de pau da mão de Liam e colocando-a sobre a pia.

— Mas… — Wade ia dizer algo, mas o impedi, fazendo um sinal com a mão.

— É o seguinte: vou comprar pão e mais algumas besteiras em algum lugar aqui perto. Tem alguma padaria no bairro? — perguntei para Uriah, e ele assentiu.

— Pode pegar meu carro se quiser, porque é um pouco afastado, mas é apenas uma reta para a direita — explicou, e eu assenti, pegando a chave de suas mãos quando ele a tirou do bolso e a estendeu para mim. Em seguida, saí da cozinha e fui seguido por eles.

— Querem alguma coisa específica? — perguntei enquanto procurava pelos meus chinelos no cômodo.

— Queijo.

— Pão.

— Pão de queijo.

— Sonho.

— Leite.

Assenti, anotando todos os pedidos mentalmente e virando-me quando estava parado na porta, vendo todos os olhares sobre mim.

— Onde está Zach?

Assim que as palavras deixaram minha boca, eu vi cinco sorrisos maliciosos se formarem nos malditos lábios daqueles meus malditos amigos. Observei Ryan e Chad trocarem um olhar suspeito antes deste último me responder:

— Dormindo ainda. Parecia bem cansado.

Dei de ombros, mesmo estranhando o tom de sua voz, e assenti, saindo da casa.

Aproveitei a chance de ir à padaria para poder pensar melhor nas palavras que eu diria para Zach. Seria difícil pensar em algo coerente na hora, porque eu tinha certeza de que teria aqueles olhos escuros sobre mim e duas sobrancelhas franzidas em minha direção.

Suspirei, me sentindo ansioso, e entrei no carro de Uriah, dando partida no motor e seguindo a reta que ele havia indicado, sempre observando os arredores, à procura de uma padaria. Quando avistei a tal, estacionei o carro no paralelepípedo e saí, trancando-o para entrar na loja.

Ouvi um sininho soar quando abri a porta e agradeci mentalmente pelo estabelecimento estar vazio. Daquele jeito eu poderia pensar melhor. Então, enquanto eu estava pegando alguns pães e colocando-os em uma daquelas sacolas de papelão, comecei a falar baixo, tentando montar meu futuro discurso:

— Zach... — comecei, mas logo abanei a cabeça. — Muito sério. Hum... Z? Isso! — assenti sozinho, fechando a sacola após colocar um décimo pão dentro dela. — Eu queria entender o que... Eu queria saber o que… — Fiz uma careta. — Eu queria que conversássemos sobre, hum… — suspirei, frustrado, fechando os olhos e abraçando a sacola de pão. — Z, podemos conversar sobre o que estamos fazendo? — bufei. — Argh, eu sei que ele vai se fazer de idiota! Preciso ser mais direto.

— Está tudo bem?

Dei um pulo, quando ouvi uma voz feminina, e me virei para trás, com os olhos arregalados e apertando o saco em meus braços. Os meninos teriam que comer os pães amassados. A garota parecia trabalhar ali, pois vestia um vestido vermelho simples com aqueles aventais que pegam somente do quadril até os joelhos. Ela me encarava como se eu fosse um louco.

Dei um sorriso forçado e ajeitei meu cabelo, apoiando o peso de meu corpo em apenas uma perna e retribuindo o olhar.

— Ahm... Está sim. — Desci meu olhar até o crachá em seu vestido: Lydia. Ela parecia meio desconfiada, porém assentiu.

— Estava falando sozinho? — perguntou, curiosa, ajeitando seu rabo de cavalo enorme.

— Não acha que está perguntando demais? Nem me conhece — disse, sem soar tão rude e sorrindo de lado no final.

Ela sorriu também, abanando a cabeça, e pensei que, se fosse algumas semanas atrás, eu não perderia tempo em dar em cima daquela garota que era alguns bons centímetros mais alta que eu. Porém, naquele momento, eu não tinha absolutamente nenhuma vontade de fazê-lo. Não possuía aquele tipo de vontade desde que havia beijado Zach.

— Não conheço, mas também nunca te vi aqui. A cidade é pequena e quase todo mundo vem nessa padaria. Ou seja, você não é daqui — adivinhou, sorrindo mais uma vez, e eu assenti, rindo baixo. — Então, por que não aproveita e treina o que estava falando comigo?

— Você é estranha. Eu poderia ser um psicopata. — Arqueei uma de minhas sobrancelhas.

— Você parece fofinho. Certeza de que não é nenhum dos dois — tentou.

— As aparências enganam. — Dei de ombros, mas assenti. — Tudo bem, não fará mal treinar com você. Mas antes, me mostre onde está o leite?

Ela assentiu e fez um sinal com a mão, indicando para que eu a seguisse. Acompanhei-a em silêncio, ainda repassando palavras que eu poderia utilizar em mente. Não vi mal em treinar com aquela desconhecida. Afinal, nunca mais a veria em minha vida, e era sempre bom ter alguém que pudesse lhe dizer como estava indo com suas tentativas.

— Aqui, o leite. — Ela indicou a prateleira, e eu dei um jeito de pegar três caixas e equilibrá-las em meus braços. — Agora é contigo. — Ela bateu palmas, como se estivesse ansiosa para saber o motivo de eu estar falando sozinho alguns minutos antes.

Eu ri baixo e assenti, respirando fundo antes de soltar o que me vinha em mente:

— Tudo bem... Hum, Zach, coisas vem acontecendo

entre nós dois, essas últimas semanas, e eu não vou mentir: tudo foi maravilhoso, amei cada segundo e não me importaria que mais daquilo aconteça. Porém, você nunca comentar nada, nunca me puxar para uma conversa sobre tais coisas e agir como se elas não tivessem acontecido me incomoda. Ontem você até admitiu em voz alta que estava ficando comigo, mas não é a mesma coisa que você chegar pra mim e dizer com todas as palavras. Você não me diz o que quer, não me diz o que vai ser de nós, e isso me atrapalha. Mentalmente. Continuaremos sendo melhores amigos que se pegam e nunca falam sobre? Mas e se... E se essa coisa acabar e quisermos ficar com outras pessoas? E-eu... — comecei a me perder em meio a minha fala e bufei, olhando em volta e não encarando a garota em minha frente, por me sentir um pouco envergonhado de ter me aberto daquela maneira.

— Posso lhe perguntar algo? — Ela questionou depois de alguns segundos em silêncio, e eu assenti. — Por que você nunca foi falar com ele e só está indo agora?

— Eu não tinha coragem, tinha medo de dizer algo errado. Sempre fui meio impulsivo, sempre soltei coisas das quais me arrependi depois, e tinha medo de dizer algo que poderia acabar com tudo. Ainda tenho esse medo — tentei me explicar, mas vi que aquilo não a havia convencido.

— O que você quer com esse tal Zach? Quer namorá-lo? Quer apenas uma amizade colorida?

Eu não soube o que responder. Porque, na verdade, eu não sabia.

— No momento, quero apenas uma conversa decente com ele. — Ri baixo junto à morena, que abanou a cabeça e umedeceu os lábios cheinhos, como se pensasse.

— Talvez ele também tivesse esse mesmo medo que você. — Ela deu de ombros, e eu assenti. Era o que eu tinha pensado mais cedo, mas ter alguém dando aquela possibilidade parecia melhor. — Ele sempre foi alguém que conversou sobre tudo?

— Depende do assunto. Ele sempre foi meio tímido, então eu costumava me abrir antes sobre algum assunto, e ele o fazia depois — expliquei, e ela assentiu, se apoiando na prateleira de leite ao nosso lado.

— E o que aconteceu para vocês terem começado com isso?

— Um desafio — respondi simplesmente, olhando em volta, à procura de alguma cesta que pudesse me ajudar com todo o peso que tinha nos braços.

— E vocês continuaram depois, mas nunca conversaram sobre, entendi. — Ela ficou em silêncio por alguns segundos, com seus dedos enrolando-se em seu avental. — Está com ele hoje?

Assenti.

— E vai conversar com ele hoje, certo?

Assenti novamente.

—Vou ter que arrumar alguma maneira de isolá-lo dos outros garotos — disse mais para mim do que para ela.

— A melhor maneira de impedir que essa conversa acabe com a amizade de vocês é não usar tons que possam iniciar uma briga. E se ele fizer isso, o beije. — Ela deu de ombros de novo, como se fosse o mais simples a se fazer.

— Vou me lembrar disso — murmurei.

—Agora, se ele quiser realmente acabar com a amizade depois de tudo, é um idiota. Até porque nada que aconteceu foi feito só por você. — Ela apontou o dedo em meu rosto, como se estivesse me dando uma bronca, e eu ri, assentindo. Ela me lembrava Hayley.

A atendente sorriu e ia dizer algo a mais, porém seus olhos ficaram presos em algo atrás de mim, e quando me virei, vi uma menina apoiada no balcão. Ela tinha os cabelos curtos, castanhos que quase puxavam para o loiro, e era bem mais baixa que Lydia. Quando me virei para esta novamente, ela parecia ansiosa.

— Você vá se resolver com seu macho que eu vou me resolver com minha fêmea. — Ela piscou para mim e caminhou até a garota, exclamando seu nome antes de tropeçar em uma caixa com alguns suplementos da padaria: — Yeri!

Eu ri baixo e fui pagar o que havia comprado, lembrando-me de pegar todos os pedidos dos meninos antes de deixar o estabelecimento.

No caminho de volta, estava ainda mais decidido em me abrir para Zach. Lembrei-me das últimas palavras de Lydia, e ela tinha toda a razão: se ele arranjasse uma maneira de terminar a amizade porque eu quis que a gente resolvesse o que estava acontecendo, ele era um idiota, certo? Melhores amigos não se separavam por coisas bobas. Eles não deveriam se separar por nada. Eles deveriam sempre procurar alguma maneira de resolver o problema.

Cheguei à casa do tio de Uriah e, após estacionar o carro e pegar todas as sacolas, adentrei o local, sendo abordado por Chad, que alegava estar completamente esfomeado e reclamava de minha demora.

Ignorei suas palavras, rindo baixo, e fui para a cozinha, passando o olhar rapidamente pelos meninos jogados no sofá e percebendo que Zach havia acordado. Sorri para ele, que retribuiu automaticamente, com os olhos inchados pelo sono, dando um ar totalmente fofo ao sorriso.

Enquanto eu preparava a mesa do café, todos os meninos entraram na cozinha e sentaram-se nas cadeiras, esperando, como crianças famintas, a comida ser posta.

— Tem mais café? — Zach perguntou, segurando minha camisa, como uma criança, quando me aproximei para colocar os sonhos na mesa. Eu olhei para baixo e quase me derreti com aquele olhar inocente. Nem parecia que meu pau estava quase dentro de sua bunda na noite anterior.

— Vou fazer, Zach — murmurei baixo, em resposta, e virei-me para preparar mais café.

Enchi uma garrafa com o líquido preto e quente e sentei-me ao lado de Ryan na mesa, em frente a Zach.

Enchi meu copo e entreguei a garrafa a ele, porém Ryan pegou antes que Zach pegasse.

— Mais velhos primeiro — Ryan resmungou, piscando para Zach e enchendo seu copo, até a boca, com o café.

— Isso é *bullying* — Zach murmurou, emburrado, pegando a garrafa quando Ryan acabou.

— *Bullying* foi vocês terem me deixado excitado ontem.

O copo de café parou no meio do caminho até a minha boca, e eu virei os olhos até Ryan após ouvir suas palavras. Senti todo o meu rosto esquentar de vergonha e cocei a garganta, franzindo o cenho para tentar disfarçar.

— Do que está falando? — tentei não vacilar em meu tom, porém sentia minha garganta secar para completar o vermelho de meu rosto.

— Do beijo de vocês, ué — respondeu, dando de ombros, porém eu vi a sombra de um sorriso malicioso em seus lábios e tive quase certeza de que ele estava brincando com nossa cara. Principalmente depois de ouvir a risada de Chad.

— Ah, sim — disse baixo.

Meus olhos voaram rapidamente até Zach, e ele parecia nem ter ouvido as palavras de Ryan, ocupado demais em passar perfeitamente a manteiga em seu pão, sem deixar nenhum espaço sobrando.

Eu engoli em seco e decidi não me importar muito com a possibilidade de algum dos meninos ter visto aquele momento de indecência no dia anterior. Aquela não deveria ser e não era minha preocupação do momento.

Quando acabamos de comer, Uriah foi com Wade, Chad e Ryan para a piscina, mesmo após Liam insistir que fazia extremamente mal entrar na água após comer e que eles poderiam passar mal. Eles não se importaram e foram, enquanto Liam decidiu que ia dormir novamente.

Eu ainda estava sentado na mesa, encarando minha xícara de café vazia, e quando vi Zach se levantar após acabar de comer, apressei-me e levantei-me também. Ele me olhou com as sobrancelhas arqueadas, estranhando a minha movimentação extremamente rápida. Eu cocei a nuca e respirei fundo, tomando coragem e soltando:

— Preciso falar com você.

Ele apenas assentiu e sorriu. Não sei se entendeu sobre o que eu estava querendo conversar, e se entendeu, não parecia nem um pouco preocupado, como eu ficava normalmente, ao ouvir aquelas quatro palavras.

Segui para meu quarto com Zach em meu encalço, e após ambos entrarmos no cômodo, fechei a porta e ele se sentou em minha cama, com as pernas cruzadas e os olhos fixos em mim.

— Sobre o que quer conversar? — perguntou, agarrando seus pés com as mãos e balançando-se para a frente e para trás, como uma criança.

— Você faz de propósito? — soltei, cruzando os braços e apoiando-me na porta, tentando ter a pose que eu não tinha.

Ele franziu o cenho.

— Faço o quê? — Tombou a cabeça para o lado, como um cachorro confuso. Deus, eu vou bater nele.

— Isso tudo. Você faz de propósito? Você se finge de desentendido? Você me faz de idiota? Porque é o que tem parecido nos últimos dias.

Ele me encarava, enquanto eu começava a gesticular e soltar as palavras. Ele me conhecia e, provavelmente, sabia que teria de esperar para falar. Quando eu começava a lançar várias perguntas e frases, ele sabia o que fazer.

— A gente ficou, Zach. A gente se beijou.

— Eu sei. Eu me lembro.

— A gente se beijou, depois de anos juntos sem nunca ter considerado essa hipótese.

— Eu...

Interrompi-o:

— A gente sempre ficou com meninas e, de repente, se beijou, eu te chupei, você me chupou, batemos punheta um para o outro e, porra, ontem quase transamos! O meu problema, sinceramente, não é o fato de você ter um pau, porque eu descobri que gosto muito desse fato e ele não me incomoda. — Comecei a andar de um lado para o outro, sem o encarar.

— Eu...

Mas interrompi-o novamente:

— O meu problema é que você nunca deu as caras para mim depois de algo desse gênero ter acontecido! Não deu as caras do jeito que eu queria! Não falou comigo, não conversou nem veio até mim para definirmos aquilo que estamos tendo! — Minhas palavras saíam cada vez mais altas e meus gestos ficavam cada vez maiores.

— Leon, eu...

Virei-me para ele e apontei o dedo em seu rosto.

— Quieto. Eu estou falando — exclamei, colocando as mãos na cintura em seguida, como uma mãe que estava para dar uma bronca. — Você sabe como foi difícil para mim? Te beijar, te masturbar, te chupar, querer cada vez mais tudo isso, querer cada vez mais transar com você até minhas pernas pararem de funcionar, mas ao mesmo tempo, estar me remoendo? Porque, porra! Você é meu melhor amigo, e isso tudo aconteceu do nada!

Eu estava começando a perder o fôlego, mas estava querendo aproveitar aquele banho de coragem que tinha tomado sem saber.

— Você não veio até mim e disse que, poxa, é algo bom me beijar e que você quer continuar, mas que também quer ficar com outras pessoas, ou simplesmente falar sobre o fato de tudo isso ter sido uma completa loucura inesperada!

— Leon! — ele gritou de repente, me assustando e atraindo meu olhar até seu rosto. — É a minha vez.

Eu franzi o cenho, com um bico surgindo em meus lábios, e abanei a cabeça negativamente.

— Sim, é a minha vez.

— Nã... — tentei, mas fui interrompido.

— Não! Você não quer que eu fale? Eu vou falar, posso?

Respirei fundo e assenti, cruzando os braços novamente e assistindo a Zach se levantar e se aproximar de mim para ficar em minha frente.

— Me ouça, tudo bem?

Assenti.

— Eu não fui te abordar porque, assim como você tinha um certo receio de vir até mim e só o fez agora, eu também tinha. Medo de soltar alguma coisa que pudesse te fazer repensar sobre nossa amizade.

Abri a boca para responder, mas ele fez um sinal com a mão, então a fechei.

— Sabe por quê? Porque aquele desafio não foi a primeira vez que eu tive vontade de te beijar.

O quê?

— Antes, eu já tinha sentido. A primeira vez foi, na verdade, no dia que eu dei meu primeiro beijo. Lembra? Quando tínhamos quinze.

Eu assenti, mesmo estando completamente perturbado pelas suas palavras.

— Eu senti vontade de te beijar naquele dia, quando te vi tomando aquele maldito sorvete e deixando seus lábios completamente saltados na cantina da escola. E aí, arrumei um jeito de abordar aquela garota que gostava de mim, para ver se aquilo era apenas uma ansiedade de ter o meu primeiro beijo. E, bem, não era.

Ele virou de costas para mim e começou a andar pelo quarto.

— Não ia te dizer aquilo, nossa amizade tinha apenas começado e eu não queria correr o risco de acabar com ela assim tão rápido. Não sabia se você ia gostar de saber aquilo e não queria arriscar. Então, eu guardei para mim. Guardei todas as outras vontades que surgiram em meu ser e ignorei-as até aquele dia da festa.

Ele passou a mão pelos seus fios bagunçados e virou-se para mim novamente. Eu estava travado.

— Fiquei com medo de você me rejeitar na frente de todos. Até porque eu sou um homem, e a vida inteira você ficou com mulheres e nunca deu indício de que queria ficar com algum homem ou comigo.

— E você deu algum indício de que queria ficar comigo? Antes do desafio? — acabei soltando em um murmúrio.

Ele me olhou e riu baixo. Irônico.

— Leon? Você é cego? — disparou, se aproximando de mim e segurando meus ombros, me encarando nos olhos. — Por que acha que nossos amigos sempre desconfiaram de nós? Por que acha que eu sempre fui grudado em você? Por que acha que sempre fiz questão de afeto físico, beijos na testa, abraços? — disse tudo de uma vez, me sacudindo pelo ombro, e eu somente o encarava, sem saber o que dizer. — Amizades masculinas raramente são desse jeito, Leon.

— E-eu... — tentei, mas nada saiu, e ele abanou a cabeça.

— Eu não terminei. — Soltou meus ombros, mas permaneceu ali, em minha frente. — Depois que ficamos pela primeira vez, eu não te abordei para conversarmos sobre porque tinha medo de acabar com aquilo que estávamos tendo. Sabia que você estava em um surto interno, eu vi em suas ações e seu modo de agir. E esse receio de falar com você aumentou depois que me correspondeu naquele dia, no seu quarto. No dia em que a gente se punhetou...

Ele acabou soltando uma risada nasal no fim de sua frase, por causa da escolha de palavras, e eu não me contive, sorrindo minimamente.

— Eu queria aproveitar enquanto você não me empurrava para longe e dizia que gostava de garotas e que nós éramos melhores amigos e era errado. Mas, surpreendentemente, a sexualidade não foi um problema.

— Não, não foi. Fiquei até surpreso comigo mesmo,

admito, mas eu realmente não me senti incomodado — consegui dizer, vendo Zach assentir. — Foi estranho, no começo, eu, de repente, estar sentindo vontade de ter você me fodendo contra qualquer canto, mas nada demais — resolvi brincar, descontraindo ainda mais o momento após um começo de conversa tenso.

— Eu sinto isso desde os quinze anos. — Ele deu de ombros, e acabamos rindo juntos.

— E você... nunca ficou com outro garoto? — perguntei por curiosidade. — Digo... Você sentiu vontade de ficar comigo, mas... tentou com algum outro garoto?

Ele assentiu:

— Chad.

— O quê? — gritei. Como assim? Como assim Chad?

De repente, o motivo daquele maldito ter rido de mim quando eu queria conversar, o motivo dele ter tanta certeza de que eu conseguiria algo com Zach, o motivo dele ter feito o desafio... tudo ficou claro em minha mente. Aquele maldito realmente sabia!

— Ele sabia que você tinha essa vontade? De ficar comigo? — Tive a confirmação quando Zach assentiu. — Aquele filho da mãe! Ele ficou me zoando quando tentei conversar com ele! — Sacudi meus braços, indignado com Chad.

— Você tentou falar com ele? — Zach perguntou, com um sorriso aparecendo em seus lábios, enquanto ele tombava a cabeça para o lado.

— Você não tem noção. Falei com Dylan, Chad e até mesmo com uma estranha na padaria. — Abanei a cabeça e puxei meu cabelo para trás, suspirando. — Foi frustrante.

— Frustrantes foram os anos que passei querendo te ter, e só depois de um desafio do Chad que eu consegui.

Zach aproximou-se mais, envolvendo os braços em minha cintura e apoiando o queixo em minha cabeça. Sorri e enterrei a minha em seu peitoral, abraçando-o também.

— Mas e o Ryan? — perguntei, lembrando-me do outro.

— Eles não namoravam ainda. Ryan assistiu — explicou, e eu me afastei para encará-lo, abrindo a boca em surpresa.

— Ficou com ele também? — Soltei seu corpo, e ele riu com minha reação.

— Ciúme?

Dei um tapa em seu peito pela provocação.

— Não fiquei, não.

— Você sabe que sinto ciúmes de você com ele. Vocês são muito próximos — resmunguei, e Zach riu baixo, me puxando novamente para ele.

— Sim, somos. Mas nunca vamos ser como eu e você. — Ele beijou minha testa.

— Espero mesmo — murmurei, emburrado, e ele riu novamente. — Mas, Zach...? — Afastei-me novamente, apoiando minhas mãos em seu peitoral e erguendo o queixo para encará-lo.

— Sim? — Suas mãos apoiaram-se nas minhas, acariciando meus dedos.

— Vamos continuar com essa... amizade colorida? Ou...? — incentivei.

— Eu quero continuar com você. Quero continuar te beijando, te tocando. Eu não sei se essas vontades vão se elevar para algo mais... romântico. — Engoli em seco com a última palavra e vi que ele também ficou um tanto nervoso. — Não sei se estamos prontos e se queremos isso no momento, mas se, em algum momento, um de nós quiser... é só abordar o outro para conversar.

Assenti rapidamente. Ele tinha razão: a solução para tudo era uma conversa.

— Então, podemos ficar com outras pessoas também? — Fiz uma careta pela minha própria pergunta.

A ideia de Zach com outra pessoa não me agradava nem um pouco, mas eu realmente não queria pensar naquela sensação naquele momento.

— Você quer ficar com outras pessoas? — Ele encarou-me seriamente.

— Você ficou com outras pessoas depois de mim? — disparei de volta, e ele negou. — Não, não quero ficar com outras pessoas.

— Ótimo!

— Ótimo!

— Isso quer dizer que não precisamos de camisinha?

— Estou limpo.

— Eu também.

— Bom.

— Bom.

— Posso te beijar agora?

— Pode.

As mãos dele voaram para minha cintura e ele me puxou contra seu corpo, chocando seus lábios contra os meus. Levei minhas mãos até seus ombros, segurando o tecido de sua camisa ali, e fechei meus olhos, suspirando audivelmente por sentir aquela boca de boneca colada na minha. Nada superava aquela sensação.

Senti a língua dele contornar meu lábio inferior e entreabri os lábios, permitindo que ele começasse a explorar cada canto de minha boca, enquanto eu tombava a cabeça para um lado e ele para o outro, intensificando o ósculo.

Puxei um pouco de sua camisa para baixo e arranhei sua pele que ficara exposta, subindo até seu pescoço, em seguida, e parando em sua nuca, entrelaçando os dedos em seus fios de cabelo naquela área e puxando-os para trás lentamente, ao mesmo tempo que mordia seu lábio inferior.

Zach soltou um arfar delicioso, que me fez sentir aquele incômodo delicioso em minha virilha, me instigando a continuar com aqueles toques que, visivelmente, o enlouqueciam.

Suas mãos desceram até minha bunda, e ele apertou minhas nádegas com força, me puxando contra ele e encostando nossas pélvis, esquentando aquele momento ainda mais.

Suguei seu lábio inferior e deixei um gemido baixo escapar com seu aperto, movimentando meu quadril lentamente contra o seu.

— Você adora isso, não é? Quando eu aperto sua bunda assim — ele sussurrou rouco contra meus lábios, mordendo o meu inferior assim como eu havia feito, causando arrepios em todos os cantos de meu corpo.

— Sim, Zach... — decidi provocar usando palavras, assim como ele. Queria ver se o enlouquecia tanto como fazia comigo.

Puxei novamente o cabelo de sua nuca e arrastei meus lábios até sua orelha, assoprando de leve seu lóbulo após lambê-lo lentamente.

— E eu amo quando você usa palavras sujas comigo — sussurrei, mexendo novamente meu quadril quando ele apertou minha bunda, outra vez, como reflexo. — Isso, Zach — gemi perto de seu ouvido.

— Você gosta? Gosta quando eu falo sujo com você?

Ele começou a caminhar, me segurando firme pela cintura e me prensando na parede assim que estava perto o suficiente de uma. Ofeguei pela brutalidade, me arrepiando quando ele roçou nossos lábios e escorregou suas mãos para a parte posterior de minhas coxas.

Assenti a sua pergunta, descendo minhas unhas até seus braços fortes expostos, arranhando-os e marcando-os. Zach sorriu maliciosamente, abanando a cabeça negativamente. Eu franzi o cenho, confuso, mas entendi quando sua mão subiu até meu rosto, segurando meu maxilar com firmeza e obrigando-me a olhá-lo nos olhos.

— Eu quero palavras.

Ofeguei, fechando os olhos e apreciando a forma como aquela autoridade me deixava excitado. Abri-os novamente e olhei no fundo dos seus, vendo suas pupilas dilatas, assim como as minhas, provavelmente, também estavam.

— Eu amo quando fala sujo comigo, Zach — sussurrei, segurando o seu pulso, que estava em meu maxilar, e entreabrindo os lábios após umedecê-los, atraindo a atenção deles para aquela área de meu corpo.

— E o que mais você gosta? Me diga exatamente,

pra que eu possa fazer tudo certinho para você... — disse lentamente, roçando nossos lábios devagar, fechando os olhos e ofegando quando mordi seu lábio inferior.

Desde quando havíamos ficado tão falantes em momentos como aquele?

— Eu gosto quando você é bruto — confessei, tombando a cabeça para o lado e tremendo levemente quando ele lambeu meu lábio inferior.

Ele assentiu, me incentivando a continuar.

— Gosto quando você brinca com minha boca e, hum... eu amei a forma como você enterrou seu pau nela.

Arfei com a lembrança, assistindo a Zach revirar os olhos, em prazer, e sorrindo com isso, sentindo sua outra mão me puxar pela cintura para deixar nossos corpos — se possível — mais colados.

— Eu amo quando você me pega desse jeito, sim, oh... — continuei e soltei um gemido quando ele apertou minha cintura e movimentou sua pélvis contra a minha, roçando nossas semi ereções evidentes.

Sua mão, que estava em meu maxilar, escorregou até meu pescoço quando ele começou a espalhar beijos pela minha bochecha. Seus dedos firmaram-se na pele de meu pescoço, sem apertar muito, apenas fazendo uma pressão deliciosa e intensificando o calor que seus beijos lentos e molhados causavam. Fechei os olhos e suspirei audivelmente.

— E eu definitivamente amo quando você faz isso. — Apertei minha mão em volta de seu pulso, e a pressão de seus dedos aumentou um pouco, ao mesmo tempo que ele mordiscou meu maxilar.

Mexi meu quadril em círculos contra o dele e grunhi, me sentindo a ponto de ficar completamente excitado. Zach sorriu maliciosamente, investindo sua pélvis brutamente contra a minha, e escorregou seus lábios até minha orelha. Gemi baixo com o contato entre nossos corpos, tombando um pouco a cabeça para o lado e dando livre acesso para ele.

— Você vai amar ainda mais quando eu estiver dentro

de você, Leon... — o sussurro rouco pareceu entorpecer meus sentidos, me fazendo estremecer em seus braços e suspirar de uma maneira completamente submissa.

Eu finalmente teria Zach completamente.

Antes que pudesse abrir a boca para responder, suas mãos me pegaram firme pelo quadril e me ergueram, me jogando sobre o colchão. Ofeguei, surpreso, e me apoiei nos cotovelos, fixando meus olhos nele e assistindo à forma como ele começou a puxar o tecido da camisa para cima.

Umedeci meus lábios, ao ver seu tronco completamente exposto, e quase gemi com a visão de suas coxas fartas quando ele removeu a calça.

Impedi-o de tirar a cueca e puxei-o pelo pulso, fazendo com que ele subisse na cama enquanto eu me afastava, me encostando na cabeceira e ficando meio deitado.

— Fica em pé na minha frente — eu disse simplesmente, e ele, provavelmente, entendeu o que eu queria. Deixou seu membro bem em frente ao meu rosto pela posição que eu havia indicado.

Sorri maliciosamente para ele e agarrei suas coxas, cravando minhas unhas nelas e subindo lentamente até parar na barra de sua boxer, puxando o tecido lentamente para baixo para, enfim, revelar seu membro, que saltou para fora do tecido e se chocou contra minha bochecha.

Mordi o lábio inferior e olhei-o nos olhos quando mexi o rosto para o lado e passei a ponta da língua ao redor de sua glande. Zach arfou e segurou a cabeceira da cama firmemente, sem desviar seus olhos dos meus. Eu vi a forma como sua pupila dilatou-se com meu gesto, e aquilo me motivou.

Tirei por completo sua cueca, jogando o tecido longe, e segurei seu membro pela base, roçando a glande nos meus lábios, como um batom, antes de entreabrir a boca e envolvê-la, sugando lentamente. Comecei a fazer movimentos para cima e para baixo com minha mão e coloquei mais de seu membro em minha boca, salivando ao máximo que podia para molhar sua extensão, apreciando os sons molhados e pornográficos misturados aos gemidos deliciosos de Zach.

Quando estava com metade de seu membro em minha boca, minha mão desceu até sua coxa, e eu ergui os olhos novamente até os seus, arqueando uma sobrancelha, como se o desafiasse a fazer algo. Pressionei a língua em uma veia saltada e arrastei meus lábios lentamente ao longo de seu falo, provocando-o e incentivando-o a fazer o que eu sabia que ele queria fazer.

Minhas mãos prenderam na parte posterior de suas coxas fartas quando senti as dele pegarem em meus fios de cabelo, começando a me puxar para a frente e para trás, forçando todo o seu pau para dentro de minha boca. Prendi a respiração e deixei a língua pressionada na sua veia sensível, sugando com o máximo de força que eu conseguia, criando vincos em minha bochecha e deixando o espaço em minha boca cada vez menor.

Zach gemia de maneira rouca, enquanto seus dedos se enrolavam em meus fios, e quando ele puxou com mais força, acabei gemendo contra seu sexo, enviando vibrações que o fizeram tremer.

Agarrei suas coxas com mais força, com medo dele acabar caindo sobre meu corpo, mas Zach conseguiu manter-se firme. Continuei com aqueles movimentos por um tempo, porém quando o ritmo de seu quadril começou a aumentar, e ele gemeu com mais frequência, fodendo minha boca mais intensamente, eu apertei suas coxas e afastei-o. Ele franziu o cenho, e eu o encarei, sorrindo de lado e limpando o pré-gozo mesclado com saliva que escorria pelo meu queixo.

— Não quero que goze agora — murmurei, e ele assentiu, ofegando e fechando os olhos por alguns segundos, para logo abri-los, ao mesmo tempo que a boca, como se quisesse dizer algo. — O que foi? — perguntei, curioso, quando o vi hesitar.

— Posso tentar algo?

Eu quase ri por causa do momento nostálgico.

— É claro! — desta vez, não perdi tempo em responder.

Zach sorriu de lado e abaixou-se, abrindo minhas pernas e colocando-se entre elas, me beijando lentamente e começando a abrir os botões da calça. Senti arrepios pela minha espinha e correspondi ao beijo lento, sorrindo entre este quando ele puxou minha calça para baixo. Ele teve que sair de sua posição rapidamente para jogar a peça longe, mas logo em seguida, voltou a juntar nossas bocas com mais voracidade, com sua língua invadindo minha boca rapidamente e movimentando-se por esta de um jeito afobado que me fez tremer. Senti seus dedos brincarem em minhas coxas, puxando o tecido de minha cueca, e eu agarrei sua nuca com ansiedade, cravando as unhas ali e suspirando contra sua boca, me arrastando um pouco para a frente, em busca de mais contato com seu corpo.

— Tira isso logo — resmunguei contra sua boca, mordendo seu lábio inferior com força, quando ele riu baixo por causa do meu desespero.

Ele assentiu, após resmungar um palavrão pela mordida, e puxou minha cueca para baixo, saindo de sua posição para deixá-la em qualquer canto. Seus olhos percorreram meu corpo, e eu me senti extremamente bem quando ele lambeu os lábios de uma forma faminta, se abaixando para espalhar beijos pelas minhas coxas. Arrepiei-me e levei minhas mãos para seu cabelo, pensando que ele me chuparia.

Bem, não foi isso que ele fez.

Ou melhor, *não foi o que eu achava que ele chuparia que ele chupou*.

— Vira de bruços — pediu, levantando seu olhar até mim.

Eu arqueei uma sobrancelha, me sentindo nervoso de repente, mas assenti.

Engoli em seco e, quando ele me deu espaço, me virei de bruços na cama, me apoiando nos cotovelos e sentindo-me completamente tenso por estar exposto daquela maneira.

Eu sabia como era o sexo gay, sabia que doía, mas já ouvi relatos de amigos dizendo que era delicioso depois de um certo momento de dor, como Ryan havia dito no dia anterior. Tentei pensar naquilo para relaxar, mas não funcionou muito bem, e Zach percebeu.

— Relaxa. — Senti beijos serem espalhados por minhas coxas, enquanto a mão dele puxava minha camisa para cima. Ajudei-o a remover o tecido e deixei-o em algum canto da cama, arqueando as costas, de prazer, quando ele passou as unhas por ela. — Isso, respira.

Sua voz rouca e sua respiração batendo na parte interna de minha coxa fizeram com que eu relaxasse aos poucos.

Fechei os olhos e, quando senti suas mãos em minhas panturrilhas, afastei as pernas para que ele se colocasse entre elas. Suas palmas subiram até agarrarem minha bunda, e ele massageou ambos os lados com uma certa força, me surpreendendo ao estalar um tapa no lado direito. Gemi, surpreso, e virei a cabeça para ele, encarando-o, por cima do meu ombro, com uma sobrancelha arqueada, sentindo os espasmos ainda em meus membros por causa do tapa.

— Fiz mal? — Ele sorriu de maneira sapeca, e eu neguei com a cabeça.

— Faz de novo. — Mordi o lábio inferior.

Seu sorriso malicioso cresceu, e ele estalou mais um tapa em minha bunda, apertando com uma força deliciosa em seguida. Gemi, em deleite, e deitei minha bochecha na cama, mexendo o quadril contra o colchão, em busca de algum alívio em meu membro que já pulsava.

— Zach, o que você quer tentar? — sussurrei, fechando os olhos, à espera de alguma ação sua, mas nada veio. Quando ia me virar para perguntar novamente, suas mãos afastaram os lados de minha bunda, e eu senti sua respiração bater em minha entrada. Meu corpo todo tensionou novamente, mas era de ansiedade. Eu abri a boca, completamente surpreso e pronto para dizer algo, mas deixei um gemido rasgar minha garganta ao sentir sua língua roçar aquele meu músculo intocado.

Meus dedos agarraram o lençol da cama, e eu mexi meu quadril com mais força, sentindo a língua de Zach pegar um ritmo e começar a rodear minha entrada, enquanto suas mãos apertavam a carne de minha bunda. Eu gemia contra o lençol, apreciando aquela sensação nova que estava arrepiando lugares, até aquele momento, desconhecidos de meu corpo.

Puxei os lençóis com mais força, quando ele mordiscou um ponto perto de minha entrada, e soltei um grito quando a ponta de sua língua entrou em mim, me causando tremores por toda a parte. Empinei a bunda contra seu rosto, sentindo seu aperto ficar mais firme em minha pele e meu membro começar a pingar pré-gozo, denunciando o quanto eu estava gostando daquele novo experimento.

Sua língua começou a ir e vir entrando mais fundo em mim e com mais violência, alargando o músculo apenas um pouco, porém o suficiente para me fazer sentir um incômodo junto ao prazer. Mas não era nada que me fizesse parar de gemer ou de rebolar contra o rosto de meu melhor amigo.

Ele fez movimentos para cima e para baixo, deixando a saliva escorrer por toda aquela área de meu corpo, e eu quis gritar, em protesto, quando afastou a boca dali. Mas me calei ao sentir seu dedo roçar o músculo de uma maneira lenta e tortuosa.

Meu corpo tensionou totalmente de novo, e ele, com certeza, sentiu, pois começou a depositar beijos em uma de minhas nádegas, mordiscando, enquanto sua outra mão acariciava minhas costas, tentando me relaxar.

— Eu preciso te preparar, porque não temos lubrificante — sussurrou, e eu assenti, entendendo que aquilo que ele fazia era realmente necessário se eu não quisesse me sentir pior depois.

Não é que eu não queria o que vinha depois ou aquilo, apenas sentia um nervoso, pois sabia que teria a dor no meio de todo o prazer. Mas eu estava disposto a tentar, queria mais que tudo tentar, e eu sabia que Zach era perfeito para aquilo. Sabia que ele não me machucaria e faria daquela experiência a melhor possível.

Pensando naquilo, eu relaxei os membros de meu corpo e respirei fundo, fechando os olhos. Seu dedo rodeou minha entrada, e aproveitando que ela estava completamente molhada de saliva, Zach colocou a ponta dele. Apertei o maxilar e os olhos, me obrigando a não prestar atenção no incômodo, porém conforme o dedo de Zach foi escorregando, eu não consegui. Grunhi de dor e prensei meu rosto contra o colchão, ofegando. A mão de Zach em minhas costas voltou a fazer um carinho ali, e com aquilo, consegui recuperar minha respiração aos poucos.

Meus olhos lacrimejaram quando ele começou a movimentar o dedo, porém o incômodo passou a se esvair depois de alguns segundos em que ele mexeu a ponta lá dentro. Eu senti um arrepio correr minha espinha e gemi, levantando o rosto. A dor estava sumindo. Aos poucos, mas estava.

Senti-o movimentar o pulso e prensei meus lábios ao perceber que metade de seu dedo já estava dentro de mim. Não estava me incomodando mais, e quando vi, eu mexia a bunda lentamente, tentando obter algum movimento dentro de mim, pois ele não estava mexendo o indicador, esperando que eu me acostumasse.

— M-mexe — gaguejei, tentando não gemer no meio de minha fala. Senti seu sorriso contra a pele de minha bunda, e logo ele começou a ir e vir com seu indicador, me alargando um pouco mais e me fazendo estremecer sobre aqueles lençóis. Porque, Deus, a sensação era maravilhosa.

Ele ia e vinha em um ritmo mediano, e eu, sem perceber, mexia os músculos de minha entrada, pedindo por mais força ou mais velocidade. Meus dedos puxavam os lençóis, desarrumando a cama que antes estava perfeita, e eu salivava com a boca entreaberta, pouco me importando se minha baba estava sujando os tecidos brancos.

Fechei os olhos, em deleite, quando ele começou a inserir um segundo dedo e começou a fazer movimentos contrários aos de seus dedos, procurando por mais intensidade, que foi dada assim que ele curvou as pontas destes, chegando perto do meu, provável, ponto sensível.

Arqueei as costas, deixando um gemido alto escapar, e afastei um pouco mais minhas pernas, roçando meu membro contra os tecidos da cama, procurando por algum alívio, enquanto apenas uma coisa me vinha em mente como solução: algo maior e mais grosso dentro de mim.

Entorpecido por aquela ideia, virei meu rosto para Zach, vendo-o com os olhos fixos em minha bunda e a forma como seus dedos ainda iam e vinham lá dentro. Chamei-o — em forma de gemido — e consegui capturar seu olhar, notando que suas pupilas estavam completamente dilatas e seus lábios com pequenas marcas de seus dentes.

— Zach... — gemi mais uma vez, piscando lentamente quando ele curvou as pontas dos dedos novamente. — E-eu... Deus — grunhi, não conseguindo pensar nas palavras corretas, porque aquele maldito acelerou os movimentos dos dedos e mordiscou a pele de minha bunda. Respirei fundo, antes de tomar fôlego e dizer: — Eu preciso que você me foda.

Aquilo foi o suficiente para Zach tirar os dedos de mim, me arrancando um suspiro pela sensação de vazio, e me encarar completamente faminto. Virei de barriga para cima e sorri maliciosamente, me apoiando na cama para erguer meu tronco.

— Como você me quer, Zach?

A pergunta pareceu mais um estímulo para ele, que grunhiu, apalpando o próprio membro, que pingava, assim como o meu, completamente vermelho e inchado. Mordi meu lábio inferior e subi meu olhar até o seu, evitando olhar para sua ereção e sentir-me capaz de gozar apenas com aquela visão.

— De quatro — ele disse, rouco.

Eu assenti e me virei, apoiando os cotovelos e joelhos na cama, empinando completamente o meu quadril após afastar um pouco as pernas, dando o espaço necessário para ele ficar entre elas. Fixei meus olhos na cabeceira e respirei fundo, sentindo conforme ele se posicionava atrás de mim.

— Sua bunda empinada pra mim desse jeito é... — Ele deixou a frase no ar, passando suas mãos pelas minhas nádegas, e eu contive o sorriso, pois amava quando ele me elogiava daquela forma. — Uma delícia.

Um tapa foi depositado do lado direito de minha bunda, e eu gemi, dando um solavanco para a frente, pois, novamente foi algo totalmente inesperado, mas delicioso. Mexi o quadril de um lado para o outro, rebolando e mexendo minha entrada propositalmente, sabendo que ele tinha a perfeita visão dela.

— Está até mesmo piscando para mim — ele gemeu no fim de sua frase, quando capturou o próprio pênis após cuspir nele, espalhando a saliva ali, e roçou a glande em minha entrada.

Suspirei, nervoso, já podendo sentir o quanto sua grossura me alargaria apenas por aquele contato. Porém, aquele toque me arrepiou até o último fio, e eu gemi baixo, encostando a testa na cama, sem cessar os movimentos de meu quadril.

Ele ficou em um silêncio agonizante quando empurrou apenas o topo de seu pau em mim, porém eu gritei, repreendendo a mim mesmo em seguida, quando mordi minha mão com força. Ainda havia pessoas na casa, afinal.

A dor foi horrível, e eu pensei que rasgaria ao meio quando ele empurrou um pouco mais para dentro de mim, com suas mãos apertando o meu quadril com firmeza, me mantendo parado para que eu não acabasse me machucando mais. Ele parou, deixando apenas metade de sua extensão dentro de mim, esperando que eu me acostumasse. E acabou acontecendo alguns segundos depois, quando meu interior pareceu esticar-se para acomodar aquilo que estava sendo empurrado para dentro dele.

Levei minha mão para trás do corpo, tocando a direita dele e acariciando-a, sussurrando um "pode ir" enquanto o fazia.

Ouvi a respiração de Zach alta quando ele começou a se mexer para a frente, colocando todo o seu pau dentro de mim. Gemi alto e voltei a agarrar o lençol, sentindo que o poderia rasgar. Ainda havia um certo incomodo, porém, quando ele começou a fazer movimentos de vai e vem escorregando seu membro pelo meu interior, de uma maneira lenta, senti toda minha espinha se arrepiar e acabei mexendo minha bunda contra ele, começando a me sentir necessitado por mais velocidade.

— Você é mu-muito aper... A-ah! — Zach gemeu, em meio à sua frase, quando eu mexi meu quadril com força para trás e contraí minha entrada em volta de seu pau.

— Mais rápido! — consegui dizer, completamente ofegante e arrepiado.

Zach segurou com força minha cintura e acelerou seus movimentos, fazendo com que a cama se mexesse com ele, me levando ao paraíso e ao inferno ao mesmo tempo. Eu gemia, de olhos fechados, me sentindo ser alargado, porém de uma maneira deliciosa. Minha bunda ainda se mexia contra sua extensão, em movimentos contrários, intensificando mais aquelas estocadas que passaram a ser brutas quando uma das mãos de Zach subiu até meu cabelo. Seus dedos enrolaram-se em meus fios, e ele os puxou de uma maneira deliciosa, me fazendo revirar os olhos de prazer.

Em um certo momento, quando ele usou a outra mão para levantar minha coxa e poder ter um melhor acesso à minha entrada, eu senti sua glande roçar um ponto dentro de mim, o qual me fez vacilar, e tive que me apoiar melhor para não cair mole no colchão. Soltei um gemido alto e esganiçado, quase perdendo o ar quando ele tocou aquele ponto. Eu sabia o que era e já tinha ouvido falar que era delicioso quando tocavam lá, mas sentir era completamente diferente. Quando os dedos de Zach roçaram lá, foi bom, mas com seu pau... foi maravilhoso.

— A-aí! — gritei, sentindo meus olhos lacrimejarem quando Zach passou a mirar naquele ponto, soltando meu cabelo para segurar em minha cintura, cravando suas unhas curtas ali, o que, com certeza, deixariam marcas no dia seguinte.

Zach se inclinou sobre mim, diminuindo o ritmo das estocadas, porém mirando no mesmo lugar, tocando minha próstata diversas vezes, me fazendo delirar, enquanto ele provocava usando minha orelha, lambendo e mordiscando lentamente o lóbulo.

Eu ia enlouquecer.

— É aqui — sussurrou, e eu senti a forma como ele sorriu de maneira maliciosa. Deixei um gemido manhoso escapar, quando ele estocou em meu ponto e ficou alguns segundos pressionando-o com a glande, mexendo o quadril em círculos e torturando-me de uma maneira que eu nunca achava que poderia ser torturado.

— D-deus, sim — manhei, rebolando contra sua pélvis e sentindo minha próstata ser pressionada mais uma vez.

Zach riu de maneira rouca em minha orelha e mordeu-a mais uma vez, antes de me puxar pela cintura e me fazer ficar de joelhos, de costas para seu corpo. Eu sorri de olhos fechados, completamente entorpecido pelo prazer que me consumia. Tombei a cabeça para trás, deixando-a apoiada em seu ombro, e deixei com que os gemidos dilacerassem minha garganta quando ele voltou a acelerar o ritmo das estocadas, apertando minha cintura com uma mão, enquanto a outra passeava pelo meu peitoral e beliscava meus mamilos, contornando-os e provocando-os.

Levei minha mão para trás e segurei sua nuca, virando meu rosto e beijando-o desajeitadamente, sentindo sua língua enrolar-se na minha, enquanto ambos gemíamos, necessitados, entre o beijo. O ruído da saliva sendo trocada ecoava no quarto, junto aos gemidos e aos sons de nossos quadris chocando-se. E quando eu achei que não poderia ficar melhor, sua mão escorregou até meu membro, e ele agarrou-o, começando a me masturbar, ao mesmo tempo que me estocava com toda a sua vontade.

Separei meus lábios dos seus, porém não os afastei, deixando-os grudados quando meus gemidos aumentaram, e eu senti os espasmos começarem, me fazendo tremer sob seu toque. Minhas coxas bambearam, junto à sensação de formigamento em minha virilha, e eu me contorci completamente quando senti que explodiria.

E eu explodi, de fato.

Explodi em sua mão, sujando-a completamente quando seu polegar rodeou a glande. Sujei o lençol também, mas pouco me importei, ocupado em gemer mais ainda quando Zach não cessou as estocadas, prolongando meu prazer.

Eu senti que ele estava cansando, enquanto eu recuperava a minha respiração e sentia-o diminuir seu ritmo. E aí, tive uma ideia que pareceu me ascender novamente:

— É a minha vez — sussurrei.

Zach pareceu completamente confuso, me encarando com as sobrancelhas franzidas e os lábios de boneca entreabertos. Eu sorri maliciosamente e me afastei dele, soltando um suspiro quando me senti vazio. A sensação de estar preenchido era mil vezes melhor.

Deitei-me na cama, sem me importar se me sujaria todo com meu próprio gozo, e bati em minhas coxas, mordendo meu lábio inferior após dizer lentamente:

— Quero que você cavalgue em mim. Até gozar por sentir meu pau dentro de você.

Vi a forma como ele vacilou com minhas palavras. Zach se fazia de difícil, mas eu sabia que gostava quando o dominava, de certa forma.

Zach respirou fundo enquanto engatinhava até mim, e aquela parecia ser a visão do paraíso. Melhorou ainda mais quando ele sorriu, um tanto tímido, enquanto afastava as pernas e se sentava em minhas coxas.

Ele inclinou-se e passou a língua por meu membro, provavelmente querendo me deixar totalmente duro novamente. E aquilo funcionou, certamente, pois ao sentir o contato molhado de sua língua em meu pau, eu gemi, em deleite, e levei minha mão até seu cabelo, empurrando-o contra minha pélvis. Ele pressionou a língua no topo e ficou brincando, alguns segundos, com ela ali, antes de começar a subir e descer os lábios em minha extensão, me fazendo lamuriar seu nome diversas vezes, me perdendo em como aquele garoto era maravilhoso.

Puxei seu cabelo para cima, quando senti que era o suficiente, e peguei em suas coxas, puxando-o para cima e fazendo com que ele se sentasse em cima de meu membro, sem o penetrar ainda. Zach sorriu de lado para mim e apoiou as mãos em meu peitoral, tombando um pouco a cabeça para o lado.

— Você precisa me preparar também — ele murmurou.

Eu entreabri os lábios, tentando não gemer quando ele começou a mover-se sobre meu membro, roçando sua entrada nele lentamente. Esse garoto ia me matar.

— Quero que se prepare para mim — consegui sussurrar, vendo a forma como seu rosto se avermelhou. Porém, ele assentiu e, sorrindo de maneira sapeca, levou dois dedos até minha boca e passou-os sobre meu lábio inferior.

Logo entendi o que ele queria e envolvi os lábios no seu indicador e no dedo do meio, sugando-os lentamente e lambuzando-os com minha saliva, que eu fazia questão de deixar escorrer pelo meu queixo, enquanto mirava Zach em seus olhos grandes.

Ele suspirou e mordeu o lábio inferior, pressionando os dedos em minha língua e removendo-os de minha boca em seguida. Inclinou-se sobre mim e selou meus lábios, iniciando um beijo lento, enquanto sua mão descia pelo seu corpo. Eu não fechei os olhos durante o beijo, querendo ver quando ele colocasse os dedos dentro de si. Ele o fez lentamente, ainda se mexendo sobre meu colo, provocando-me e deixando-me cada vez mais duro.

Agarrei sua cintura com as mãos e o fiz ficar parado, sabendo que seria melhor para ele preparar-se. Quando o vi colocar um dos dedos, o beijei mais intensamente, tentando distraí-lo da dor que ele sentiria. Ele gemeu contra meus lábios, e eu senti como seu corpo ficou tenso. Subi uma mão até seu cabelo, fazendo uma espécie de cafuné enquanto massageava sua língua com a minha, sentindo-o relaxar e voltar a se mover em meu colo depois de alguns segundos.

Quando olhei novamente, ele já havia colocado o segundo dedo e se movia de uma maneira mais rápida em meu colo. Seu membro já pingava novamente, e eu sorri maliciosamente, puxando seu cabelo para trás e separando o beijo com uma mordida em seu lábio.

— Está pronto pra mim, Zach? — disse contra sua boca, recebendo um aceno positivo dele, que ainda estava com os olhos fechados e os lábios inchados entreabertos.

Puxei seu pulso lentamente, ouvindo seu gemido baixo quando tirei seus dedos de seu interior, e segurei sua cintura com uma mão, enquanto pegava em meu membro com a outra e conduzia-o até sua entrada, roçando a glande ali lentamente e sentindo quão fechada ela estava. Senti um arrepio de ansiedade e umedeci os lábios, controlando-me para não entrar de uma vez nele. Zach apoiou ambas as mãos em meu peitoral quando coloquei apenas o topo, fechando os olhos e travando o maxilar, sentindo aquele incômodo inicial. Deixei apenas o topo dentro dele, sentindo seu interior apertar-me de uma forma deliciosa, como nenhuma garota havia jamais feito. Grunhi, excitado, apertando sua cintura e permitindo que ele descesse somente quando se sentisse pronto.

Depois de alguns segundos, nos quais a respiração de Zach estava completamente descompassada e ele permanecia parado, começou a mover-se para baixo, escorregando lentamente em minha extensão e me fazendo gemer, em deleite, por sentir meu pau ser apertado. Deixei minha outra mão sobre sua coxa e cravei as unhas ali, esperando ele sentar-se por completo em mim. E quando o fez, eu fui ao paraíso. Zach gemeu alto, ficando alguns segundos parado, se acostumando, antes de começar a mover-se lentamente para a frente e para trás.

Deixei ambas as mãos em suas coxas fartas e apertei-as, sentindo-o pressioná-las nas laterais de meu corpo, enquanto suas mãos brincavam com meus mamilos e ele começava a acelerar o ritmo dos quadris.

Estava mergulhando no prazer novamente, arranhando suas coxas e não me controlando ao sentir ele apertar-se em torno de minha extensão.

Levei as mãos até sua cintura novamente e passei a ditar o ritmo. Comecei a puxá-lo para cima e para baixo de novo, depois, indicando o que eu queria, e ele sorriu para mim, antes de tirar as minhas mãos de sua cintura e apoiar as suas em minhas coxas, atrás de seu corpo, começando a quicar sobre mim.

Eu gemi alto, ao mesmo tempo que ele o fez, me sentindo ir mais fundo nele. Desci minhas mãos para suas coxas novamente e apertei-as com força, arranhando-as conforme ele quicava com mais vigor. Eu assisti, completamente perdido, ao suor escorrer pelo seu tronco e chegar à sua virilha, na qual seu sexo duro estava completamente avermelhado e pingando. Eu sorri, satisfeito, umedecendo os lábios e gemendo com aquela visão.

Zach era delicioso.

Dei um tapa em sua coxa e apertei-a em seguida, querendo saber se ele gostava também, e a sua reação foi positiva, pois ele arqueou as costas e gemeu manhosamente, me arrepiando até o último fio de cabelo. Não me contive, me sentando e agarrando sua cintura com meu braço, enquanto minha mão ia até sua bunda, apertando-a com força quando ele começou a rebolar sobre mim.

Deixei minha boca maltratar seu pescoço, mordiscando a pele e sugando-a com força, deixando diversos chupões ali, ouvindo Zach gemer em meu ouvido, enquanto suas mãos apertavam meus ombros ou arranhavam meus braços, me marcando, assim como eu estava fazendo com ele.

— Leon? Zach?

Merda. Agora não. Não. Não. Maldito Wade.

Zach me olhou, apreensivo, sem saber o que fazer, e eu senti que ele pararia de se mover. Porém, não deixei. Não seria interrompido mais uma vez.

Abanei a cabeça negativamente e o empurrei no colchão, segurando suas pernas e erguendo-as, apoiando suas panturrilhas em meus ombros enquanto me inclinava sobre ele. Segurei seu pescoço com uma mão, sem apertar muito, assim como ele havia feito comigo, encostando meus lábios nos seus, sussurrando contra eles roucamente:

— Silêncio, Z.

Com a outra mão, eu segurei sua perna, puxando-a um pouco mais para cima e tendo mais acesso à sua entrada. Olhei para baixo, vendo a forma como meu pau entrava e saía rapidamente dentro dele quando acelerei propositalmente, querendo vê-lo conter-se, ao máximo, para não gemer alto e deixar ainda mais na cara o que estávamos fazendo ali dentro para Wade.

Eu roçava meus lábios nos dele, mordendo o seu inferior de vez em quando, enquanto mexia a cintura rapidamente, ouvindo o som do choque de nossos quadris soar alto dentro do cômodo. Eu ainda segurava seu pescoço com certa firmeza, assistindo a Zach abrir a boca e revirar os olhos de prazer, puxando meu cabelo, completamente desesperado.

Incentivado, comecei a me mexer com mais brutalidade, querendo ir mais fundo, alcançando meu objetivo quando ele arqueou as costas e gemeu manhosamente, cravando as unhas em meus ombros.

— Aí! D-de novo! — ele gritou, apertando meus bíceps e movendo seu quadril contra o meu, rebolando e esquecendo-se de que tinha alguém esperando uma resposta nossa do lado de fora.

Eu ignorei aquilo também, acertando diversas vezes aquele ponto especial seu, vendo-o se contorcer sob meu corpo, implorando por mais, enrolando as pernas em torno de minha cintura, me puxando contra ele.

Soltei seu pescoço e enterrei minha cabeça ali, voltando a marcá-lo e continuando os movimentos frenéticos contra sua entrada, sentindo-a apertar-se em torno de mim com cada vez mais frequência.

— Ish, acho que eles estão fodendo. — Ouvi a voz de Wade.

— Sai daí, Wade! — Aquele era, definitivamente, Chad.

Ignorei tudo aquilo e foquei em dar prazer a Zach, apoiando uma mão ao lado de sua cabeça, enquanto a outra descia até seu membro, ao vê-lo se contorcer mais embaixo de mim, começando a masturbá-lo no mesmo ritmo de minhas estocadas. Sentia sua lubrificação inundar minha mão, me deixando mais excitado por saber que estava acabando com ele, da mesma forma que ele havia acabado comigo.

Eu já me sentia perto novamente, porém queria que ele viesse primeiro. Com aquilo em mente, acelerei os movimentos de minha mão e diminuí o ritmo dos quadris, porém permaneci indo fundo, atingindo sua próstata, ao mesmo tempo que brinquei com sua glande. Aquilo o levou ao estopim, pois Zach arqueou-se completamente e revirou os olhos até o topo de sua cabeça, gemendo manhosamente e extremamente alto, apertando suas pernas em torno de mim com mais força. Eu pressionei a glande naquele seu ponto, assim como ele havia feito comigo, esperando toda a sua porra sair em minha mão.

Quando ele terminou e ficou completamente ofegante, ainda gemendo baixo por causa da sensação que permanecia no corpo por um tempo, eu subi minha mão suja até seus lábios, lambuzando-os com sua própria porra, vendo-o abrir os olhos e a boca, sorrindo maliciosamente para mim, antes de lamber meus dedos e limpar a própria boca em seguida, engolindo seu gozo.

— Você quer gozar de novo — ele sussurrou, e eu assenti.

Ele me puxou pelos ombros e colou seus lábios na minha orelha, suspirando ali, me arrepiando, antes de falar lentamente:

— Goza dentro de mim, hum?

Completamente cego pelo prazer, voltei a fodê-lo, sentindo que faltava muito pouco para chegar ao meu limite novamente, pois estava sensível. Ergui meu tronco e segurei suas panturrilhas, beijando uma e mordiscando-a conforme mexia a pélvis, estocando-o fundo e forte, assistindo a ele puxar os cabelos e brincar com os próprios mamilos. Zach olhou-me nos olhos e gemeu meu nome de um jeito deliciosamente manhoso, me fazendo sentir que gozaria.

Tremi sobre seu corpo, sentindo meu abdômen se contrair com as sensações de formigamento deliciosas, e estoquei fundo nele, permanecendo parado enquanto sentia toda minha porra escorrer para dentro. Gemi alto, tombando a cabeça para trás, em deleite, e esperei tudo sair antes de escorregar para fora dele, olhando escorrer pelas suas coxas e sorrindo, acabado e satisfeito, jogando-me, em seguida, ao lado dele, no colchão.

Olhei para Zach, tentando controlar minha respiração, e ele fez o mesmo, sorrindo para mim. Ficamos nos encarando por um tempo, até ambos começarmos a rir pelo "absurdo" da situação.

— E pensar que tudo isso começou com um "Verdade ou Desafio" — eu disse mais para mim mesmo, virando meu olhar para o teto.

— Leon? — ele chamou, encostando seu corpo no meu em um abraço.

— Sim?

— Verdade ou Desafio? — perguntou, roçando o dedo em meu peitoral.

Eu sorri, umedecendo os lábios.

— Desafio.

— Eu te desafio a um terceiro round.

— Aceito.

GAROTOS NA FRATERNIDADE

06

GAROTOS N

EU GARGALHAVA, ENQUANTO ZACH ME ARRASTAVA ATÉ O BANHEIRO, alegando precisarmos urgentemente de um banho. O problema era que eu estava com muita preguiça e extremamente dolorido. Eu sabia que ele estava também, mas aquele garoto era insistente.

— Eu não quero! — resmunguei, a contragosto, porém me dei por vencido quando Zach enlaçou os braços em minha cintura e me colocou dentro da banheira.

— Não perguntei se você queria — disse, autoritário, fazendo uma expressão séria enquanto colocava o tampão no ralo.

— Ih, ah lá — brinquei, apoiando a cabeça na lateral da banheira, rindo. — Nem parece que estava gemendo, manhoso, e pedindo pra eu ir mais fundo alguns minutos atrás.

Zach fez uma careta, porém sorriu logo em seguida, ligando a torneira, e entrou na banheira, ficando em frente a mim.

— Você provou a sua teoria de que nem sempre o passivo é o menor e mais fraco. — Olhou-me, apoiando a cabeça na lateral da banheira, assim como eu.

— Está insinuando que eu sou menor que você, Zach? — zoei, começando a brincar com a mão na água, a qual já enchia a banheira.

— Ah não, Leon, você é o alto aqui. Enorme. Gigante. Torre Eiffel — disse, debochado.

Prendi o riso, me ajeitando na banheira e esticando-me um pouco até alcançar sua mão, que já estava coberta pela água. Entrelacei meus dedos nos seus antes de trazê-los até entre minhas pernas, fazendo com que ele tocasse minha extensão, a qual, por mais que estivesse flácida, ainda era consideravelmente avantajada.

— Grande o suficiente pra você? — debochei também, assistindo à forma como ele mordeu o lábio inferior e abanou a cabeça, depois de alguns segundos em silêncio.

— Eu estou dolorido, Leon. Não me provoque — choramingou, e eu ri, soltando sua mão, porém ela permaneceu em minha coxa.

— Quer dizer que os dois deram?

Assustei-me com a terceira voz no cômodo e olhei para a porta, vendo os outros cinco garotos parados na porta do banheiro. Detalhe: Liam segurava um celular apontado para mim e Zach.

— Jesus! — gritei, mergulhando mais na água, que já estava em meu peitoral, e ficando somente com a cabeça de fora, com minhas pernas se enlaçando com as de Zach quando me estiquei.

— Costumam me chamar de Chad, mas Jesus serve também — retrucou, pegando um pequeno banquinho embaixo da pia e sentando-se de frente para nós. — Viemos fazer companhia para vocês, por terem nos feito ouvir os seus gemidos essa tarde.

— Gemidos deliciosos, devo acrescentar — Ryan proferiu, sentando-se ao lado de Chad no chão, enquanto os outros se espalhavam pelo cômodo.

Eu estava completamente envergonhado e xingava diversos palavrões, querendo que aqueles malditos saíssem dali, para eu poder tomar um banho e ter apenas Zach comigo naquele momento íntimo. O que, pelo visto, não seria possível.

— Tão deliciosos, que deixaram até o Wade, o senhor hétero, excitado — Liam provocou.

— Calem as bocas — Wade resmungou, tapando o próprio rosto, envergonhado.

— Não fique assim, Wade. Não tem nada demais em sentir-se excitado — explicou Ryan, dando de ombros.

— Tem sim. São dois amigos meus! — bufou, porém, era visível que queria rir.

— Mas somos gostosos, Wade — brincou Zach, desligando a torneira e sorrindo daquela maneira sapeca para ele.

Lindo.

Maldito.

Joguei água nele.

Ele me olhou, arqueando a sobrancelha, confuso.

— Para de ser lindo — disse sem som, apenas movendo a boca.

Zach sorriu docemente e me puxou pela mão, fazendo com que eu ficasse entre suas pernas e deitado em seu peitoral, ainda completamente tapado pela água misturada ao sabonete que eu nem o havia visto colocar.

— Olha aquilo, gente, tão casalzinho. — Uriah colocou todos os pares de olhos presentes sobre nós, e eu corei, enterrando meu rosto no peitoral de Zach, envergonhado pela atenção que estava recebendo.

— Mas é sério, Wade. Por que te incomoda se sentir excitado com a ideia de dois homens juntos? — Liam puxou o assunto, vendo-o abanar a cabeça.

— Não é isso que me incomoda tanto. É só que a maioria das vezes que aconteceu, foi com algo relacionado aos meus amigos. — Deu de ombros, brincando com as próprias mãos.

— Maioria das vezes? — Chad lançou, e Wade assentiu. — Aconteceu comigo?

— Porra — soltou, arrancando risadas de todos, até mesmo de Ryan. — Até com o Liam.

— Por que "até" comigo? Eu sou lindo, meu caro, minha beleza deveria ser reconhecida mundialmente. É claro que você vai se sentir excitado comigo — Liam disse tudo muito rápido e como se desse uma bronca em um Wade assustado, enquanto todos ríamos.

— O melhor jeito de tirar a prova é tentando — eu disse e vi Ryan, Chad e Zach assentirem. O dito cujo começou a acariciar minhas costas embaixo da água, e eu sorri, esfregando o nariz em seu peitoral de maneira carinhosa, recebendo um beijo na testa em troca.

— Vou tentar — Wade disse simplesmente, tentando finalizar aquela conversa. — Bom...

— Tenta agora — Ryan interrompeu.

Todos franzimos a sobrancelha. O que ele queria dizer?

— Como assim? — Chad questionou.

— Escolhe alguém pra beijar aqui e beija. Só não pode ser o Leon nem o Zach. — Ryan deu de ombros com sua explicação.

O resto dos meninos pareceu tranquilo com a proposta, menos Wade, que ainda tinha uma careta no rosto.

— E se eu quisesse beijar o Zach? — Wade perguntou, sério.

— Não — intrometi-me e tapei a boca de Zach com minhas duas mãozinhas.

— Eu tô brincando. Mas vai ser estranho. — Wade riu baixo, coçando a nuca, enquanto seu olhar intercalava entre Chad e Ryan.

— Depois passa. Pense em Leon e Zach como exemplo — disse Uriah, pegando o celular de Liam e aproximando-se de mim e Zach, abaixando-se ao nosso lado. — Sorriam.

Eu e Zach sorrimos para a câmera que estava apontada para nossos rostos.

— Pronto, agora sim. — Uriah mandou para si mesmo a foto e depois devolveu o celular para Liam.

— Manda pra mim também — Zach pediu quando eu tirei as mãos de sua boca e voltei a abraçá-lo pela cintura, sentindo suas mãos voltarem a acariciar minhas costas.

— Mas... aqui? — Wade ainda parecia meio perturbado, porém considerava fazer aquilo, e era visível em seu rosto corado.

— Não. Aqui não. Saiam todos. Quero ficar só com o Zach e não preciso assistir a vocês ajudando o Wade a descobrir a sexualidade dele — resmunguei, pegando um pouco da água e espirrando neles.

Todos resmungaram reclamações, mas saíram do banheiro. Fiz uma nota mental de perguntar depois quem Wade havia escolhido beijar.

— Da próxima vez, me lembre de trancar a porta — disse a Zach, depositando um beijo em seu peitoral e sentindo suas mãos firmarem-se em minha cintura.

— Eu tenho um desafio em mente — falou de repente, e eu franzi o cenho e encarei-o.

— O quê?

— Será que eu consigo te chupar de baixo da água sem morrer sufocado? — perguntou, com as sobrancelhas franzindo-se como se ele estivesse realmente em dúvida. Mas era visível o sorrisinho em seus lábios de boneca.

— Você não cansa?

— Uh-huh — negou.

— Zach?

— Hum?

— Eu te desafio a me chupar embaixo da água sem sufocar.

— Aceito.

Shippe Errado na Terra do Nunca
EDITORA EUPHORIA
N. BELIKOV

Shippe Errado na

01

Terra do Nunca

Sabe aquele ditado popular que diz que, quando a vida te dá limões, você deve fazer uma limonada? Bom, ninguém nunca deixou claro o que fazer com essa limonada depois, certo? Tipo, você bebe? Põe açúcar? Porque, honestamente, no meu caso, a porra da limonada é, basicamente, um suco de limão espremido dentro do olho.

Ah, o que isso quer dizer?

Quer dizer que, geralmente, eu tomo bastante no cu.

Nunca me vi como um cara amante de coisas impossíveis, de gostar de coisas difíceis ou pessoas que são supostamente "areia demais para o meu caminhãozinho". Mas, infelizmente, o mundo me odeia, e de todas as pessoas bonitas e supersociáveis que conheço, fui justamente ficar caidinho pela criatura mais antissocial, gótica das trevas, cara de poucos amigos e aluno número 1 do curso de Medicina: o estudante de ouro, o garoto prodígio, Apolo Young.

Sabe aqueles sujeitos que aparecem em comercial de cuecas da Calvin Klein? De tanquinho perfeitamente esculpido — com tantos gominhos que você se perde se tentar contabilizá-los —, pernas longas e coxas grossas, absurdamente definidas e inchadinhas, braços musculosos, clavículas salientes, rosto semelhante a um anjo do céu e um pacotão volumoso no meio das pernas? É. Apolo Young é esse tipo de cara.

Se você me perguntar como eu sei que ele tem certas partes do corpo avantajadas, já te deixo bem claro que nós nunca transamos. Tipo nunca, nunquinha. Ele jamais me deu a famosa chance. E olha que não foi por falta de tentativa: sou uma das poucas pessoas no campus que Apolo dá à honra de dirigir a palavra, mas não chega a nada que se assemelhe a uma conversa. Quero dizer, "Bom dia", "Tchau" e "Não vou te passar cola do meu caderno de exercícios" não configuram exatamente uma conversa.

O negócio é que Apolo é extremamente fechado, nunca fala com ninguém, e nos horários livres, simplesmente se senta debaixo de alguma árvore para ficar lendo um livro qualquer de romance — o que contrasta com toda a sua aparente personalidade fria e distante. Totalmente diferente de mim, que não sou um cara inibido ou envergonhado, sou bem sociável e cheio de amigos.

Nós dois fazemos o mesmo curso, em uma das melhores instituições da cidade, e foi lá que conheci a maior parte dos meus amigos. Assim, tive a sorte — ou talvez o azar — de estudar na mesma sala do deus grego. E eu nem digo isso para fazer piadinha com o fato de seu nome ser inspirado no do deus mitológico da Luz. Quero dizer, não acho que os pais dele perceberam, assim que ele nasceu e era um bebê com cara de joelho, que ao crescer o garoto ficaria lindão assim. Talvez tenha sido apenas o destino.

Cara, eu pensava que nosso romance só podia estar escrito nas estrelas ou algo assim.

Tenho bastante certeza de que Young é a minha provável alma gêmea, mas o sujeito não dá uma foda pra mim. Claramente, o problema dele não é comigo, já que rola um boato, por todo o campus, de que ele, muito provavelmente, é gay, tendo em vista que absolutamente todas as garotas mais gostosas da universidade já tinham tentado chamá-lo para sair e ele simplesmente dispensou todas elas, sem muitas cerimônias.

Pelos meus cálculos, podemos exemplificar da seguinte maneira: de 100 meninas bonitas que deram em cima de Apolo Young, um total de 0 — e eu até escrevo por extenso se você preferir: *zero* — obtiveram sucesso em seu intento.

Até mesmo minha irmã, Kaya, já tinha tentado se engraçar para o lado dele, e tomou um toco tão ridículo que a fez sumir das aulas por alguns dias. Sem noção, portadora de uma autoestima e de um ego maiores que a minha bunda — e vou deixar bem claro que é uma bundona bem sexy e avantajada, porque eu faço academia com frequência — fez a maior cena, achando que se daria bem, mas foi dispensada — para o meu maior deleite.

A garota simplesmente parou no meio do pátio e disse

em alto e bom som: *"Sabe, Apolo, já que você é um ótimo partido e muito bonito, vou te dar a honra de me levar pra sair"*.Não sei bem se essa tática de conquista dela já tinha dado certo alguma vez, porque, minha nossa, era tão ruim que dava dó.

Por incontáveis minutos, todas as pessoas em volta entraram em completo silêncio, esperando a resposta de Apolo e o desfecho da história. Inclusive eu, que tinha debochado do planinho de conquista sem noção de Kaya, então fiz questão de me posicionar a apenas dois metros de distância deles e contemplar aquela espécie nova de *stand-up comedy*.

Não vou mentir que meu coração ficou um pouquinho apertado, com medo de que Apolo caísse naquele truque barato e aceitasse levar minha irmã para sair, afinal a garota é realmente linda — o que não poderia ser diferente, já que beleza é o que não falta na família Deluca, modéstia à parte. Mas foi mais do que satisfatório quando vi Young olhar para mim, depois para Kaya, piscar três vezes, unir as sobrancelhas grossas e, em seguida, disparar: *"E eu, por acaso, pedi alguma coisa?"*, para, aí então, sair andando em toda a sua glória de um metro e oitenta, pernas torneadas, cintura fina e cabelos sedosos.

Olha, eu não sabia se abraçava minha irmã e recolhia o queixo dela do chão ou se ria e apontava o dedo em seu rosto, dizendo: *"Parabéns pela coragem, porque noção você não tem!"*, pois, é claro, Kaya sabia perfeitamente bem da minha quedinha por Apolo Young desde sempre. Mas ela e eu temos uma relação de acordo mútuo, na qual somos encarregados de infernizar a vida um do outro.

E se você tem alguma dúvida de qual reação eu, de fato, tomei, está mais do que óbvio: joguei-me no meio da grama verde e fofinha e comecei a me debater no gramado, de tanto rir, até ficar sem ar. Se meu colega de quarto, Yure, não tivesse se aproximado, também rindo, e me levantado do chão, acho que eu estaria estirado lá até hoje.

Foi aí que tive certeza, já que pude ver, com meus próprios olhos, que Apolo era duro na queda — e muito provavelmente, bem gay mesmo, diga-se de passagem. Afinal, quem, em sã consciência, rejeitaria Kaya Deluca, irmã gêmea de Kalel Deluca? Eu já disse que minha irmã é super gostosa! Uma cobra peçonhenta, mas, ainda assim, gostosa, parece muito comigo.

E vamos pular a parte em que você se pergunta se meu nome não lhe é familiar.

Sim, me chamo Kalel, como em *Kal-el*, verdadeiro nome do Super-Homem, lá do seu planeta natal, Krypton.

Meu pai é um grande fã, a propósito. E eu, nada mais sou do que um jovem adulto traumatizado pelo *bullying*, sofrido ao longo de toda a minha vida escolar, graças ao nome de personagem de quadrinho. Por isso, facilitemos as coisas: vamos nos referir a mim apenas como Kael, e não Kalel. É assim que meus amigos me chamam, de um jeito mais legal e descolado.

Voltando a falar da parte interessante aqui — Apolo Young, é claro — também existe a possibilidade de ele ser assexual ou demissexual, talvez, porque, qual é, olhe bem para aquele rosto e, meu Deus, aquele corpo. O cara é bonito demais para estar sempre sozinho, então provavelmente ele fica só por escolha própria. E quando digo demais, imagine que terminei essa frase com a voz esganiçada e um assobio de pedreiro.

Na minha experiência de vinte e poucos anos de vida — que tudo bem, não é grande coisa, mas já é, sim, alguma coisa —, eu aprendi que homens bonitos demais e arrumados demais, geralmente são gays. Às vezes, fico com pena das mulheres héteros, por tamanha injustiça. Mas que seja, porque claramente sobra mais para mim.

Eu ainda não havia ouvido falar de nenhum sujeito que tivesse a coragem de cantar o Young assim, na cara e na coragem, mas definitivamente não queria passar pelo mesmo que Kaya, então eu continuava na minha.

Fala sério, por que ele era assim? Eu já tinha tentado conversar com ele tantas vezes!

Minha paixonite definitivamente nasceu no dia em que aquele gênio do mal — vulgo Levi, ex-namorado de Kaya e meu melhor amigo de infância — havia me desafiado a entrar na piscina mais funda do parque aquático da cidade, me chamando de: *baixinho, menor infrator, pintor de rodapé, microscópico, umpa-loompa, segurança da Barbie, pedreiro de lego, minibyte, meio-quilo, cavaquinho* e *amostra grátis*.

Juro para você que esses foram os exatos apelidos com os quais ele me insultou no mesmo dia, o que resultou em um Kael muito puto da vida, que acabou entrando na pilha e concordando com aquele desafio, só para provar que não era tão baixo assim — e não sou mesmo, porque tenho um metro e setenta, enquanto o puto do Levi tem um metro e setenta e um.

Sim, eu caí na pilha de um cara apenas um centímetro mais alto que eu. *UM CENTÍMETRO!*

Entrei naquela porra de piscina, muito bem invocado, sob os risinhos de Levi e Kaya, que caçoavam e tiravam fotos minhas com a cabecinha para fora e os pés sem poder encostar no fundo azulado, nadando como um cachorrinho. E foi aí, caros leitores, que tive o desprazer de ser acertado, que nem um pino de boliche, por uma velhona de cem quilos, que vinha descendo, em uma velocidade bizarra de rápida, por um toboágua.

O resultado foi uma bela experiência de quase morte.

Ok, talvez eu esteja exagerando um pouco. Mas foi uma experiência de quase perder todo o ar dos pulmões, enquanto me afogava em um redemoinho giratório que se tornou aquele monte de água, na piscina mais ridiculamente funda que já estive em minha vida.

Sinceramente, minha vida já estava passando como um filme em minha mente, enquanto eu rezava e pedia perdão por todos os meus pecados para Deus — não que eu fosse exatamente um cara ruim. Quando era criança, encontrei um microfone de borracha na casa da minha tia Lola e devolvi direitinho... Mas até hoje carrego o trauma de saber que aquilo era o vibrador que ela usava com a namorada lésbica, e meu eu criança, sem saber, tirou a própria tia do armário. Não, não era um microfone, cara.

Mas eu realmente tinha medo de acabar na danação eterna, pois, acredite, quando se está a um passo de morrer, você pensa nessas coisas.

E então, por um longo minuto, jurei que estava no céu, quando aquele par de braços musculosos e clavículas aparentes surgiram acima de mim, com os cabelos escuros e molhados colados na testa, uma expressão preocupada e sobrancelhas unidas.

Naquele momento, eu estava convencido de que havia realmente batido as botas e que minhas orações tinham me levado direto para o paraíso, porque, meu amigo... *aquele sujeito só podia ser um anjo*. Não havia outra explicação. Era absolutamente impossível que um ser humano pudesse ter a sorte de nascer bonito daquele jeito. Acredite quando eu falo que não é exagero.

Só tive mais certeza ainda de que estava no paraíso quando aqueles lábios ridiculamente bem desenhados se colaram nos meus.

Pensei que morrer fosse algo bom, já que eu mal tinha chegado no céu e prontamente recebia uma bitoquinha de um ser celestial. Então, era verdade que "os humilhados, algum dia, seriam exaltados", foi o que pensei. Só aí senti uma vontade súbita de vomitar e me lembrei da falta de ar em meus pulmões. Então, apenas levantei o tronco para o lado oposto daquele anjo inumanamente gostoso, para não pagar o micão de vomitar em cima dele, afinal eu queria continuar o que a gente estava fazendo — a coisa das bitoquinhas e talvez algo mais íntimo, né? E foi aí que eu me pus a vomitar água que nem a garota de O Exorcista. Pelo menos não era gosma verde, certo?

Foi só quando terminei de expelir a água e tossir, que entendi o que estava acontecendo. Não tinha porra de céu nenhum, mas aquele cara em minha frente era definitivamente um anjo. Primeiro, porque ele era gato de uma forma que eu duvidava que algum humano fosse capaz de ser. Segundo, porque foi ele quem se jogou na piscina, me levou para a borda, fez massagem cardíaca e respiração boca a boca, me salvando do possível afogamento. Terceiro, porque o corpo dele era a coisa mais erótica que eu já tinha visto na minha vida inteirinha, e olha que eu não era virgem nem nada.

Aliás, fiquei congelado na borda daquela piscina, com

cara de quem morreu e voltou, enquanto encarava, boquiaberto, o meu salvador de rosto infantil, corpo másculo e bermuda molhada, marcando perfeitamente aquele volumão entre as pernas, com o tecido grudando nas coxas durinhas.

Aí, eu fiquei louco. Louco de tesão e completamente arriado. Eu não vi realmente como foi essa cena digna de filmes românticos, mas o Levi sempre conta sobre ela como um grande acontecimento, como havia sido incrível o garoto alto e bonitão se jogando na piscina para salvar o mocinho baixinho em apuros: eu. Foi então que me tornei completamente obcecado por Apolo Young. Depois disso, nunca mais pessoa alguma no mundo conseguiu prender minha atenção.

Apolo e a irmã Selene, que hoje tem 17 anos, mas na época tinha cerca de 14, estavam com a família no parque aquático, até que os Young me viram passando a vergonha do século. A gente não se conhecia, é claro, mas minha irmã e Selene se tornaram muito amigas a partir dali.

Então, vocês imaginam só a minha surpresa quando começou o semestre letivo, seis meses depois do ocorrido no clube, e eu me deparei com um calouro lindo e familiar em minha turma. Com aqueles olhos redondinhos, parecendo bolinhas de gude, uma boquinha delicada e os cabelos negros bem alinhados cobrindo a testa.

Eu não disse que era o destino? Qual é, quem é salvo de um afogamento por um desconhecido gostosão aleatório e, meses depois, quando entra na faculdade, o cara tá matriculado na sua turma? Almas gêmeas, queridos. Não duvidem.

Seria uma linda história de amor, se Apolo Young não fosse a porra de um "príncipe de gelo". Quando digo que ele não fala com ninguém, não é brincadeira. Em quase três anos em que estudamos juntos, só vejo o garoto se dirigir a alguém quando se trata de algo relacionado a nossas matérias de estudo.

E aí que eu já tentei até fazer a tática da Cady Heron em Meninas Malvadas, me fingindo de burro e pedindo ajuda do melhor aluno do nosso período: Young Perfeito Apolo. Mas quem disse que ele me ajudou? Eu reprovei em uma avaliação à toa, porque a resposta do garoto, quando lhe pedi ajuda, foi: *"Se você passasse mais tempo em casa estudando, ao invés de frequentar essas festas cheias de bebidas, drogas e gente fútil, você teria tirado um A"*.

E foi basicamente isso. Eu levei um fora bem dado do príncipe de gelo, mas me recuso a igualá-lo ao fora que Kaya tomou. Porque o meu foi pelo menos em segredo, estávamos a sós.

Agora, imaginem o meu espanto e a minha excitação quando Kaya veio correndo, descendo as escadas de casa, e se jogou em cima do meu corpo esparramado no sofá, com um envelope colorido em mãos e um sorriso de quem vai aprontar. Levantei-me, desconfiado, empurrando a sem noção de espaço, com a bunda, direto no chão, para então, puxar o envelope de suas mãos, e ela inacreditavelmente não reclamou, apenas continuou sorrindo estranhamente, enquanto eu pegava meus óculos em cima da mesinha de centro da sala para ler o conteúdo do papel colorido:

Para: Irmãos Deluca
De: Selene Young

Se você está recebendo esta carta, significa que acaba de ser convidado para a festa do século!

Comidas, bebidas e muita diversão para comemorar os meus tão esperados 18 anos!

A festa será no dia 9 de março, mas teremos um tema de Halloween. É absolutamente obrigatório vir a caráter. Fantasie-se de coelhinha sexy ou de homem-aranha, a escolha é sua!

Durante a festa, teremos uma super caça ao tesouro, e o prêmio é uma surpresa incrível!

Conto com sua presença, e não esqueça meu presente!

Virei a folha, e no verso havia algo escrito à mão:

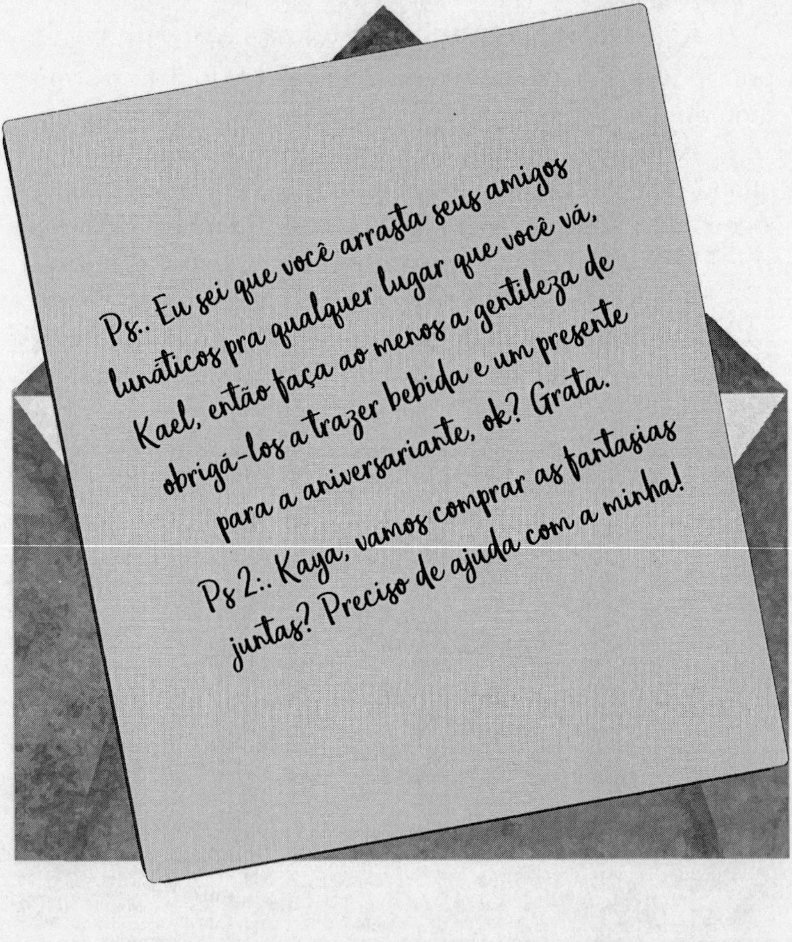

Fiquei encarando o papel por alguns breves minutos, enquanto minha cabeça trabalhava em todas as possibilidades que eu poderia ter, indo àquela festa. Quero dizer, ninguém jamais havia entrado na mansão Young, nem os amigos de Selene nem os amigos de Apolo — até porque ele aparentemente não tinha nenhum. E quando o significado de ir àquela festa me atingiu, eu simplesmente sorri de orelha a orelha, mal podendo me segurar em pé. Porque a minha vontade era de pular que nem um dançarino de *tarantella*, enquanto gritava a plenos pulmões e soltava fogos, dizendo: *"Sarai mio, amore mio!"*.

Claramente Apolo estaria lá, e dessa vez, ele não me escaparia. Ninguém jamais foi capaz de resistir aos meus charmes.

Apolo Young pode até ser uma geleira, mas a partir de agora, eu faço questão de ser o próprio aquecimento global.

Shippe Errado na

02

Terra do Nunca

— Festa da irmã do Young? — perguntou Yure. — Mas é provável que só tenha refrigerante e menores de idade lá, Kael. Fala sério, vai ser tipo uma matinê, que ridículo!

— Na verdade, ela tá fazendo dezoito anos, então bebida é o que não vai faltar. Você sabe que na maioridade todo mundo enche a cara no dia do aniversário... — tento dizer, afinal queria meus amigos comigo, já que minha irmã, muito provavelmente, ficaria com Selene e suas amigas.

— Selene é bem divertida, se você quer saber — interveio Levi. — E as amigas dela devem ser bem bonitinhas. Garanto que pegar um universitário, no meio da festa, vai ser a prioridade número um de algumas delas. — Ele levantou as sobrancelhas de um jeito cômico.

— Cara, você tem vinte e três anos — eu disse, seriamente, olhando feio para ele.

— Ei! Se tiver dezoito, não é crime, certo? — ele rebateu, com cara de tédio. — Não me olhe assim, Deluca. Eu gosto de meninas mais novas, desde que no limite estabelecido pela lei. Depois da cobra da sua irmã, fiquei bem traumatizado.

— E até parece que você não sabia onde estava se metendo, seu falso — respondi na lata.

— Ok, então tem a possibilidade de terem meninas maiores de idade e bebidas, certo? — Yure confirma, puxando novamente o assunto para onde estava no início da conversa.

— Isso aí! E então, vocês tão dentro? — perguntei, na expectativa.

— Show! — eles responderam juntos.

Ultimamente, meu colega de quarto e meu melhor amigo tinham adquirido o hábito de usar gírias que só eles achavam engraçadas. Então, eu revirei os olhos, ignorando o fato de que aquela gíria não respondia exatamente à minha pergunta, mas entendi que eles iriam, sim.

— Só tem duas coisas — avisei. — Um: a festa é à fantasia. Dois: Selene exigiu que os penetras levassem bebidas alcoólicas e comprassem um presente pra ela. É mais do que justo, não me façam passar vergonha! — falei, exasperado.

— E aí? Alguma vez já te fizemos passar vergonha? — Levi retrucou ironicamente.

— Oh, deixe-me pensar... — devolvi, fazendo uma careta pensativa, enquanto Yure levava a mão aos lábios para cobrir um risinho. — Eu calculei aqui e parece que... sempre. Você sempre me faz passar vergonha, Levi, eu sinceramente não sei como fui me tornar seu amigo.

— Aí, assim magoa, Amostra Grátis — ele devolveu, com uma falsa careta de dor, levando a mão direita ao coração de forma dramática.

— Tá vendo aí? Você é inacreditável! — respondi, irritado.

— É, Levi, pare de chamar o Kalel desse jeito. Da última vez, você o fez se afogar, e por causa disso ele se apaixonou pelo Príncipe de Gelo... Então, é tudo culpa sua — disse Yure seriamente, mas algo me dizia que era só mais um de seus truques para tirar uma com a minha cara, já que ele era quase tão filhote do Tinhoso quanto Levi. — Não tá na hora de ir trabalhar, não, Kalel? — perguntou, ao final.

Já esperando que aquela fosse a sentença inicial de alguma piada, uma vez que eu não tinha um emprego, respirei fundo antes de responder-lhe:

— Que trabalho, Yure? — indaguei, sem emoção.

— Seu trabalho pro Willy Wonka na fábrica de chocolates! — o filhinho da puta exclamou, com o maior dos seus sorrisos, dando um *high-five* na mão de Levi, enquanto eles se acabavam de rir e eu permanecia com cara de paisagem.

— Já acabou? — perguntei, muito puto da vida, mas tentando permanecer o mais indiferente possível. O que para eles não queria dizer nada, pois por serem meus amigos mais próximos, sabiam o quanto era fácil me irritar com brincadeirinhas relativas à minha altura. — Espero que vocês morram com dor! — falei, irritado, dando às costas às duas cobras que chamava de amigos, e me direcionei aos portões da universidade.

Era final de semana, então eu iria para casa e aproveitaria para comprar a maldita fantasia. Ainda não fazia a menor ideia de qual seria, mas precisava que fosse algo bem sexy, para que eu fosse capaz de seduzir Apolo com facilidade, mostrando finalmente meu corpinho bonito e muito bem esculpido em horas de academia e Whey Protein.

É claro que pensei em ir de Super-Homem, mas já é uma fantasia batida quando se trata de um cara com o nome Kalel.

— Não faz assim, Superboy! — gritou Yure.

— É, não fica bolado, Clark Kent! — adicionou Levi.

— Nós amamos você, bebê!

— Minibyte da mamãe!

Eu ri, balançando a cabeça, vencido. Avistei minha irmã, conversando animadamente com alguns amigos, e a cutuquei para que viesse comigo. Ela deu um tchauzinho animado para os outros e rapidamente já estava ao meu lado, caminhando em direção à estação de trem.

— Já sabe que fantasia vai usar na festa? — perguntei para ela, sentado ao seu lado no vagão.

— Humn... Não sei se devo lhe contar, estamos competindo pelo coração do mesmo cara — contrapôs, venenosa.

— Certo. Você realmente não aprende, né? Irmãzinha, eu duvido que Apolo vá querer você, ainda que apareça na porta dele vestida de coelhinha, com orelhinhas felpudas e um plugue de pompom enfiado no cu — digo, seco.

— Ai, Kael! Limpa aí na lateral da boca, o veneno tá escorrendo.

— Olha quem fala. Ele é gay, Selene, acorda!

— Não temos nenhuma prova disso — rebateu calmamente. — E se fosse verdade, ele provavelmente já teria dado trela pra você, coisa que ele nunca fez.

A desgraçada pegou pesado. É por isso que eu digo que Kaya é uma cobra. Ela é a única à minha altura. Não foi só o meu rostinho bonito e os cabelos castanhos sedosos que ela copiou.

— Vai me contar a fantasia ou o quê? — cortei-a, irritado.

— Argh! Tudo bem... Eu vou de Fada Sininho. A Selene me contou que o Apolo vai de Peter Pan, então, assim, eu posso chamar a atenção dele.

O-ow. Uma mulher bonita, metida em um vestido verde tubinho colado no corpo, pira a cabecinha de qualquer cara. Então, é claro, eu não poderia deixar que essa tragédia acontecesse. Afinal, vai que Apolo resolve mudar de ideia ou fica bêbado demais para discernir se é ou não é a fim da minha irmã?

— Você sabe que o Levi também vai na festa, né? Tem certeza de que é assim que você quer aparecer na frente do seu ex-namorado? Num vestidinho curto e vulgar?

Round One: ***FIGHT!***

— Primeiro: isso foi extremamente machista. Dois: eu não ligo. Assim é bom pra ele ver o que perdeu — devolveu, confiante, jogando os cabelos pra trás, em um movimento muito parecido com o que eu fazia habitualmente.

Round Two: ***FIGHT!***

— Bom, deveria. Porque você usando uma roupa verde, só vai dar mais trela pro Levi te chamar de cobra. E acredite, ele vai fazer questão de dizer isso pra festa inteira, vai arruinar sua fantasia — joguei no ar, encarando minhas unhas, no gesto mais despreocupado possível.

Ela me encarou, arregalando os olhos, com a boca abrindo e fechando, provavelmente procurando algum argumento para rebater, mas se dando conta de que não falei nada mais que a verdade.

— Argh! Odeio quando você está certo.

GAME OVER. YOU WIN!

É. Simples como derreter manteiga. Nem fodendo que eu deixaria alguém, fosse quem fosse arruinar minha oportunidade do século, com o cara por quem estive louco por três anos. Foi mal, irmãzinha, mas o Deluca mais velho vai ganhar essa corrida, definitivamente. Eu nasci primeiro que ela, de qualquer modo. Foram dois minutos e meio de diferença.

Então, a primeira coisa que fiz, quando chegamos em casa, foi tomar um banho, pedir as chaves do carro de meu pai emprestadas e correr para o shopping.

Infelizmente, não pude me livrar de Kaya, que se enfiou no carro comigo para ir ao centro de lojas, atrás das fantasias.

Mas o que eu vinha planejando fazer era jogo sujo, então tive que dar um perdido nela, para que pudesse ir até a loja de fantasias sozinho. O que significa que larguei minha irmã dentro de um provador, falando sozinha com um suposto eu do lado de fora, e me encaminhei diretamente para a outra loja temática, indo diretamente em busca dos trajes de Fada Sininho.

Óbvio que eu não seria ridículo de me vestir com um vestido tubinho. E tudo bem se outros homens gostassem de se vestir com roupas moldadas para um corpo feminino, mas a minha intenção realmente não era essa.

Então, comprei um *collant* verde, que deixava meu corpo bonito totalmente esculpido. Até eu fiquei impressionado com a obra de arte. Quero dizer, a minha bunda e as minhas coxas são legais, a roupa apertada de tecido fino apenas deixou tudo mais aparente e sensual. Depois, peguei um par de asas transparentes com purpurina e um sapatinho com um pompom roxo na frente.

Quando me olhei no espelho, tive certeza de que, se Apolo Young não se rendesse aos meus encantos com essa fantasia, ele provavelmente jamais iria. Então, eu definitivamente teria que desistir e tentar me relacionar com outras pessoas, porque já havia uns bons três anos que eu dispensava absolutamente todo mundo, depois de uma transa casual, porque queria Apolo. Sempre Apolo. Ninguém parecia bom o suficiente, além dele. Eu poderia até mesmo ter perdido alguma pessoa bacana por conta disso. Mas era agora que eu finalmente saberia se tinha valido a pena.

Na real, eu estava me sentindo como a porra da Cinderela, prestes a ir ao baile dentro da carruagem de abóbora. Isto é, se a Cinderela parecesse com um percevejo verde.

Por último, fui até a farmácia e comprei uma tinta loira claríssima, descolorante e oxigenada da volumagem mais forte. Meu cabelo era escuro e estava fora de cogitação usar uma peruca, porque, é óbvio, ficaria ridículo, e a intenção aqui era ser sexy.

Quando eu saía da loja, feliz e satisfeito, saltitando pelos corredores do shopping, avistei minha irmã, e a cobrinha estava justamente com *ele*: Apolo Young.

Bom, não exatamente com ele, já que Apolo é um antissocial do caralho que nem gosta da Kaya, já falei. Ele estava com a Selene, e esta, consequentemente, em companhia de minha irmã. Se eu soubesse que a deixar sozinha seria o mesmo que jogá-la no colo de Apolo, teria amarrado uma algema em seu pulso, junto ao meu.

Por isso, me aproximei deles rapidamente, tentando não tremer na base por estar próximo de Apolo.

— Oi, Kael! — cumprimentou Selene.

Ela era fofa, tinha cabelos castanhos compridos e olhos quase amendoados como os do irmão.

— Oi, Lene! Feliz aniversário adiantado. Dezoitão, uh? Agora que é uma adulta, deverá viver com responsabilidades. E não caia na lábia dos meninos, eles são sem vergonhas — disse para ela.

— Mas você também é um menino — Selene retrucou, me fitando, confusa.

— Argh, por isso mesmo! Conheço minha raça, acredite quando te digo que garotos são problema.

— Se garotos fossem tão problemáticos assim, você não dormiria com um diferente por semana, não é, maninho? — Kaya atacou, venenosa.

Naquele momento, eu visualizei minha irmã se enroscando em volta de meu corpo e quebrando meus ossos, exatamente como uma sucuri. Ela era boa de jogo, tinha aprendido comigo. De certa forma, eu ficava até orgulhoso.

— Bom, pelo menos eles vêm atrás de mim, não é? Diferente de você, que fica se rastejando, mesmo depois que o cara te dá um fora.

Ok, sei que peguei pesado, mas Kaya era uma oponente forte. Não era como se ela fosse chorar ou ficar realmente ofendida. Minha irmã era durona.

Antes mesmo que Kaya pudesse contra-atacar, ouvi uma risada extremamente engraçada do meu lado esquerdo. As meninas estavam sérias, então, se não era nenhuma delas rindo, só podia ser uma pessoa: Apolo Young.

Virei-me em câmera lenta e fiquei totalmente paralisado com a visão. Porque nunca, em todos aqueles anos, havia visto Apolo sorrir. Nem sequer uma vez. Eu já tinha passado horas imaginando sua risada, mas nada se comparava à coisa real em minha frente.

O som cômico fazia conjunto com um sorriso extremamente fofo, ruguinhas nos cantos dos olhos e dentinhos à mostra. Se eu já era apaixonado por aquele sujeito antes, agora via que não tinha mais jeito. Ou Apolo seria meu, ou eu teria que apelar para algum tipo de trabalho de magia.

Então, quando ele parou de sorrir, secando o cantinho dos olhos, de onde brotaram lágrimas, aqueles orbes escuros pousaram diretamente em mim. E tipo, eu gelei. Apolo sempre olhava para mim, mas nunca quando eu estava olhando para ele, sabe? Yure e Levi sempre diziam: *"Não olha agora, ele tá olhando pra você!"*. Então, tê-lo a alguns palmos de distância do meu rosto, olhando diretamente em meus olhos, apenas havia me deixado mais boiolinha por ele.

— Você é engraçado, Deluca — ele me disse. — Se você e Kaya não se parecessem tanto, eu diria que são adotados. Porque é a única explicação para que os dois se odeiem tanto.

Ela e eu nos encaramos, piscando, um pouco confusos.

— A gente não se odeia — eu disse, abismado. — Sei que parece, mas é que a forma de demonstrar amor na família Deluca é um pouco agressiva — respondi, sem jeito.

— É, eu e o Motorista da Barbie nos amamos — Kaya declarou, outra vez destilando veneno.

Eu estava prestes a rosnar, como um cão feroz, e dar um peteleco na testa dela, quando, pela segunda vez, pude ouvir o delicioso som da risada de Apolo. Era como música.

Okay, estou sendo meloso. A risada dele parecia a daquele cara do filme "As Branquelas", só que meio fofa, então eu gostava. Fora que, Apolo ficava tão, tão, tão precioso sorrindo, que quase dei um suspiro na frente de todo mundo, mas me contive para não demonstrar o quanto eu estava na dele. Porque eu estava *muito* na dele.

— Então, Selene — ele disse, depois de se recompor. — Nos encontramos depois. Vou escolher minha fantasia. — E aí, ele passou por mim e foi andando pelo corredor.

Espere aí, ele ainda vai escolher uma fantasia? Mas eu acabei de comprar as coisas para ser a Sininho do Peter Pan dele! Ah, nããããão! Isso só pode ser praga da cobra da minha irmã.

Então, eu simplesmente saí correndo atrás do garoto, que andava bem rápido, e ainda que eu não tivesse intimidade com ele — porque ele não deixava, é claro — puxei-o pelo cotovelo quando me aproximei, recebendo seu olhar confuso.

— Você... não ia... de... Peter Pan? — indaguei, esbaforido.

— Sim, mas mudei de ideia — esclareceu, arqueando as sobrancelhas e me fitando de um jeitinho curioso. Fofo! — Não vou nem perguntar como você sabe disso, porque já sei que minha irmã é fofoqueira — disse, enquanto voltava a caminhar.

Eu o acompanhei.

— Você ia ficar muito bonito de Peter Pan. Está pensando em usar o quê agora? — Fitei-o de lado.

— Oh. Obrigado. — Ele coçou a nuca, aparentando um desconserto. — A fantasia de Peter Pan era muito desconfortável, na verdade... toda colada e marcando partes demais em meu corpo. Achei que chamaria atenção demais pra... humnn... certas regiões — confessou, inteiramente sem jeito. Posso jurar que vi suas bochechas corarem um pouco, mas ele logo virou o rosto em uma direção que não me permitia mais ver.

— Ah... sim — foi só o que consegui responder, porque imediatamente minha mente se deslocou para uma visão gloriosa de Apolo vestido em um *collant* verde como o meu, com aquelas coxas fartas, bunda durinha, peitoral trincado e volume grande bem-marcado no tecido colado. Uma visão maravilhosa e de tirar o fôlego, devo dizer.

— Pra não sair um pouco do que eu já tinha pensado, vou comprar uma fantasia de pirata. Do Capitão Gancho — ele falou.

E então, uma luz se iluminou em minha frente, porque isso queria dizer que eu ainda poderia combinar minha fantasia de Fada Sininho com a dele.

— Oh. Eu te ajudo a escolher. Posso ir com você? — indaguei, animado.

— Não — ele respondeu, seco.

Meu sorriso quase murchou, mas aquele era Apolo Young no fim das contas. Não era como se eu pudesse esperar uma resposta calorosa desse sujeito, certo? Então, rapidamente formulei uma resposta malcriada e petulante, para a qual ele não teria argumento:

— Bom, é uma pena, porque o shopping é um espaço público e eu vou com você, querendo ou não.

— *Touché* — ele disse, após um par de segundos, sorrindo de lado, enquanto voltava a caminhar.

E eu fiquei congelado por um momento, em resposta àquele sorriso.

Assim que entramos na loja, Young pediu a fantasia ao vendedor, que lhe deu duas opções para escolher. Ele até mesmo pediu minha opinião — o que me deixou levemente chocado e surpreso.

Saindo da loja, andamos silenciosamente em direção à praça de alimentação, indo encontrar nossas irmãs. Eu queria muito puxar um assunto, mas ele andava rápido demais para que eu e minhas pernas curtas, de míseros um metro e setenta, pudéssemos acompanhar — para me evitar, desconfio.

Sentados à mesa, enquanto comíamos um lanche de fast-food, Apolo evitava ao máximo conversar e apenas encarava seu aparelho celular, ignorando qualquer tentativa de interação minha, de Kaya e da própria Selene.

Sua recusa em interagir conosco me levou a pensar que talvez ele já tivesse alguém. Fazia sentido, já que ele evitava todo mundo normalmente e distribuía foras. Mas Selene já nos havia passado a informação de que ele era solteiríssimo, até onde ela sabia. Então, nada daquilo fazia sentido.

Quando terminamos de comer, caminhamos em direção ao estacionamento do shopping, enquanto Kaya e Selene conversavam, animadas, andando na frente. Elas, então, encostaram no carro de meu pai, e eu fui seguindo Apolo até o dele, para me despedir.

— Hoje foi legal, cara — eu comecei, tímido. — Talvez nós possamos ser amigos, não acha? Você viu que eu não mordo. E eu não tenho problema em aguentar o seu mau humor — disse, sorrindo docemente.

Ele, então, me encarou com uma expressão séria, bloqueou o celular e o guardou no bolso do sobretudo preto, suspirando, com uma expressão cansada.

— Kael, eu sei o quanto você é grato por ter te salvado daquela vez no parque aquático, mas não precisa fazer isso, é sério. Não quero que tente ser meu amigo por gratidão.

— Ei! Eu não quero me aproximar de você por isso, eu... — Bom, o motivo é que sou gamadinho nele, mas eu não poderia contar isso, poderia? Seria muito humilhante, e eu não queria acabar tomando um fora como a Kaya. Então, só me restava mentir: — Quero ser seu amigo porque te acho legal.

— Corta essa, Deluca — devolveu, com um sorriso amargo. — Todo mundo sabe que de legal eu não tenho nada. As pessoas só se aproximam de mim com interesse de que eu as ajude com os estudos ou quando elas querem transar. Qual das duas opções é a sua?

Por um momento, fiquei estático. Eu realmente não tinha uma desculpa melhor. Claramente não precisava da ajuda dele com os estudos, porque me virava bem. Quanto a transar... bem, essa era, de certa forma, a opção correta, embora eu quisesse muito mais do que isso com ele. Queria mesmo era um namorinho, cafungada no cangote, beijinho na ponta do nariz e dormir abraçadinho, se é para ser sincero.

Senti minhas bochechas arderem. Provavelmente, eu estava ficando vermelho e Apolo reparando nisso. Então, após uns segundos de silêncio, sem obter uma resposta de minha parte, ele murmurou:

— Foi o que pensei.

E aí, entrou dentro do carro e arrancou com ele, parando apenas sob os gritos de Selene para que ele não a deixasse a pé.

Se eu estava bem animado e positivo sobre a ideia de conquistar Apolo Young na festa, agora eu estava apenas desiludido.

Shippe Errado na

03

Terra do Nunca

Quando o esperado dia chegou, eu já não estava tão animado quanto deveria. Minha autoconfiança havia ido para o ralo desde o dia do shopping.

Por outro lado, eu já tinha tingido meus cabelos em um tom de loiro claro que combinou perfeitamente comigo, me deixando com uma aparência ainda mais delicada que a habitual e com uma cara de passivo que até Deus duvida.

Não que passivos tenham uma cara específica, mas sabe como é… estereótipos. Sempre o cara que tem a aparência mais delicada é automaticamente taxado de passivo, como se dar a bunda fosse coisa para gente fraca.

Rapaz, eu vou te contar um negócio: tem que ser *muito macho* para aguentar dar o cu.

E não que eu me importe com essa palhaçada também, porque na cama eu faço de tudo, gosto mesmo é de sentir prazer, e é isso o que importa. Mas meu sonho de *princeso* sempre seria foder Apolo de todas as maneiras e em todos os lugares possíveis. Sonho esse que agora eu não tenho tanta certeza se serei capaz de realizar.

Estava pensando seriamente se valia a pena ir a essa festa ou não, afinal eu via Apolo todos os dias, passava cerca de seis horas dentro do mesmo cômodo que ele, e ainda assim, o dito cujo não me dava um pingo de moral. O que poderia mesmo acontecer de tão diferente nessa festa para fazê-lo mudar de ideia?

Claro, ele poderia ficar bêbado ou drogado e aí, então, tornar-se automaticamente mais receptivo. Mas eu queria realmente ficar com ele assim? Sem que ele estivesse sóbrio para lembrar ou decidir alguma coisa corretamente? Se a ideia era essa, o melhor a fazer era ficar em casa mesmo, chorando em posição fetal.

Só que aí os filhotes de Lúcifer — vulgo Levi e Yure — chegaram no *timing* exato em que eu estava prestes a vestir um pijama e entrar debaixo das cobertas. Eles ligaram o som bem alto no meu quarto, abriram suas mochilinhas e começaram a se arrumar na minha casa.

Então, é claro, acabei me animando. Se eu não sairia daquela festa com Apolo, pelo menos me divertiria e encheria a cara com meus amigos, certo?

Yure estava fantasiado como um pirata — que disse se chamar Pirata Alma Negra, um personagem de uma série de comédia mexicana famosa na América Latina. Não que eu conhecesse, mas parecia engraçada.

Já Levi, bem... parecia ele mesmo — considerando que normalmente ele se parecia com algum fantasma de filme de terror japonês. Ele estava todo de branco, combinando o tom leitoso de sua pele e com os cabelos platinados. Yure o maquiou nos olhos com uma sombra preta forte e tentou empalidecer mais ainda os lábios já normalmente desprovidos de muita cor. Acredite, eu mesmo estava com medo daquela assombração, principalmente porque era uma assombração que falava *muita* merda.

Terminei de colocar minhas roupas no banheiro, fazendo uma maquiagem mais suave que a da assombração, com um esfumado escuro nos olhos e um pouco de *lip balm* para rosar os lábios. Mas aí, o toque final foi o vidro de purpurina que joguei no peitoral, derrubando boa parte no chão, sabendo que minha mãe definitivamente me mataria. Mas, bem, fadas tinham muito brilho, certo? Então, se eu era uma fada, nada mais justo. E que minha mãe assassinasse uma fada amanhã, quando eu chegasse da festinha.

Quando saí do banheiro, meus amigos se viraram para me encarar, e fiquei esperando que dissessem alguma coisa, ansioso. Estava pateticamente bonito, e se eu não fosse eu, com certeza me pegaria. Inveja de quem fosse beijar meus lábios. Se liga na dica, Apolo!

— Su-per-gay! — exclamou Levi, de boca aberta.

— Tão gay que você tá babando, né? Seca aí o cantinho da boca — retruquei, zombando.

— Uau, você tá lindo mesmo, Kael. Se o idiota do Apolo não te agarrar, eu agarro — Yure declarou, cheio de firmeza.

— Ah, por favor, não faça isso. Principalmente se eu

estiver bêbado — disse, então, porque quando eu bebia, em determinado momento perdia muito a linha e queria beijar todo mundo. E eu não tinha culpa de ser um pouco safado. A bebida só aumentava essa característica... exponencialmente.

Nós pegamos os engradados de bebidas do chão e os presentes de Selene — que Levi disse ter inteirado e comprado com Yure, mas todos sabíamos que Levi comprara sozinho.

Já eu, tinha comprado uma coisa simples e certeira: aproveitei-me quando estava com Apolo no shopping e perguntei sobre o presente, então ele me contou que a irmã era fã da série Friends. Daí, eu comprei para ela um box com as dez temporadas da série — o que me custou os olhos da cara.

Pedimos o táxi e logo nos vimos em frente a uma mansão absurdamente bonita, com enormes jardins rodeando tudo e adolescentes bêbados correndo de um lado para o outro. A decoração estava impecável, dentro e fora da casa, com abóboras decoradas, anões de jardim, serpentinas e confetes espalhados até o teto, fumaça de gelo seco e esqueletos e aranhas de plástico nas paredes, como uma perfeita mansão assombrada.

A cada passo que eu dava, sentia os olhares se cravarem em mim e em meu corpo, coisa que me deixou um pouco constrangido, mas me lembrei de que tinha assumido esse risco e não deveria me incomodar, afinal quem estava na chuva era para se molhar.

A única coisa que Kaya — fantasiada de, veja bem, Coelhinha da Playboy — fez, quando me viu na festa, foi cruzar os braços, olhar-me de cima a baixo e soltar, cansada: *"Você joga sujo demais"*. Em seguida, balançar a cabeça e se misturar à multidão. Bom, ela me conhece desde que nasceu, mora comigo há mais de duas décadas, não é como se ela não esperasse que eu fosse dar uma leve sacaneada para ganhar dela. Não era o tipo de cara desonesto — já contei sobre o vibrador perdido da minha tia? — mas aquele era um caso especial, e minha irmã jogava para ganhar.

No mais, uma das coisas que a fizeram desistir da fantasia de Fada Sininho — além de saber que Apolo não iria mais de Peter Pan — foi um certo irmão gêmeo a incentivando-a se vestir da forma mais provocante possível, pois, segundo as fontes da minha cabeça, é assim que se ganha um cara: mostrando muito. E não é mentira que nós, homens, somos um bocado fúteis com esse tipo de coisa, você sabe.

Bom, a fantasia ficava melhor em mim do que nela, de qualquer forma.

Quinze minutos já se haviam passado desde que chegamos, e eu já tinha revirado cada cantinho do primeiro andar da casa, à procura de Apolo, mas não o havia encontrado. Assumi que ele ainda estivesse se arrumando, afinal devia demorar para ficar bonito como ele costumava ficar.

Então, em quarenta minutos de festa, eu já virava meu terceiro copo de caipirinha — a famosa bebida brasileira do capeta, que é a mistura de cachaça ou vodca com suco de limão e muito gelo.

Já estava alegrinho quando fui ao banheiro e me deparei com um cara alto, usando uma fantasia totalmente cor de rosa — calça, camisa, sapato, absolutamente tudo rosa — e uma coroa dourada na cabeça, adornando os cabelos tingidos de roxo. Ele parecia um chiclete gigante, honestamente. Foi aí que eu me toquei:

— Cara, você é a Princesa Jujuba! Que demais! — disse para ele.

— Woa! Você entendeu a fantasia? Ai, me abraça! — E então, o cara se jogou em cima de mim, claramente alterado, enquanto sorria.

— Ora, por que diz isso? É alguma novidade alguém entender do que você está vestido? Porque pra mim ficou bem claro — respondi sinceramente.

— Todo mundo fica perguntando o que eu sou, já está me irritando. Não era obrigado a vir de vestido pra parecer uma princesa! Tenho minhas preferências de vestimenta, caramba! — disse, em tom exasperado.

O tal homem-chiclete parecia meio doido, então imaginei que já tivesse bebido um pouquinho também.

— E por que você não veio, então, com alguma fantasia mais óbvia? Tipo, sei lá, o Mário Bros, talvez?

— Porque eu queria vir como Harry Potter, mas meu namorado comprou a fantasia pra ele primeiro, aquele sacana. Então, essa fantasia foi o que deu pra improvisar em cima da hora. A propósito, eu sou o Dimas — apresentou-se, me estendendo a mão para um cumprimento.

— Kael Deluca.

Aquele era um cara divertido, então saímos do banheiro já transformados em amigos, como as meninas costumavam fazer em banheiros de baladas.

Do lado de fora, apresentei Levi e Yure a ele, até que o namorado dele, David, e o irmão, Theo, se juntaram a nós.

E aí, entrei em um leve pânico, porque Theo era um cara que eu costumava ficar logo que comecei a estudar com Apolo. E eu sabia que ele sentira algo por mim, mas simplesmente não pude lhe retribuir por causa da paixão desenfreada que havia criado pelo Young.

Devido a isso, Theo e eu nos encaramos por um momento, claramente desconfortáveis com a coincidência inesperada.

— O-oi — eu o cumprimentei, envergonhado.

— Oi, Kael — ele respondeu, também nervoso.

— Ah, não! Espere... — alarmou-se Dimas. — Kael Deluca, tipo em Kael Deluca que partiu seu coração? Woa! — ele gritou, surpreso.

— Fica quieto! — Theo exclamou.

— Theo... me desculpe outra vez. Eu realmente não tive intenção e... — comecei a dizer.

— Não, Kael, tá tudo bem — interrompeu-me. — Sério mesmo. Eu me deixei levar um pouco, porque nós estávamos tão próximos e nos dávamos tão bem em tudo. Éramos amigos, o sexo era bom, você tem caráter. Eu só me equivoquei um pouco. Na verdade, o que me deixou mais triste foi você ter se afastado de mim depois de rejeitar meus sentimentos. Achei que, acima de tudo, seríamos amigos — declarou em tom tristonho.

— Theo, eu me afastei porque sabia que, se continuasse perto de você, seus sentimentos não iriam passar — disse honestamente. — Eu só não queria te machucar... — confessei.

— Agora, que já faz quase três anos, nós podemos ser amigos, certo? — disse, dando um daqueles sorrisões que lhe eram tão característicos.

— Certo! Amigos, então! — Lhe dei um sorriso sincero.

— E o tal cara que você gostava? Conseguiu ficar com ele? Não me fala que é um desses seus dois amigos, porque eles estão se beijando bem agora.

Eu virei de costas e me deparei com Yure e Levi aos beijos, mas logo em seguida, Levi beijou a segunda pessoa mais inesperada de todas: minha irmã — e sua ex-namorada. Depois, ele se virou novamente para Yure, e segundos depois, este também beijou Kaya, fazendo-me arregalar os olhos, chocado.

É, parece que eles aproveitariam bem a noite.

— Oh. Não, não são eles! — Voltei-me para Theo. — Na verdade, eu ainda tô tentando conquistar aquele cara, ele é duro na queda. — Dei uma risadinha sem jeito. — Mas e você? Tá saindo com alguém?

— Sim, na verdade eu vim pra festa por causa dele. David é primo da Selene e, consequentemente, do seu irmão, Apolo. A gente já saiu algumas vezes, mas ainda não rolou nada. Ele é bem engraçado e espontâneo, mas parece meio temeroso em relação a sentimentos...

Enquanto Theo tagarelava, eu só conseguia sentir meu coração apertar. Era uma grande ironia que justo o cara que eu recusei, por amar Apolo, estivesse agora saindo com ele. E claramente, Apolo o tratava bem, conversava com ele e era seu amigo. Se ele dizia que o Young era um cara engraçado e espontâneo, sendo que, apenas algumas semanas atrás, eu pude ver o garoto sorrir pela primeira vez em três anos, isso significava que Apolo estava dando intimidade suficiente a ele — coisa que nunca deu a mim.

Eu estava em desvantagem e sabia reconhecer uma causa perdida. Então, não pude esconder a decepção em meu olhar, até que Theo me observou bem e arregalou os olhos.

— Você... Você conhece o Apolo? — perguntou.

— Humn… É... Sabe, Apolo Young é o cara que eu gosto há três anos. Incrível como a vida me dá limões e insiste em espremer eles dentro do meu olho! Argh! Sabe, talvez seja carma. Eu te magoei por causa do Apolo, e agora ele está com você. É realmente brilhante. Obrigado, universo! — Joguei minhas mãos para o ar, sentindo a profunda derrota.

— Mas, Kael, eu e ele nem nos beijamos nem nada. Ele é bem fechado e...

— Theo, há quanto tempo você o conhece?

— Oh. Dois meses, eu acho. Por quê? — Ele me encarou, confuso.

— Eu conheço Apolo há mais de três anos, e ele mal me dirige a palavra, exceto pra me dar bom dia ou pra se negar a me dar cola. E que fique bem claro que pedir cola a ele sempre foi uma tentativa de aproximação, porque eu não preciso disso, tá legal? Já tentei de tudo pra me aproximar dele, mas o cara acha que eu só quero fazer isso por gratidão pela vez em que ele me salvou de um afogamento na piscina.

Theo arregalou ainda mais os olhos e abriu um enorme sorriso a seguir.

— Ei, volta a fita. Você é o cara que ele salvou no parque aquático uma vez? — Ele deu uma risada desacreditada, mas nem um pouco reprovadora. — Kael, o Apolo gosta de você!

Hein?

— O quê? — indaguei, atordoado.

— Eu preciso resolver isso! — ele exclamou e, em seguida, saiu correndo por entre o mar de jovens bêbados, enquanto eu corria atrás dele para impedi-lo de fazer o que eu achava que faria.

Além do mais, como ele soltava uma bomba dessas e saía correndo? Como assim ele estava dizendo que Apolo gostava de mim?

Eu deveria ter bebido menos vodca, porque minha cabeça não queria mais parar de girar.

Contudo, quando finalmente alcancei Theo, estanquei no lugar. Young Perfeito Apolo estava parado alguns metros à frente, na sua linda fantasia de Capitão Gancho vermelha, com um gancho de plástico no lugar de uma das mãos.

Theo nem sequer olhou para mim, ele só chegou perto, puxou Apolo para si e colou a boca no ouvido dele. Sussurrou por quase um minuto inteiro, antes de se afastar e, aí sim, olhar para mim, parecendo muito satisfeito consigo mesmo.

E foi aí que notei Apolo me olhando também.

Não sei se foi efeito da bebida e eu já estava alucinando, mas Apolo mordeu a porra dos lábios.

SÉRIO, ELE ME COMEU COM OS OLHOS E MORDEU A PORRA DOS LÁBIOS.

Por segundos que pareceram uma eternidade, nossos olhares se grudaram, e foi como em um filme romântico. Eu o encarei com desejo, enquanto ele fazia o mesmo. Seus olhos percorreram todo o meu corpo metido naquele *collant* apertado, me encarando como uma presa, prestes a me atacar. Era a primeira vez que ele me olhava assim — pelo menos a primeira vez que eu tive ciência.

Subitamente um barulho alto surgiu, com Selene subindo no pequeno palco em que estava o DJ e falando ao microfone que a caça ao tesouro começaria e que o prêmio estava escondido em algum lugar do primeiro andar da casa, podendo ser nos jardins ou na parte de dentro, mas pediu que ninguém avançasse para o segundo andar, pois não fazia parte do jogo. Ela disse que todos deveriam participar procurando as pistas, se dividindo em grupos.

Quando voltei o olhar para o lugar em que Apolo estava parado, vi Theo terminar de cochichar mais alguma coisa em seu ouvido, e ambos deixarem o local, com Apolo me dando uma última encarada intensa antes de me dar as costas.

Nunca fui um cara religioso, mas naquele momento, eu rezei para todos os santos.

Shippe Errado na

04

Terra do Nunca

Já fazia 20 minutos desde o início da caça ao tesouro, e eu não poderia estar cagando mais.

Yure e Levi seguiam as pistas contidas nas cartas escondidas pela casa, enquanto iluminavam o jardim com a lanterna dos celulares, animados. Já eu, só conseguia andar de um lado para o outro, com minhas asinhas balançando, enquanto mordia os lábios de nervoso. A vontade era de invadir todos os cômodos da casa, até encontrar Theo e Apolo e dizer: *"Opa, opa, tô atrapalhando o casalzinho aí?"*, para aí, começar a quebrar tudo que visse pela frente, gritando *"Infeeeeeeeeeernoooooo!"*, que nem a vilã de uma novela brasileira que eu costumava assistir.

É, claramente eu estava surtando por dentro, me julgue.

Foi quando Yure e Levi começaram a subir na casa da árvore do jardim, que senti um arrepio e uma presença parada atrás de mim, tão perto que era possível sentir o calor que emanava daquele corpo, me livrando de qualquer hipótese de pensar ser uma assombração.

Sua voz chegou aos meus ouvidos, no exato momento em que seu perfume doce atingiu minhas narinas. E eu sabia, por mais que Apolo fosse um cara de pose e aparência durona, ele sempre usava perfumes adocicados, totalmente inebriantes, daqueles que você inevitavelmente associava a pessoa àquele cheiro pelo resto da sua vida.

— Deluca... — Sua voz rouca soou extremamente sensual, rente ao meu ouvido. — Eu tenho um jogo novo pra te propor. Uma caça ao tesouro paralela, que só nós dois iremos jogar. Você quer?

Minha nossa, que tom de voz sexy era esse, porra? Onde esse menino aprendeu isso?

— E-eu... — tentei dizer, mas subitamente me vi sem ar.

Tentei me virar para encará-lo, mas ele apertou meus ombros e roçou o nariz pelo meu pescoço, fazendo a fadinha aqui quase entrar em curto-circuito.

E sem ter ciência dos seus efeitos absurdos sobre mim nesse momento, ele soltou o hálito quente contra minha pele.

Ai, meu furico. Por que você tá piscando assim, rapaz?

— Não se vire, Kael — chamou-me de modo íntimo e informal, o que só me surpreendeu mais, de um jeito muito gostosinho. — Apenas responda se sim ou se não, e então, lhe direi as regras — declarou com sua voz melodiosa.

É sério, de onde surgiu esse tom? Eu nunca o escutei falando assim. Estava absolutamente chocado e, confesso, também ficando duro. Sem brincadeira.

— Sim — respondi firme. Estava completamente entregue àquele garoto, e olha que eu odiava ser submisso em qualquer tipo de relação. Mas deixar que Apolo me seduzisse, me encaminhasse, me provocasse, estava fazendo meu corpo inteiro ferver. Simplesmente por ser ele.

— Então, vamos jogar. Não é muito diferente do que os convidados estão jogando, a diferença é que, no nosso jogo, *o prêmio sou eu* e o único que poderá ganhar é *você*. Procure pelo soar do relógio, aquele que estava no estômago do crocodilo que devorou a mão do Capitão Gancho. Você encontrará pistas no segundo andar da casa, que te levarão ao tic-tac. Você tem meia hora, Sininho. Não demore, antes que eu mude de ideia. — E então, ele se afastou.

Fiquei em transe, com os olhos fechados, tentando entender se aquilo havia sido fruto da minha imaginação ou realidade. Eu vinha sonhando e ansiando por aquilo por tanto tempo, que meu corpo estava muito mais do que eufórico.

Aparentemente, Theo tinha brincado de cupido. Eu planejava agradecer-lhe depois, roubando um banco e dando o dinheiro todo para ele ou coisa parecida. Porque, é claro, depois de me juntar com Apolo, o cara não merecia menos que isso.

E quando me dei conta, já estava correndo em disparada para dentro da mansão, sob os gritos confusos de Yure e Levi. Parecia que, quanto mais eu corria e de quanto mais pessoas eu desviava, mais longe a escada para o segundo andar ficava.

Quando finalmente pude alcançar o primeiro degrau, Kaya subitamente puxou-me pelo pulso, travando-me:

— Hey, a brincadeira é só aqui embaixo, você não pode subir aí.

— Dá um tempo, Kaya, antes que eu rasgue todos os pôsteres do Super Junior colados na parede do seu quarto!

— Ei! Assim, de graça? Que bicho te mordeu?

— Apolo Young me mordeu! Ele tá lá em cima me esperando, então, se você me der licença, meu anjo...

Ela me encarou, chocada, com os olhos arregalados e a boquinha aberta, murmurando um *"Não acredito que você estava certo"*, enquanto eu lhe lançava meu sorriso mais convencido, antes de subir escadaria acima.

No topo da enorme escada de mármore, havia três corredores, contendo, cada um, duas pesadas portas brancas, parecidas com as portas desses palácios que vemos nos filmes. Sabia que ali estaria a primeira dica quando encontrei o gancho de plástico pertencente à fantasia de Apolo pendurado na porta da esquerda.

Coloquei a mão sobre a maçaneta dourada, e a porta se abriu em um baixo clique. Eu me pus rapidamente para dentro, até que o novo clique, anunciando que elas estavam fechadas, fosse ouvido.

No início, tudo era um breu. E então, à medida que dava passos para a frente, as luzes se acendiam, devido a um aparente sensor de movimento instalado no teto, revelando que eu estava em um largo corredor branco, com lindos quadros estampando fotografias artísticas na parede.

No meio do corredor, a calça preta da fantasia de Capitão Gancho repousava no chão, junto a uma cueca boxer vermelha, um pouco mais afastada.

Franzi o cenho. Meu cérebro não estava nem tendo tempo de pensar.

No fim do corredor, no último retrato da parede, havia uma foto de Apolo e Selene, sentados em um balanço, em um tempo não muito distante de agora, pois eram adolescentes nas fotos, como quando eu os conheci. Em cima do rosto de Apolo, havia um pequeno post-it amarelo:

"Você está morno...", era o que o bilhete dizia.

E aí, o corredor desembocou em uma sala enorme, com uma grande TV de tela plana, que ocupava mais da metade da larga parede. O chão era coberto inteiramente por um tapete felpudo, que parecia macio como uma pluma.

O cômodo estava quase completamente escuro, e à medida que eu dava passos, as luzes com sensores se acendiam apenas na parte em que eu estava, se apagando por onde eu já tinha passado.

Um sofá, aparentemente macio e branco, adornava a parede oposta à TV, e logo abaixo dela, havia uma elegante lareira acesa. No canto desta, estava o par de luvas brancas e o lenço também branco, que adornara o pescoço do elegante pirata de Young.

Mais à frente, pude ver os sapatos pretos abandonados pelo caminho, assim como a peruca de fios cacheados do pirata. E ao olhar para cima, percebendo que ali havia uma outra escada de mármore, estava Apolo, sentado na escada branca, toda escura, onde uma luz fraca havia se acendido apenas sobre ele.

Apolo usava apenas o sobretudo vermelho de botões dourados da fantasia de pirata, com as meias brancas 3/4 da fantasia e um rolex dourado no pulso direito, que quando pude ouvir, soava um claro e alto "tic-tac" no silêncio do cômodo.

Por um momento, ficamos apenas nos encarando. Apolo com seu olhar afiado e eu com o sorriso mais sem-vergonha e maravilhado que alguém era capaz de dar.

— Pensei que você não quisesse crescer — ele falou, em tom baixo e provocador, se referindo ao personagem principal daquele conto de fadas.

— Eu sou a Sininho, não a porra do Peter Pan — respondi, após um par de segundos olhando, admirado, para ele.

E então, não fui mais capaz de me segurar, pois só a visão de Apolo seminu, pronto para mim, fez meu pau endurecer dentro do *collant* verde.

Subi os degraus até estar em frente a ele, que permaneceu sentado na metade da escada fria, e me ajoelhei entre suas pernas, segurando-o pelos cabelos da nuca com menos delicadeza do que pretendia, levando em conta minha ansiedade, antes de avaliar todo o seu rosto e lhe tomar os lábios em um beijo furioso.

Nossos lábios se moveram com tanta velocidade e nossos corpos ficaram imediatamente tão colados um no outro, que nem mesmo o ar estava se pondo entre nós.

Apolo rapidamente tratou de grudar as mãos grandes em meu traseiro, apertando a carne dali com agressividade, reivindicando-a para si, mostrando-se claramente tão sedento de mim quanto eu sempre fui dele.

Não pude evitar gemer em seus lábios, sentindo aquelas mãos me apalpando tão fervorosamente, pois aquele toque bruto mostrava o quanto de desejo Apolo sentia por mim. E tal pensamento contribuía para que eu ficasse ainda mais excitado.

Infelizmente, afastando nossos lábios por um momento, ele disse:

— Você ficou ainda mais gostoso de cabelo loiro — sussurrou com suavidade e provocação. — E olha que eu tenho certa preferência por morenos. — Moveu-se sobre meus lábios, dançando com os olhinhos curiosos pelo meu rosto.

E eu fui absolutamente incapaz de lhe responder, porque minha boca precisou se ocupar de chupar e morder aquele lábio inferior gordinho e apetitoso.

Tratei de deslizar as mãos por todo aquele peitoral perfeitamente esculpido, de músculos fortes e cintura fina aparecendo por entre o sobretudo aberto. Ele tinha os peitos estufados, e por isso pude apostar que ele malhava.

Apolo era quente. Malditamente quente. Eu duvidava que qualquer coisa, em qualquer dimensão, pudesse ser mais quente que Apolo Young.

Enquanto eu continuava a comandar nosso beijo, segurando-o pelos cabelos e rosto, Apolo subiu as mãos de minhas nádegas para as alças finas de meu *collant*, rasgando-as em um só movimento.

— Ei! Eu só tenho essa roupa pra voltar pra casa, sabia? — perguntei, ofegante, tentando fingir que realmente havia me importado com aquilo.

— E quem disse que você vai voltar pra casa hoje, Deluca? — ele respondeu com uma pergunta retórica e levou a destra sorrateiramente para massagear meu pau extremamente duro e marcado no *collant*.

Fechei os olhos, gemendo em deleite. Já estava desfalecendo só com aquele toque.

— Foi por isso que eu mudei minha fantasia, Kael. Não queria ninguém olhando demais… Mas nunca imaginei que teria o prazer de ver você de pau duro em uma roupa dessas. Ousado. — Um brilho brincalhão dançou em seus olhos. — Se bem que você vestido nela foi a segunda coisa mais bonita que já vi essa noite.

— E qual foi a primeira, uh? — perguntei, curioso e ofegante.

— Essa ainda vou ver… E espero que seja você de quatro pra mim nessa escada.

Imediatamente, um sorrisinho de canto tomou meus lábios, sem que eu pudesse controlar. Se Apolo queria tentar me comandar, mostraria a ele que sou eu quem comanda. Já disse que topo fazer qualquer coisa com ele, mas essa noite quero fazê-lo implorar por meu pau dentro dele. Do jeitinho que sempre imaginei.

— Apolo, você é tão mordível... — sussurrei com suavidade, acariciando sua nuca. — Tão fodível... — Mordi seu pescoço perfumado. — Tão gostosamente atraente nessa sua pose de machão, que tudo o que eu quero é pôr *você* de quatro no chão e fazê-lo implorar pelo meu pau socando fundo em você... — corajosa e descaradamente declarei, olhando em seus olhos, me mostrando o mais decidido possível. O que não era difícil de fazer, já que esse era, possivelmente, o maior desejo da minha vida.

E se eu esperava que Apolo ficasse inexpressivo ou talvez desconfortável com minhas palavras, a resposta dele foi totalmente diferente:

— *Então, por que não me bota logo?* — devolveu, com a voz sussurrada.

Apolo era realmente minha alma gêmea, não havia outra explicação, porque minha alma gêmea necessariamente cederia o controle para mim quantas vezes eu quisesse.

Eu perderia a sanidade e o culpado seria ele. Se bem que desconfio ter perdido a sanidade no momento em que o vi pela primeira vez.

Então, tratei de arrancar para fora de seu corpo o resto da fantasia de pirata, atirando o sobretudo vermelho em algum degrau qualquer, deixando Apolo apenas com as meias 3/4, uma vez que aquilo o deixava com uma aparência muito fodível.

Fui distribuindo chupões por seu pescoço, descendo pelo peitoral e coxas, até me deter em sua virilha, criando desenhos de saliva com minha língua pela carne macia, enquanto Apolo se remexia, inquieto, por causa do desconforto criado em seu cacete pulsando, já que os chupões estavam sendo dados muito próximos ao pênis, mas nunca no membro necessitado de fato.

Meu pau já estava incrivelmente dolorido de tesão, e embora eu adorasse um sexo lento e cheio de provocações, já desejava Apolo há tanto tempo, que não podia aguentar vê-lo tão entregue a mim sem o foder de uma vez. Era capaz que eu gozasse dentro do *collant*, sem nem ao menos me tocar, só por estar apreciando e me aproveitando daquele corpo que parecia ter sido esculpido pelos deuses… ou, talvez, na Terra do Nunca.

Então, levantei-me, tirando os sapatos lilás de pompom, e abaixei o *collant* — ou o que havia restado dele —, até que estivesse fora do meu corpo, abandonando a pequena pochete ao redor de mim no degrau ao lado.

Existia algo de muito atraente no fato de Young e eu estarmos com os corpos brilhando não só pelo suor, mas também por toda a purpurina, que havia se prendido ao corpo dele depois de todo aquele contato com o meu.

Aí, prestes a tirar as asinhas de fada, Apolo me impediu.

— Fica com elas, Kael. Quero que me foda com as asas. Nunca imaginei que seria fodido por uma fada, mas a ideia me parece bem gostosa. Podemos fingir que aqui é a Terra do Nunca... — disse, com aquele seu sorrisinho bonito, que há pouco tempo me foi revelado. Os cantinhos de seus olhos formaram ruguinhas, e mesmo não estando muito claro o ambiente, reparei no quão adorável e infantil suas expressões podiam ser.

E se havia um jeito de eu me sentir mais caidinho pelo cara que me salvou, bom, aquilo acontecia agora.

Com isso, nu e apenas usando um par de asas transparentes e cheias de purpurina como adorno, sorri e virei Apolo de costas, deixando-lhe empinado e de joelhos na escada, para descer meu rosto para seu traseiro. A entrada lisinha e depilada era altamente apreciável, tive que depreender um certo esforço para não ficar ali apenas a observando, abobalhado. Então, rodeei minha língua por suas pregas, sentindo Apolo piscar, enquanto ele remexia o quadril em meu rosto e soltava gemidos grossos. E depois de muito o provocar, meti a língua em seu orifício, estocando-o, lambendo-o, massageando, de todas as formas possíveis, com o músculo molhado, lubrificando-o para mim.

Apolo ofegou sob minhas carícias em sua intimidade ansiosa. Eu me afastava e assoprava, provocando-o, vendo-o arrepiar-se e seu canal piscar para mim, sedento. Mal podia me conter só de pensar que logo eu seria engolido por ele, sendo abrigado e apertado naquele buraquinho guloso.

Peguei a pochete no degrau, tirei o pequeno preservativo de látex lubrificado de dentro dela, rasgando a pontinha da embalagem com os dentes, com muito cuidado para não rasgar acidentalmente o preservativo, e cobri meu membro excitado, antes de encaixar minha glande na entrada bonita e começar a me forçar aos poucos para dentro dela, até que estivesse completamente dentro de Apolo.

Suspirando pesadamente, tentei controlar a insanidade que me acometia.

Oh, Deus, eu havia sonhado com esse maldito momento por tantas vezes! Imaginar esse exato momento havia sido a maior diversão e fonte de alívio grande parte das vezes em que precisei me cuidar sozinho. Mas nada fazia jus à perfeição de sentir meu pau teso empalando Apolo *de verdade*. Essa bundinha arrebitada, tão durinha e musculosa, é perfeita a ponto de me fazer querer chorar. De tão magnífica, a pele de suas nádegas até mesmo brilhava.

Comecei a estocá-lo bravamente, tamanho o desejo de nossos corpos, segurando com força em seu quadril, enquanto Apolo se apoiava com as mãos e os cotovelos nos degraus acima... porque não, não havia tempo ou autocontrole que nos pudesse permitir começar de modo lento e suave. Mas é claro, se eu o machucasse, seria imperdoável. Se Apolo demonstrasse qualquer tipo de desconforto, eu pausaria na hora, sem pensar duas vezes.

Todavia, o negócio era que, a cada estocada, Apolo gemia mais grosso e rebolava em mim. Na posição em que estávamos, ele estava praticamente sentado de costas em meu colo — uma vez que estava, de joelhos, um degrau acima do meu, impulsionando-se contra mim, ao mesmo tempo que me impulsionava contra ele.

Seu corpo balançava para a frente e para trás, junto a minhas investidas, com os sons dos corpos se encontrando ressoando alto pelo cômodo, junto aos nossos gemidos de prazer, criando uma maravilhosa e harmoniosa melodia, de modo que descobri ser esta a minha nova música favorita.

Deslizei minhas unhas, levemente crescidas, por suas costas, primeiro apenas lhe causando cócegas gostosas, mas depois o arranhando com intensidade. A cada linha vermelha que as pontas de meus dedos pintavam, rasgando sua pele, com mais força eu me enfiava dentro dele, arfando de tesão, sentindo-me muito perto de enlouquecer completamente.

Ainda que meu pênis rígido estivesse coberto pela camisinha, pude sentir o quão quente e apertado era o interior dele, que me esmagava deliciosamente a cada nova estocada, se mostrando satisfeito em ser alargado por mim.

Fui trazendo o seu corpo para trás, deixando-o sentado nas próprias panturrilhas, enquanto jogava meu quadril para cima, continuando a foder seu interior delicioso. A posição fazia nossos corpos se colarem, com suas costas grudadas no meu peitoral e seu quadril sentado de costas, por cima do meu. Soltava lufadas de ar quente em sua nuca perfeitamente aparada, o que o fazia se arrepiar e pedir por mais, gemendo meu nome.

Sim, a frase *"Mais, Kael... Por favor, mais!"* saiu daqueles lábios. E eu juro por Deus que poderia morrer feliz naquele exato momento.

Com um de meus braços, rodeei sua barriga em um abraço, apertando a cintura fina, enquanto minha outra mão lhe segurou o pescoço, mas sem o sufocar. Apolo jogou sua cabeça para trás, descansando a ponta do nariz na lateral da minha cabeça, manhoso, como um gatinho que pedia carinho.

Inferno, como o podia desejar tanto? Não se tratava de alguém que eu apenas achava insanamente sexy ou por quem eu era insanamente apaixonado: com Apolo eram os dois. Eu o amava desesperadamente. Nada nem ninguém era capaz de me fazer tirá-lo da cabeça por três malditos anos. Nem mesmo minha racionalidade, que sempre foi um de meus pontos fortes, era boa o bastante para me fazer não me sentir daquele jeito por ele. E seu corpo parecia ter sido feito sob medida e especialmente para me enlouquecer. Todos os seus traços me hipnotizaram. O fogo que ele acendia em mim era capaz de me consumir por inteiro, como algo que espontaneamente entrava em combustão.

Enquanto continuava a arremeter vigorosamente dentro dele, Apolo, com suas mãos grandes e másculas, apertou meus braços que lhe rodeavam, se apoiando ainda mais em mim. A cada novo golpe de meu quadril contra suas nádegas, via seu pau duro balançar, abandonado.

E aí, senti tudo girar. Era loucura. Insano. Quente. Insanamente quente. Eu amei cada pedacinho desse momento, assim como amei cada parte de seu corpo maravilhoso.

Com um aperto um pouco mais forte de minha mão em seu pescoço, eu me desfiz em jatos quentes dentro do preservativo, abraçando-me com força ao corpo musculoso dele.

Só depois de quase meio minuto, me retirei de dentro dele e removi a camisinha, dando um nó e atirando-a nos degraus mais abaixo, ofegante, enquanto Apolo se virara de frente, respirando pesado, com o peitoral bonito e suado subindo e descendo, em busca de ar.

Ele me fitou com um sorrisinho lascivo, me puxou pela nuca e meteu sua língua quente e saborosa dentro da minha boca, unindo-nos em um beijo ainda mais arrepiante que o primeiro, uma vez que nossas bocas já se conheciam e nossas línguas podiam se explorar sem pressa.

Findado o beijo, levei minha língua para seus mamilos intumescidos, sugando-os e lambendo-os com vontade, assistindo ao seu corpo se contorcer embaixo do meu, enquanto ele descontava seu prazer puxando meus fios loiros. E de supetão, desci mais um pouco para abocanhar seu membro esquecido, tão duro que expelia lubrificação em demasia — a qual logo limpei com a minha língua, sugando-o com afinco.

A cabecinha vermelha me lembrava um delicioso pirulito, o qual queria chupar sem parar, de novo e de novo, até que ele derretesse por completo e se desfizesse em minha boca. E talvez eu estivesse dizendo isso de forma mais literal que figurada.

Subi e desci minha língua pelo falo ereto, vendo Apolo revirar os olhos de tesão e gemer ansiosamente. Uma de minhas mãos se ocupou em acariciar suas bolas inchadas, dando-lhe ainda mais prazer.

O gosto de Apolo era delicioso, e vê-lo tão entregue a meus carinhos, deixava-me duro outra vez, de tal forma que mal podia acreditar. Então, retirei minha boca de seu caralho e voltei a beijá-lo, colando nossos lábios e unindo nossos membros um ao outro, enquanto nos masturbava ao mesmo tempo.

A glande sensível e inchada dele acariciava a minha, com seu sexo duro roçando no meu, enquanto minha mão envolvia os dois em um vai e vem tão gostoso que me fez suspirar.

Até que Apolo gozou forte, finalmente se liberando em jatos entre nossos abdomens. A quentura de sua porra me deixou ainda mais excitado, e em mais três movimentos de minha mão, inexplicavelmente gozei outra vez, sentindo o orgasmo intenso tomar meu corpo em um êxtase, como se fosse a continuação do primeiro.

Descansei a testa em seu ombro, e ele me puxou para seu colo, abraçando-me e acariciando meus cabelos com uma mão, enquanto deslizava a outra em minhas costas nuas, em um carinho singelo.

Contudo, o silêncio entre nós dois me incomodava, então tentei levantar meu rosto para encará-lo, mas Apolo me deteve, segurando-me ali.

— Espera. Eu quero falar algo, mas não vou conseguir olhando no seu rosto.

— Apolo, você faz ideia das sem-vergonhices que falamos transando nessa escada? — indaguei, confuso e com a voz falhada.

— É diferente, Deluca. Era sexo. O que quero falar é mais importante que isso. Você... Você gosta mesmo de mim, Kael? — Seu tom era incerto e claramente inseguro.

— Sim — respondi, com um suspiro triste, ainda sem

levantar o rosto para fitá-lo. — Vou entender se você não quiser mais nada comigo depois daqui. Sei que é um cara fechado e que não faz muita questão de ficar perto de ninguém...

Então, tomei coragem e levantei o rosto, encarando-o nos olhos redondos. Era agora ou nunca.

— Apolo Young, precisa saber que fiquei encantado com você desde o dia do parque aquático. Cheguei a delirar, achando que estava no céu e que um anjo estava me beijando, de tão bonito que você era. E desde aquele dia, tudo o que mais desejei foi ter sua boca macia colada na minha outra vez. E mais outra e mais outra e outra. Eu tentava arrumar motivos pra me aproximar, mas você é tão cabeça dura! Então, aqui vai: Apolo, eu estou apaixonado por você. Tipo, apaixonado de verdade, e há bastante tempo. Quero que você me dê uma chance e seja meu namorado. Se você não quiser, tudo bem, não vou mais insistir e te incomodar. Mas, por favor, pense com carinho, sim? Isso que sinto por você já dura alguns anos, e eu queria muito ter a oportunidade de tentar te fazer feliz. Se você deixar.

Apolo ficou ali, me encarando pelo que parecia uma eternidade, com uma expressão totalmente neutra, sem me dar pista alguma do que estava pensando, como sempre. E de súbito, ele deu um sorriso e segurou meu rosto com uma mão, fazendo carinho em minha bochecha, me olhando com ternura.

Isso mesmo: *ternura*.

Eu nunca havia visto Apolo ser terno com alguém nem ficar com aquela expressão meiga no rosto, e aquilo era mais um ponto na lista de coisas que eu nunca o tinha visto fazer, mas agora que via, só fazia eu me sentir mais apaixonado. Posso jurar que quase derreti e fui escorrendo escada abaixo.

Ele arrastou o dedão por meus lábios, antes de se aproximar e me dar um beijo totalmente intenso, de uma forma diferente de todos os outros que trocamos antes. Esse era calmo, claramente mais preocupado em transmitir sentimentos pelo toque da língua quente.

Então, sim, eu estava entendendo. Dizem que tudo o que a gente precisa saber sobre alguém está no beijo. Se uma pessoa estiver realmente interessada em você, vai saber pelo jeito que for beijado. Sabe, quem disse isso foi o Steven Tyler, do Aerosmith, em "Crazy". Esse cara sabia das coisas.

Quando findamos o beijo, fiquei encarando Apolo, maravilhado, enquanto ele me sorria daquele seu jeito doce, recém-descoberto por mim, com o rostinho muito perto do meu, de modo que fazia as famosas borboletas girarem em meu estômago.

Eu apenas esperava que ele declarasse alguma coisa, qualquer coisa, para que eu tivesse certeza de que o que estava acontecendo ali era real e não um surto da minha cabecinha alterada. Aí, ele percebeu que eu estava esperando que se pronunciasse — afinal, ainda não sabia ler mentes. Então, ele rolou os olhos e deu uma risada, segurando meu rosto, agora, com as duas mãos.

— Kael, eu gosto de você. No dia em que te salvei no parque, fiquei totalmente enfeitiçado. Você era tão bonito, tão fofo e com um corpo que... Olha, eu já fiz muitas homenagens a você pensando nele, se é que me entende...

Eu dei um tapinha em seu ombro, rindo com ele, então Apolo soltou meu rosto e repousou suas mãos em meu quadril.

— Mas, Kael, eu sou o típico garoto rico, de quem as pessoas tiram proveito. Aprendi da pior maneira possível, sendo enganado com promessas de amor e amizade, por pessoas que não gostavam nem se importavam realmente comigo. Então, eu me fechei. Acredite, sou um cara muito romântico, muito tradicional. Em nada me interessam relações passageiras, sexo casual ou coisa do gênero. Eu apenas deduzi que, se uma pessoa gostasse de mim verdadeiramente, ela insistiria até o final para quebrar os muros que criei ao meu redor. E você fazia isso de forma sutil, eu percebia. Mas você é tão amigável com todo mundo e tão desejado, que pensei que talvez não estivesse realmente me tratando de maneira especial. Sei que você também se envolve sem compromisso com muita gente, então deduzi que fosse fazer o mesmo comigo. E eu não queria.

Fitei-o, maravilhado, sem conseguir dar um pio durante seu discurso. Comecei a pensar que talvez eu realmente tivesse bebido muito e agora estivesse alucinando, mas Apolo deu um sorriso sem jeito e suspirou, olhando para mim com aqueles orbes arredondados, antes de voltar a falar:

— Ao longo dos anos em que estudamos juntos, fui ficando tão apaixonado que era irritante. Às vezes, eu fingia estar lendo livros embaixo da árvore, quando, na verdade, estava ali só observando você. No fim das contas, foi como um romance desses que eu lia: nós dois nos gostávamos, mas não sabíamos que o sentimento era mútuo. Quando o Theo veio me contar, fiquei totalmente surpreso. Eu realmente não conseguia pensar em nada, mas ele me deu a ideia da brincadeira, como forma de eu te mostrar que também te queria, sem ter que dizer muita coisa. Vou ficar em uma dívida eterna com ele por isso.

Eu fiquei olhando para ele, com uma expressão que certamente era bem idiota, ao mesmo tempo que senti uma lagrimazinha querer escapar, porque, no fundo, eu também era um cara sentimental. Só que era bem lá no fundo mesmo, onde ninguém tem acesso, sabe?

— Apolo... — comecei, sem ter realmente uma ideia do que dizer, porque eu estava desacreditado, com os olhos passeando, perdidos, por seu rosto bonito.

Qual é, não era porque tínhamos nos fantasiado de personagens de contos de fada que eu finalmente estava tendo meu final feliz também. Eu realmente estava pasmo. A vida, que sempre havia sido talentosa em me foder, nesse momento me agraciava com uma das coisas que eu havia sonhado por tanto tempo.

— Kael, minha resposta é sim. Sim, eu quero te dar uma chance, e sim, eu quero namorar com você. Só te peço que, por favor, não me magoe nem se aproveite de mim, porque eu realmente sou apaixonado por você. Estou te dando meu coração, por favor, cuide bem dele — finalizou em um tom baixinho.

Bom, se você quer saber, contos de fadas sempre serão a exceção à realidade. Não é saudável que fique com esperanças bobas de que algo brilhante aconteça com você no futuro. Eu, particularmente, mantenho meus níveis de exigência baixos, por isso sou mais facilmente surpreendido quando coisas maravilhosas acontecem.

Então, agora, enquanto caminho pelo hospital em que faço residência com Apolo, me sinto leve como uma porra de pena de galinha, sentindo as enfermeiras encararem a aliança em meu dedo.

Alguns enfermeiros — e médicos, estagiários, enfermos e até faxineiros — juravam que conseguiriam me tirar de Apolo ou tirá-lo de mim, mas olha... isso dificilmente aconteceria. Veja bem tudo o que a gente passou. Anos de amor secreto incubado, com final feliz de conto de fadas. Queridos, qual parte vocês não entendem que a mocinha e o mocinho — ou em nosso caso, o mocinho e o outro mocinho — ficam juntos e nada os pode separar?

É. Capitão Gancho e a Fada Sininho não eram um *shippe* tradicional nem o *shippe* certo. Aliás, eu acho que ninguém no planeta shippa a fada minúscula e ciumenta com o capitão ambicioso e arrogante. Mas se a fada em questão for eu, e o capitão pirata for o Apolo, acredite, *esse é o shippe real.*

Faltam apenas alguns meses para nos formarmos, e aí, a gente se casa.

Apolo e eu tentamos ao máximo convencer os pais dele de que queríamos uma cerimônia pequena e simples, sem muitos gastos... mas me parece que, quando os Young se casaram, eles não tinham muita grana e acabaram não podendo ter uma festa bacana. Daí, eles estavam projetando a festa de casamento dos sonhos deles no nosso. Terão golfinhos pulando na água, fogos de artifício, pombas brancas voando... Olha, uma doideira bizarra. Só de pensar naquilo, meu estômago revirava, já que nossa cerimônia iria por água abaixo com toda aquela loucura. Eles levaram a sério o termo "casamento gay". Mas nós não poderíamos realmente recusar todas aquelas extravagâncias, já que sabíamos o motivo dos Young para elas. E nós éramos muito agradecidos a eles e à minha família, que havia aceitado nossa união com muito gosto.

Gosto de acreditar que viemos na família certa, nos conhecemos na hora certa e nos declaramos na hora certa. Tudo ficaria bem ali, no nosso pequeno mundinho de felicidade, na nossa Terra do Nunca.

Coletânea: Depois da Aula, 2ª edição, 2025

editoraeuphoria.com.br